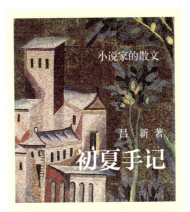

小说家的散文

吕　新　著

初夏手记

河南文艺出版社
·郑州·

图书在版编目（CIP）数据

初夏手记/吕新著. —郑州:河南文艺出版社,2018.10
（小说家的散文）
ISBN 978-7-5559-0699-5

Ⅰ.①初…　Ⅱ.①吕…　Ⅲ.①散文集-中国-当代　Ⅳ.①I267

中国版本图书馆 CIP 数据核字（2018）第 123396 号

初夏手记
chū xià shǒu jì

选题策划　陈　静
责任编辑　陈　静
书籍设计　锦　瑟
责任校对　殷现堂
责任印制　陈少强

出版发行　河南文艺出版社
本社地址　郑州市鑫苑路 18 号 11 栋
邮政编码　450011
售书热线　0371-65379196
承印单位　河南瑞之光印刷股份有限公司
经销单位　新华书店
开　　本　787 毫米×1092 毫米　1/32
印　　张　10
字　　数　192 000
版　　次　2018 年 10 月第 1 版
印　　次　2018 年 10 月第 1 次印刷
定　　价　38.00 元

印厂地址　河南省武陟县产业集聚区东区（詹店镇）泰安路
邮政编码　454950　　电话　0391-2527860

作者简介

　　吕新,作家,生于 1963 年。1986 年开始发表小说,著有《抚摸》《草青》《成为往事》《掩面》《下弦月》《中国屏风》《南方遗事》《白杨木的春天》《圆寂的天》《山中白马》《石灰窑》等长、中、短篇小说多部。2014 年获得鲁迅文学奖,2017 年获得花城文学奖·杰出作家奖。现为山西省作协专业作家。

目录

第一辑

大地上的窗户

那种歌声，其实并不是什么歌声，荒村里哪有歌声，而是什么也没有，却奇怪地让人感觉到确有那么一种东西，每天都存在着，就站在灰色或黄色的屋顶上，有时缭绕、奔跑、漫卷，有时盘旋，黑色的大褂敞开，露出雪白的里子或红色的伤痕，有时支支直立如铜丝。

不要随便胡乱想象、习惯性地思维，以为说缭绕就有可能是云彩，说盘旋就一定是某种大鸟，不是的，都不是，那支支直立的也并不是屋顶上的荒草。

是什么？不知道。只知道它确实存在。

但是你要是上去了，又会发现它并不存在，只看见大地上画满了窗户。

那些窗户，有的里面有人，看见人头在晃动，日子在清汤寡水或烟熏火燎地进行，脸像标本，有的却被过去的雪覆盖着。草长

3

在窗户外，连成一片又一片的难以向人倾诉的经历。

　　翻过一页，又翻过一页，两座山已在身后。兄弟们站在窗户外面，手都插在袖筒里，像一截截冬天的木头，胸前平静得远远超过那些坚硬的冻土。空荡荡的袖筒，如一条条贫穷而寂寞的路，如一些被锯倒后的树，蜷伏着躺在没有水的河道里，时常发出空洞而低远的回响。

　　低垂的季节，天空像一口穷人家里的锅。

　　空旷的河川里，一缕哀怨的长发，唱着歌，本身也像是一种歌声，距离童年越来越远，距离拙朴低矮的老家也越来越远，直到一切都在眼前消失。

　　唯一想起的却是那些黄泥的烟囱，高矮不一，各有各的模样：有的冒着烟，升起欢乐或平静；有的冰冷、静止，如一口荒芜的枯井，在遥远的天空下站立着，多年没有任何消息。

　　昨夜临睡前得到一个消息，说是有一场雪正在来的路上。

　　飞起的鸟是一种永久的微笑，衔着石头、麦秸，筑巢、安家，填补那些空荡荡的袖筒。用时间搭起的巢，一次次被吹散，被毁坏。傍晚归来，已不见家园。

　　飞起的鸟是一种欲断的记忆，声声慢咽，声声不绝于耳，声声往返于大树和坟墓。

　　大地上画满了整齐的窗户。

后半生还在路上。

那些路都被窗户覆盖了,盖得严严实实、整整齐齐,许多年轮般的旋涡正在你的路上旋舞,翻飞,团团打转。

飞起的鸟是一种梵语,鸟回过头,天空里已经没有了羽毛。

那只鸟飞起来,口中的石头金光四溅。

麦地里的锄禾人,记起了藏得很深的古井。草木掩隐,旧水幽凉。

故土上的人们木然地站着,看着,听见破烂的窗纸在风中叫着一个人的名字。是在叫谁的名字?仔细聆听,却又听不清楚。

去年今日,一万只鸟死在川里,一万只鸟仰面朝天,雪白的腹部像银色的月光,又像是露从今夜白。夜里听见人喊马嘶,杀声震天,出去看时,又只看见外面风轻云淡,月光遍地,月色以睡梦的方式覆盖着寂静的山川。

那些窗户已无人再开合,已成为一种冷寂的背景,再没有手或脸从里面伸出来。

那种像歌声又确实不是歌声,什么也不是、什么也没有的东西,记起了一些鞋子,记起了从前挂在墙上和锁在柜子里的一些东西。

低垂的季节,天空如锅、如碗,一些牛在碗下走动。

那年夏天，一个人千里还乡。船行至一条江中，同船上有自称桃花源人讲述几个男耕女织的故事。醒来后发现梦中曾人来人往的他乡与故乡均不翼而飞，身边只剩下黑沉沉的江水。

　　不——翼——而——飞——

　　飞起的鸟是一种空洞，叫声扑打着窗户，羽毛凋零，挑灯看剑，大地上回响着悠远而伤痛的回音。

　　飞起的鸟是一种轮回，频频超越你的头顶和记忆，穿过你的现实与梦中。一个人坐在深夜，直到天亮。

　　远在家乡的空袖筒在风中一阵阵鼓起，远在家乡的门在风中不断地开合。

　　开——合——

1987 年 10 月

后窗

　　我曾经在一篇名为《农眼》的小说里试图对农村、农民与河流，以及各种农具的形状进行一种研究，但是结局却不怎么好，甚至有些惨，并没有达到我最初想要达到的那种目的，很有可能是在我写作的过程中由于某种东西的侵入，而致使小说只写出了某种状态。那种东西是什么呢？一开始我偏执而又不无肤浅地赖上了两个很大的却又不是我能够理解的东西，即民族和历史，事实上根本不是，一切只是由于轻率和草率，当然还有不可避免的幼稚和无知。并不知道思想是什么，却只知道躲避和抵制。而且就在去年，还曾经大言不惭地对人说，想象中看见了思想的面孔，艺术将一败涂地。

　　随着时间的流逝和各种姿势的调整，我也在调整和改变着我的写作时间。白天是寂寞的，是一个个空洞而悠远的日子，这种时候不会有任何东西从某个角落里飞进我的想象中，也不会在头顶上方听到飞机尖厉的声音和鸟鸣。白天无论在街上还是在办公室里，始终感到的都是一种空旷的宁静，除此之外，并没有感受到其他任何东西和人的存在。而夜晚，夜晚总是很多东西都一齐出笼的季节，我自己也有许多焦黄或葱绿的念头。因此，在夜晚，在这个时候停止写作有助于各种各样的体验。去年冬天我们在街上，修表人从台阶上总是一晃而过，留下许多灰色的上衣。

1988 年的夏天很热。

当我在写作《消逝的农具》这部小说时，我感到了一种青色的头皮划过我手心时的冰凉，一种死亡的土黄色和酱黄色布满那个夏天的一部分天空。记忆里总是不断地重复着夏天的单调的绿荫，那个夏天，我目睹了很多体格暗红和漆黑的蚊子。夜里，透过家里后窗下的那片空地，我感到了它们的紫色和红色的面孔，像领导生气时一样，像要求进步的年轻学生和党团员们一样。

表情，很多时候无疑是一种简单的怀念。一生中的许多个夜晚，经常有一些脸像纸一样在远处哗哗作响。

就在这样的心情下，我曾无数次地想过农民与河流的关系，以及各种农具在四季里的印象，人与物的关系，这种艰难问题的答案我想可能为时也不会太远。我怀着一种麻木的心情写作了《墙上的月亮》《红山羊》以后，河面上漂满了农民弯曲的影子。

农民，是一种宁静的图案，最近这些年我始终这样认为。他们总是不留任何痕迹地出现在某个很远的地方，直至最后如同野

8

花野草一样从那个地方完全消失。

这里,便经常会有类似牧歌式的东西出现。一般情况下,我在写作的过程中,总会感到天空很蓝,鞭声很远。但是,在一次又一次的反复劳作和放牧中,他们几乎永远忘记了他们面前和周围的山,把它与天和地同样看待,也从来不觉得他们会说一些秋天的话。天阴下雨的时候,有的人也会想到江河湖海,是想到了江河湖海,而并不是想起了江河湖海,因为此前并没有亲眼见过,脑子里没有一个比较清晰的囫囵的概念或东西,觉得可能无非是比他们村前的那条河里的水更多一些,更大一些。

三年前,在一个边远的寂寞的小城里,我开始写作《黄昏的葡萄》。这篇小说写的是发生在农业地区的故事,却并不是关于农民的,其中也有农具,却并不重要,躲在最不显眼的某一个角落里,因为确与它们无关。这篇小说完成以后,我感到了一种距离上的艰难和不幸。

大约是从去年开始,我才彻底改变了以往的写作习惯。有一个朋友,每写完一百个字便要站起来走上一会儿,或者去窗户前朝外面张望一会儿。他总是在下雨的时候想起他的奶奶,他的奶奶后来这些年终日躺在一块旧的门板上。年轻的时候,喜欢过不少东西,具体是什么,却没有人知道。以后的一些年里,每次一听到有嘭嘭的敲门声时,便以为树上有什么东西一个一个地掉下来了,当然应该是某种果实,而并不是别的什么。

村里的女人其实也很复杂，很少有人关心或者能读懂她们的眼神。

三年前的冬天，村里刮着很厚很黄的风，天灰蒙蒙的，那也是我们那个山区一贯的模样，总是那样。住在我们前面的那个老汉那天一直都在附近的一堵土墙下站着，他难道不在乎那漫天的尘土么？当然不在乎，见得太多了，早就习惯了。那时候他显得十分迷茫，看到他很苍老的样子时，我便感到他的那个远嫁的闺女回来了。其实他完全可以没有闺女，但是他的袖筒很空，空得让人觉得一定有一个梳着辫子的姑娘在她十八九岁的那年从这里，从他这个很空的袖筒里走出去了，致使他那个袖筒多年来一直都很空。

天黑下来的时候，《瓦楞上的青草》写作完毕。

毫不夸张地说，没有他在那里站着，就不会有这部小说。

我出门的时候，老汉已经不在土墙下了。临近天黑那阵，村里的大喇叭响了一阵，老汉以为是要开会，就急忙回去了，准备喂了羊去。

那时候，月亮并没有上来。记忆中，我们那个地方，月亮总是出来得很迟。不过，也有的时候，你还没吃完晚饭，它就已经早早地出来了。

但是，从来都没有人计较这些，早晚都一样。有什么不一样的呢，甚至不出来都无所谓，不是也有那么多黑乎乎的夜晚么。

大家都悄无声息地熬着日子,等待某一天,时辰一到,被社会挤对出去,立即卷铺盖走人。

这是一种几乎完全被动的生活,因为你想不被动也不行,哪能由着你来。与外面那些风起云涌、觥筹交错的生活完全就是两个世界。

在那座厚颜无耻的城市里,居住着美丽端庄、衣食无忧的艾米丽夫人,她的房子建在远离公路的地方。艾米丽夫人夜夜辗转于床榻,老年迪斯科使她哭笑不得。

早晚都是排泄和风化的对象,但有一部分人总是把梦想涂了又涂。下雨的时候,看到他们在疏浚水道,加固山墙。晴天的时候,又看到他们一手拿着刷子,一手拎着油漆桶。这一回准备要刷成什么颜色的——红色?绿色?或者白得像鸽子?

现实总是不堪入目。

挣扎,失败,再挣扎,再失败,直至最后被彻底排泄掉为止。

放牧的生涯,宁静的生涯,写作有时候也是一次平静的出行。我们经常心情很好地谈论起某一个大门以及门上的旧符和对联,我们总是自觉不自觉地远离那些有碍于写作和身心的热血沸腾、声嘶力竭的东西。对于身心来说,这是对的,但是对于写作来说,却是一种损失和遗憾,因为写作需要你面对一切,直视一切。岁月的青苔漫过一些白纸,土地上奉献出一些麻木的灯笼。这即是理解,麻木的馈赠与给予。

关于自然的声色光影,我们似乎已司空见惯,实则并不知道更多。我们每天起来总是像梳辫子一样认真地不厌其烦地梳理那些概念和问题,总是像照镜子一样只看正面。

想象第一。

真的想象第一么?真的想象第一。

多少个星光暗淡的夜晚,稿纸上总是飘起鹅毛般的歌声,鸟凌乱着羽毛,叫在远处。下雨的时候,一些人淋湿了,另一些没有淋湿的人则被房子永远地覆盖了一生。表面上看,打听那些姓名对于我们无关紧要,可是真的无关紧要么?并非如此。那些消逝了的名字不再发光的名字也有如我们自己黯淡的一生。

遍地的金黄,常使我感到稿纸上的庄稼很茂密。

阅读,使我们相互之间变得更加陌生,更加互不信任。

写作,使我们注定分道扬镳。有人在后面喊叫,但是分水岭已过,已不再能够听见。薛富生对我说,叫了你半天也没听见,我赶着一群羊,又怕羊跑了。

我向他道了歉,我说对不起。

时光流逝,日月更迭,就这么一年一年地走着,过着。时间,世界,人事,在我们的眼里早已呈现出不同的形态,甚至大相径庭。

冬天到来的时候,我忘记了现实中的一些人和他们的故事。并非有意选择性地遗忘他们,而更多是出于某种自然的变化,或许还由于他们以及他们的故事什么也不能说明,本身就如同转瞬即逝的泡沫,如同过眼云烟。

遗忘在某些时候是一种很大的进步。

冬天到来的时候,阳光稀薄,岁月宁静。在这片空地上,阳光总是忽明忽暗,细想起来,几乎每一天又都令人刻骨铭心。

1990 年 2 月

墙外的声音

那天,骑车回家的路上,斜刺里突然冲出一个人来,可能是刚买粮出来,肩上扛着面,手里拎着油,鼻梁上还沾着一些白色的面粉,像一部戏里的某个人物。冲上来用力抓住自行车的车把,无比严肃而正经地问我,让我跟他说说,这个国家的文学究竟要往何处去。

我实话实说,说不知道。

有人从我们的旁边走过,不断地回头看着,神色里满是惊异,可能以为是在冲突,纵然不像是在打架,或者至少看上去也是一个人在质问另一个人,好像是已经抓着了对方的什么把柄,只是其间的纠缠和油腻外人还不足以窥视清楚。最初的惊骇过去之后,只好实话实说地告诉他,我是真不知道,我哪能知道那些,也从来没有想过他说的那种问题。你在院子里或门前开一条渠,难道会想着要与某一条著名的大河或大海接通,成为它的一条支流么?

听到我说不知道,听到我这样说,他果然颇为失望地叹了一口气,接着便沉默了。事实上我确没有什么把柄在他的手里,只是认识而已。事实上同时我也不是那种明知道答案却故意不说,故意卖关子的有心计、有城府之人。这个买粮归来的人,这个肩扛手提着一家人的日常生活用品,脑子里却一直转悠着某些宏观问题的人,他可能有五六十岁了,写作已多年,写诗,也写小说。据说,他本人连同他写的那些诗和小说一起时常被他的家人——主要是他的妻子——关到门外。在这片土地上,从南到北,从东到西,有很多像他这样的人,甚至太多,甚至境遇甚至有些相貌和性格都完全一模一样,像是同一个事物在不同地区的投影。

距离这次相遇之后的又一次,某年某月,又是在人来人往的街上,我们忽然碰到。他像一个参禅顿悟了的人一样,恍然大悟而又咬牙切齿地对我说,他总算是弄清楚了一个道理或者某种方法。听完他所说,有很长一个时期,有时忽然想起他,发现最担心的是他的心理或精神。

此后有很多年,竟再没有见过他,不知他如今怎样了。

也见过一些因光照太久而渐显疲惫的人,坐在他的对面,听他像掏耳朵一样向你抠出一些他们认为很正确的东西,那些东西可能曾使他们自豪,引以为荣,当然也因某种荣耀而矜持自尊。

最后,他们也会留出一点时间让你谈谈,你愣头愣脑竹筒倒豆子般地告诉他们对于某种主义的看法。这以后,忽然就好像没法再继续说什么了,你看到他的脸上万紫千红,百花齐放,你看见他们生命中那些黑暗的部分,那些残缺的部分,此刻正伤口般裸露如初。

对于那些隔山夹梁地和你说话的人,完全没有必要认真。他们说什么,那真的只是他们自己的事,往往说着说着,他们自己就会装着无意地扯一块遮阳布出来,挡在脸前。有人说他们写作完全是因为无奈,或者误打误撞,因为他们真正的才能其实是在别的方面,比如音乐、绘画、机械、工程,甚至政治和经济,这倒有可能是真话。无数的事实也无不在证明,确有很多人走在一条极度可疑的路上,虽然一直都大踏步地走着,但沿途全都是使他无比陌生和惊愕的东西,甚至充斥着许多意想不到的痛苦、不适和折磨,走了很久以后才发现不对。

不过,也确有另一些人,一开始就是奔着这条路来的,其目的是要在这条路上走一会儿,定一定神,然后瞅准时机,一跃跳到旁边不远处的另一条路上去,其初衷就是旁边的那一条路。之所以要很烦琐很费事地在前一条路上耽搁一会儿,只是由于那条路直接扑上去不那么容易,不管他瘦小还是高大,只因他出身蓬荜,那条令他觊觎的路最初对他应该是冷酷的,不那么友善的,因而他才很需要在另外的一条路上迂回一下,缓冲一下,助跑一段时间。

其实这些都没有什么问题，谁不愿意走自己最想走的路。

每个人都在寻找自己的路，每个人都想走最想走的那条路，很多时候方向似乎并不那么明确，所以才会有人停下马来问路，或者拿着一根棍子东敲西探。也有人拐进距离最近的某一个村子里去打听一下，前方叫什么，前方是哪里。也有时候问别人，去哪儿朝哪儿走？

小时候跟着大人们走路，从来不管什么方向、位置，只知道跟着走，注意的多是路上的一些具体的东西，很关心是土路还是沙子路，要是沙子路就会非常高兴，无论是黄沙子、白沙子还是粉红色的沙子，不管哪一种都会让人高兴，似乎走多远都不怕。一路上的山梁、树木、野花野草，都是浏览的对象，当然还有远处的那些灰蓝色和青蓝色的山，它们像一种神秘美好的布景或背景一样绵延，存在于一个孩子的童年世界之中，且永远存在，永不磨灭。无论你到了什么年龄，童年时期的那一抹青蓝色的山脉永远都不会矮下去，更不会消失不见，它甚至有可能成为你此生最主要的背景。不论你日后距离它有多远，它却永远在你背后或眼前，你一闭眼，看见它披着雪，也披星戴月，再一深想它平时的样子，它又青蓝如玉。甚至都用不着这些，很多时候只要一个灯头一样小的念头，它就会唰地一下绵延在你的眼前。就这一点来说，多少名山大川都做不到，它们可能足够大，足够雄伟，但是很难小，很难普通和平常，很难像一种眼神一样存在于一个人的目光里，很

17

难像一星灯火一样让人心头一热。

那些波澜壮阔的历史，那些寂静无声的岁月，那些风干了的血迹，那些依然在大地上各个角落里蠕动和奔走着的人，如同一条条小溪和大江大河，从各个不同的方向，湍急或者艰难地悉数汇入时间这条长河之中。一家人关上门围灯而坐，貌似偏僻，实则还在洪流之中。

写作一部具有无限意义的小说，无疑需要更多方面的东西，很多时候即使所有的材料全部到齐，却也并不等于一个家园的成立和诞生，它似乎仍然还需要更多更无数的东西，更似乎永无止境，更遑论家园本身也并不具有无限的意义，它也存在着被遗忘、被毁灭的诸多可能。它的气候以及山川地理，房屋和其中的灯火，必须令人难以忘怀。那些颜色的分布，饮食的意义和无意义，矛盾稠密的甲地和背景疏朗空旷的乙地，都无一不充满了各自的和共同的经验与回声。正面厮杀，血流成河，而事实上一条僻静的小巷，一个落雪的晚上，一个人的内心，恰恰也是另一种形式和意义上的正面。一个一生效忠主人的人突然横尸郊外，很多人会以为这只是其中的一个枝节，甚至都算不上是一个枝节。人与人，井水河水，或互为枝节。

那些现实的光斑或黑点，像是被触发的眼泪和水，一滴一滴地落在你的身前身后，就如同落到一张吸水性很强的麻纸上，又一圈一圈地扩散开来，成为涟漪，成为波涛和巨浪，继续延伸，起伏，直至最终成为一张缤纷斑斓的时间之图。时间沿途蜕皮、羽化，继续向前。

一部三万字的小说，读后给人留下了三十万字的记忆和印象，仿佛跋涉经历了三百年的漫长而纷纭的时间和历史，我喜欢这样的作品。犹记得第一次从数万字的时间之中走出来以后，整个人有一种白发苍苍、步履蹒跚的感觉和印象，犹如一个饱受战争和岁月摧残之人，牙齿松动，容颜尽毁，身份模糊或奇异，一瘸一拐地行走在通往故乡或他乡的路上。

我相信那一切的结果都是由于语言而引起的。语言的原野上露水遍地，朝云暮雨。

一部好的作品也许可以是一场大雾、一场大雪或者大雨，一只手或者一种迷人的气息在向你召唤或者示意，请你走进去，请你深入那个也许足够陌生的世界里去。当你走遍那里的几乎每一个角落，重新出来以后，你发现你好像丢失了一些什么，同时却又明显地多出了一些什么，对于一部作品来说，这已经足够了。你来时还算是洁净的面容上现在正笼罩着一种东西；你从一些语言编织的墙下走过，你的袖子上至今还有一些落花或者羽毛，甚至尘土和血迹；你闻到你的身上忽然有了某一种气味，你发现你的十指正在蜷曲着或者并拢着；你发现你的头发悲哀地贴在脑门上，就像一场大水过后的庄稼，全部倒伏，互相粘连，很难再站起来了；或者惊恐万状地竖起，又或者不无油腻地向后梳去，像是不久前才结识的某一个人物;你忽然发现对面的那些房子都是圆顶的,而在此之前,你一直都想当然地觉得那些房子都是尖顶的或者平板的;你听见你的声音较以前暗哑了许多,又或者尖厉明亮了许多;你忽然发现你现在已经有足够的勇气,去向某一个人倾诉一件久藏心底的事情了,也是在此之前,你一直没有那种勇气;你发现你现在心静如水,不再那样轻浮、狂躁;这时候你想起了很多与你有关的人,他们按照关系的远近和轻重缓急的等级分成好几层,包括最近的和比较外围的,你忽然意识到,对于那些人,你唯一能做的好像就是尽可能地不要让他们感到伤心——其实除此之外别的你也再为他们做不了什么,而且就这一点也未必就能做到;这时候你忽然感到一个人真的不应该有太多太大的欲望,更不该事事都在意,大小巨细都挂在心上,那甚至算得上可耻;可耻的事情其实很多,人们却常常不以为耻,反以为荣,比如很多活动,比如很多培训,某些组织,某些戒律。你在心里扫雪扫地一样把一些东西清理了出去,不仅仅是因为又有新的东西要进驻,就算暂时还什么也没有,也需要把一些东西清理出去了,因为你理解了时间,也理解了尘埃的意义。空白和空旷也是一种清理和休整,甚至修正,是另一种意义上的盈满和丰饶。窗户开启,有鸟在外面说话,幼草钻出地面,门前的杨柳已绿。

如果这一切的感觉都是真的,你就应该坦白地承认,曾经向你招手示意的那种语言是原野山川,是神圣的日光月光。同时你也应当承认，那样的即为杰出，它具有一种无限的意义。

这样，你就再也用不着像以前那样，总是探头探脑地想从一部小说里找到某种思想，以及一种非凡的重要的意义。你完全用不着那样。你感到你正在蓬勃或者萎缩，你袖子上的那种落花和羽毛，尘土或者血迹，那种气味，那种状态和情景，那种视线之内不断地变幻着的东西、色彩、结局，那种心绪和情分，那种目光和念头……它们正是一件事情的思想和意义，而所有的这一切的一切又都融化在语言之中，托付在每一个字上。你一页一页地翻着，非要找到"厚重"二字，别人也没办法，可能每一页里都没有那两个字。你就说，这有什么呀？

假如事情不是这样，你的感受也并非如此，那一切的感觉都是不存在的，你也并没有从中感受到什么，你读到的很可能还是一个最常见的又被讲坏了的故事，一个丝毫不具有文本意义的文本。就像有人在雾中叫你，你急匆匆地跑过去一看，又是老王！实在是没意思。

他告诉你，本来是想在阳光下喊你，怕你不肯来，所以才选择在雾里。

为什么会选择在雾里？事情的根源在于相对于他此前的风格，雾里是一个更新的文本。

无法更细、更清晰、更准确地描绘出那种语言……我想说的是，包括思想和意义在内，它承载着一切。它一点一点地隐约，一

21

节一节地呈现,还有的时候仿佛大雪骤至,大雨滂沱。

　　几年来,认识了一些各具特征的语言,又通过它们的集合和分散,了解到它们的一些特质和习性,常看到它们单独出没,也有时结伴而行,甚至集体拥挤,摩肩接踵。有时候它们一群一群地站着,很像是早年间的士兵们站在辽阔的校场上,听到它们在高喊或者沉默。但是对于即将要开赴的地方,对于即将要面对的对象,它们从来都一无所知,也无从想象。

1991 年 5 月

阳光下的眺望

一

多少年来，一直隐约地感到文字是一种极其柔软的东西，有时又像是一位若即若离的远房亲戚一样，今年看到的是他的风尘滚滚的脸，而去年目睹到的则是他的仓皇如鱼的背影。常想起七十年代初刚上小学的时候，坐在桌前用手抠着书上的字，那时候它们是无比坚硬的，而且也无比的陌生，那时候所有的字对于我们来说都像是一种森严而又冰冷的设置。外面的白杨树哗啦哗啦地响着，一会儿把浅黑的影子铺到黄白的地上，等过一会儿再看时，影子已经不见了。门不断地被吹开，又自己合上。很多字不仅有人群一样的背影，还有各自的气味。

若干年以后，类似的毛病仍然未改，看到一句话、一个句子，就想为什么一定要这样说,而不那样说? 看它的顺序和颜色以及软硬程度,有的开阔,有的细窄,有的像一串火。有些话用刷子刷在墙上,感觉就不是从一个人的嘴里说出来的,到底从哪儿来的,却又完全不知道。

我现在用几乎所有的业余时间练习写作,正是想有朝一日能够最大限度地把每一句话写好,那些冰凉的激手的句子和顶着炎炎暑热的句子,使那些语言能够飞翔起来,傍晚时分又能稳稳地落下,回到地上,回到家门前,吃草,饮水,迎接又一个黑夜的到来。在白日里的行走和俯视之余,重新认识粗糙的大地和在那上面艰难蠕动的身影,手植森林,以不辜负汉语对我等暮色或曙光般的笼罩与沐浴。——在已逝的那些日子里,不按规矩来,一到一个地方藏好,别人便很难再找到。名词的重叠与定语的漂移常使某些人物显得鬼鬼祟祟,形迹可疑,而动词与形容词的错位,又常使那些突现的工具器皿与场景变得来历不明,混沌而阴晦。

晚上,家里依旧还是她一个人,该回来的一个也没回来,见此情景,她就有些慌乱。就去找前街的葛明,葛明正在炊烟里站着。在葛明的门前,她说她心里慌得就像正在下着一场大雪。她一上来就不管不顾地开始说自己的事,连葛明身上的一件有小点的新衬衣也完全没有看见,葛明就有些失落和丧气。两个女人说话都不用脑子,葛明想,哪有什么大雪?

各种写作的理论,各种说辞或者说法,不知道它们是从哪里来的,又是怎么上来的,且一上来就正襟危坐,端起架势,开始传达,开始报告,开始教育,开始指点。张开一只只黑手,或者多肉的白手。这个世界上有人有资格有权利这样做么?孔小武的叔父对孔小武说,房子就不能那么盖,还能那么盖?但是孔小武至今都不知道全方位、接地气以及高屋建瓴等等概念的真正的含义是什么。不知道别人是怎么做的,不过这个问题对我也无关紧要。

有一种充满灵性与想象的语言,像是林中的小鹿或载着美丽长翎的野雉,一看见人就立刻消失得无影无踪,一听到有不祥的响动,哪怕只是某种鼻息,甚至喉咙里的预谋,嗅到附近有浊气在停留、窥视和缭绕,转眼就不见了,很少有人能捉到它们,甚至连近距离的观赏也很难有过。在小鹿与野雉的簇拥下,在树木的清苦与酸麻中,一个故事会变得云蒸霞蔚。

二

在自己的这本书里稍微提及一下自己的小说,说些有用或者无用的话,也许在这个世界上再也没有比这更适宜的场合了,也再没有任何场合能比这更让我放松、自在。世界那么大,那么广阔,谁能想到能让一个人放松地说话、正常地呼吸的竟然是这么一个地方。从这个意义上来看,世界无论有多大,多么的辽阔,如

25

何的繁华,与你关系甚少。多年来,写作使我耽于幻想而又忽略甚至偏废现实,似乎笔下的人物已足够拥挤,以至于每当与现实中的人擦肩而过,常感觉犹如在林间或乱石中穿行,不知道他们是何面目和心理。此种方式使我正在向而立之年的大门渐渐滑近。看到一个人,就会想他背后的那张比渔网比历史更复杂的社会及宗亲关系,对于他人来说,那种关系几乎沉在水底,对于他本人而言,很多时候很可能也是一方并不晴朗甚至足够晦暗莫测的天。这么一比,渔网其实并不复杂,每一格每一孔都那么清楚,规整,明白,没有任何盘根错节的纠缠,没有任何理不清的旁逸斜出和里勾外连。

从顺序上来说,这算是我的第二次长途跋涉,有一天在昏睡之后忽然想起了这个题目,不禁无比惊喜,觉得终于找到了,而此前,它像是一直都隐匿在茫茫的暗夜里,需要走多少路才能找到它。更何况,这样的一种到来或者说机缘,与看过多少事走过多少路似乎也并不一定成正比。这事给我的一种感觉就是在暗夜里行走,突然在路边的草丛里踢到一块石头,但是瞬间就变成了一盏灯,至于这盏灯是否有手柄或提梁,却并未多想,仅有亮光已够欣喜。又有一种感觉,它是从寂静的夜空里倾斜着一路滑下来的,带着星光而非月光跌落至人间。

一个人是否做梦,又是否多梦,与喜欢与否完全是两回事。我见过某些被梦魇折磨得形销骨立之人,害怕夜晚的降临和白昼的消逝，一看见天黑便痛不欲生。不过对我来说，梦与写作是我人间生活中的重要的内容与场景，我的许多描写就是对于一次次梦境的记录或完善。小时听故事，后来看古人的记述，发现有人能从睡梦中获得奇异的兵器、人间罕见的医术或棋艺，甚至飞檐走壁、排兵布阵的本领和智慧，此等人间罕见之事，无不令人心向往之。现在，梦境也常为我展示语言的轮廓，风中常送来两个人的一番低语，某些在正常范围内很难见到的神情和行为。在青草倒伏的地方，几只蝴蝶正在围绕着一段已逝的历史上下翻飞。

为期四个月的描述，让这个发生在炎热夏季和阴雨中的故事穿越了整个现实的冬天，也使这本书在我的写作历程中显得十分冗长，其实那更像是一种梦魇大于现实的幻觉，因为实际的长度完全谈不上冗长，甚至更显短暂和仓促。事情结束之后，最使我心有戚戚的便是书中的地理位置的不断漂移与气候光影的反复无常。我喜欢形容词，就像有些人不喜欢形容词一样。还习惯把动词作为名词来用，作为因果、作为有来必有去的自然法则，当然名词也常常会被赋予腿脚、四肢和头脑，甚至翅膀。我不止一次地梦见过定语，有时黯淡、战栗，有时则光芒四射、熠熠生辉，最初它们好像出现在一片有瓦的屋顶上，瓦像梳子，很宽的那种。

出现在这本书里的字群、词语，本来都应该是平时喜欢的，但结果却并不都是。就像画直线，就像走路，画着画着就歪了，走着走着就把最初的说好要永远铭记的话渐渐地都忘了。原想不要一些东西,不让它们出现,自然也就成了一句空话。蹉跎至此,似木已成舟。

出现在这本书中的阳光忽明忽暗,不太强烈的光线里雾气丛生,使人感觉不到光明的灿烂与燥热。不只是雾气,甚至有瘴气,有的水中也含有有害物质。在写作的过程中,我会时常停下来,有些吃惊地望着某一片足够可疑的水,感觉人一旦下去,轻则浑身赤红、斑驳,重则伤命。天气异常的阴晦,岚气与瘴气使人很难准确地区分出来。在这样一种残败古老的风光下,我描写了一个故事,但好像只是那故事的一半。说一半,完全是站在惯常的故事的标准上而言,站在大多数人的习惯上而言,对于一部小说来说,那其实已经是全部了。

看见两岸的人们傍晚时分在用浸泡着紫菀花的药水擦洗身体,就知道他们是在预防和治疗一种由气候和地理引起的严重不适——身心两方面的溃烂。一年中,一天里,年年月月,日复一日,他们其实早已很少再期盼什么,他们最盼望的时刻就是每天的傍晚和深夜以后。

有一个时期,河水一直猛涨,常在艳阳高照的时候还能闻到那种浊浪排空的由类似洪水和淤泥带来的自然的味道。有很多书排列着,高高地摞着,却很难找到一本最喜欢的。很多东西不再培养人的耐心,却致力于使人焦躁以及更多更大的喧嚣。到处都是震耳欲聋的巨大声响,嗡嗡嘤嘤的中级演奏,人们的脸上和内心被挥之不去的巨大声响和热气笼罩着，包围着，直至很多人本身成为一种焦躁喧嚣的气体。你观看咆哮、焦躁，数年数月，甚至数小时后你也终于成为一种号叫或喋喋不休的载体，顺利出徒，拜别本师，去往他处号叫或冒烟。

又一个时期，河道枯竭，乱石滚滚，牛马站在中间，用力从乱石之间扯出一些草。人在远处走着，奔赴着各自的目的。地平线一派模糊，说苍茫也说得过去，大地上传来回声。

想象力并不在任何人的心里和梦里，只在一些人的嘴里，牙齿的外面。

数年来，面对一些寂静的墙和一种似梦非梦的生活，我在一个有限的空间之内描写了一系列意义不同的画面和人物，以及他们各自的过往和境遇，行为与感觉，做梦时的样子与梦醒时分的面对所谓真相的惊骇。我曾经写过各种各样的感觉和气味，写过各种各样的声音与光影，当然还有各种各样的形状与颜色。把很多粗糙的或精美的物品找出来，用语言把它们擦亮，或者放回原处。同时擦亮的还有某些令人难忘的时刻和另外一些转瞬即忘的人生场景。听到某些人走路的脚步声和喘息声，几道暗淡的光线投射到屋里的某一个柜子上或正面的墙上，某一个人的脸上、身上。由于光线过于模糊，所以很难看清到底有几个人坐在那些段落里的火炉前说话，不过从背影上看，至少有两个人。不知他们在说什么，声音非常地低，低到让站在窗外树影下的人完全无法分辨的程度,甚至就连帘子后面的那个正在独自吃饭的人也没有听清他们在说什么。有一截木柴烧空了,囫囵着塌了下去,溅起一串红色的火星。在一棵树下,有母女二人正在讨论过去,回忆往事,她们是在整理几件旧衣服的时候忽然想起过去的。没有人知道一个人对另一个人一往情深,而后者不仅一无所知,还时常视前者为尘埃。那些不喜欢做家务的女人,心里长满了草,就喜欢出现在除家以外的任何地方、任何场合。要是有人前来献媚,那更是她们乐于看到并欣悦接受的。出来为了啥,还不就图个这个?

在第四十三个自然段落的一开始,有人在咳嗽,继而高烧不退,声音空洞而干涩,他的衣服在风中飞舞,四周是他熟悉的或陌生的背景。他在炊烟下伫立或者奔跑的姿势令人难忘,他在某一个节点上突然停住,开始呕吐,他的飞奔或躲藏会使文本的速度加快或者停顿。

当某一个历史严重不清白或者身负某种罪恶的人,在最初几章里便一直昏睡不醒的时候,应该怎么办? 是描述一些声音将他惊醒,还是关上门让他继续昏睡下去? 这个看似简单的问题其实很棘手,它在很大程度上决定着事情的脉络的走向甚至整体风貌,甚至最终结局。我在这个时候有时会犯下某种优柔寡断之错,因为不知道哪一种做法更好。总体是想把他叫醒。

事实上,他也很少能真正获得那样一种长期昏睡不醒的机会,时代可能会把他暂时遗忘,但是也会随时再想起来,深夜派人来敲门,把他叫醒或者叫走。如果在生活中再有某个具体的仇人,则更难获得安稳,对方时刻都在谋划着打击和进剿,会一直不遗余力地做一些力所能及甚至力所不能及之事,做一点是一点,说不定哪天哪月,什么时候就突然奏效了,怎么可能会让他一直安稳地睡着。按照自然法则和规律也是如此,他睡着,就必定会有人睡不着。

三

当夜晚降临或者白昼开始的时候,一些被日常生活绑缚着的人事进入了某个人的家里,我面前的那一张脸像外面蝙蝠的翅膀。有人手握秤砣,在烟雾中咳嗽。在这样的一种情形下,我总是会忘记许多事情,包括以前的所谓经验,包括平日里那些令人恶心或者赏心悦目的人事。心情像秋日的天空一样透明而晴朗,蔚蓝而高远,这是完成一部小说的先决条件。

对新闻、流行、周边环境的熟视无睹,都源于新闻皆为旧事,流行则更是传统乔装改扮、改头换面于多年之后的一次归来,没有人认识他,只是因为他变得太厉害了,不只是儿童相见不相识,所有的人都不认识他,包括那些自以为历经沧桑的老姜。很多时候它们如风一样刮过。很多东西在别人那里是个硬硬的核,或者一个结,一个过不去的坎,一座难以逾越的山,一个无法释怀的梦,在我这里则连一缕风一丝云都不是,实在已想不起忽略了多少东西,多少人事。常看见他们涨红的面孔和拥挤的身影。面对一种无声的召唤,我开始想那一缕风雨般的眼神要告诉我一些什么,会向我传达一种什么样的意味。一些东西开始向四处扩散和渗透,在那个过程中,又各自传达出明暗不匀的意思,令人想起泄漏的油漆和天气。

"民间郎中陈布礼在一个大雨滂沱的傍晚时分走进了基干民兵胡大海的家里",当我写下这一句话时,我看见一张封条被大雨淋湿,变成一些泥,露出一个漆黑的洞口和一段幽暗而可怖的岁月,当然那岁月现在早已荒芜,幽暗和可怖说的是从前。一个复杂的故事正在龇牙,它会流经并将牵扯到很多东西,包括时代及一切附属物。虽然此时事情刚刚开始,还不清楚最终将驶向哪里,也不知那个多年来一直四处给人看病的人内心何以慌张混杂,却知道那个叫胡大海的人此时正在他的灯光昏暗的家里仔细地擦拭一支步枪,他的一个孩子正在女人的怀里像一只雨前的老鼠一样探头探脑,烦躁不安。——这孩子他只是害怕黑夜的颜色和风雨的声音,对政治与时代当然没有任何感觉,更不知道世上有那么样的一种事物的存在。我是这样想的,也准备这样写。我想说的是这样的生活,这样的雨夜,以后还会有。

大雨常常会使平日本应拥挤混乱的一些地方变得空旷寂寥,

几个相关的人都分别躲在一些房子里,连绵的雨水打乱了他们的很多计划,也使他们迟迟难以露面。但另一些场景与人物也值得你多花费一些时间,某些段落令人不安,惊心而又棘手。故事里一些地区的潮湿之气正在隐隐泛起,泥土松动,草木摇晃。接下来,你清晰地闻到了从河的上游地段飘来的一个女人尸体的气味。当你将那些零散的页码逐渐归拢,最终装订成册以后,仍有一些足够诡秘的意想不到的事物在那宁静的外表下面窸窸有声。这时候你仍能想起小说中的某一扇窗户或者某个人的声音与影子,能听到一只苍白的没有厚度和纹路的手正在战战兢兢地叩响一只铜制的门环。当然,也有可能是一只十分粗糙坚硬的手,又黑又大,指甲缝里全是黑泥。

而那时,街上正灌满了风声。

有些人不希望看到事情有结局,认为过程就是一切。但是大多数的人都希望有结局,无论是何种形式何种意义上的结局,一定要有一个交代。一般来说,一件事情确有一件事情的结局,至于后续部分,则已是另一件事情的开始。不过,任何一件事情,如果放置在时间之长河中打量,观察,所谓的结局,很可能只是一种暂时的停顿或休憩,因为事情看上去似乎并没有真正地结束,而是以另外的一种方式或形态继续发展着,流淌着,变化着,更似乎永无止境,直接指向无限的虚无。没有最终,也没有尽头,只有虚无——永远的虚无和广袤。

我赞成那种精益求精的写作态度和方法,赞成呕心沥血,任何时候,一种呕心沥血的劳动都是能够令人肃然起敬的。当然,一个人做事的初衷和目的并非为了令他人肃然起敬。

　　这样的一种劳动,注定会开出与他人不一样的花朵,也将收获属于劳动者本人的果实。在滚滚人流中,在繁茂或者凋敝的大地上,他最先被认出。他果实叮当,却依然面色凝重。

　　每一个黄昏都是阴沉的,每一只椅子或每一扇门窗都是潮霉的,甚至沾有血迹,这是威廉·福克纳笔下的南方世界,它不同于马尔克斯梦中的炎热的殖民时期的香蕉种植园——那里尘土飞扬,火车的颜色如同香蕉一样。更不同于狄更斯、伍尔夫的伦敦或乔伊斯的都柏林。当我们看到一辆飞奔的马车载着一名高大的厨娘离开乡下的时候,当我们看到一个人坐在一间斗室里默默告解的时候,我们会想起托尔斯泰、陀思妥耶夫斯基,甚至果戈理、契诃夫。看到闪烁着幽光的家具和大理石般的场景以及某些繁文缛节的设计时,我们会想起一百年前有一位堪称伟大的小说家巴尔扎克。当一个打着绑腿带着刀子的目光阴鸷的南方加乌乔人出现在潘帕斯草原上,当一位打着灯笼的神学家迷失于一条熟悉的小径上时,我们会说,啊,博尔赫斯。看见奇异的桃金娘树,喝着桃金娘水,你会知道此刻正置身于鲁尔福的故乡。

　　在中国南方,在破旧的水乡背景下,你看到一位头戴毡帽的人用脚划着船,船头上立着一只酒坛,你首先想到的是鲁迅,而不是别的南方作家。水乡的人当然不全戴着毡帽，还有穿长衫的。看到旗袍和手镯，子夜时分的狐步舞，叼着纸烟的男人，会想到刘呐鸥和穆时英。

六十年前，T. S.艾略特告诉同时代的人们说，一个人在年轻的时候很容易菲薄"较老的一代"。我们不应当夸口，以为我们知道的比前人知道的多，因为我们知道的正是他们。这话大概很对，我们现在的阅读与参照，借鉴与比较，正是从他们身上开始的，他们曾经很真实或者不无虚幻色彩地存在过，我们所学习的正是他们，知道的也可能仅仅就是他们。

一个写作者应该找到自己的说话的声音与方式，在万千事物中，找到那种与你相应的主题，不要去表现完全不属于你的主题。说到底，那与你不存在任何形式和意义上的关系。作为一名无关痛痒的参观者，目光空荡荡的游客，你当然也可以用手去抚摸一门退役的大炮，甚至与之合影留念，但事情也就仅此而已。你千万不要指望或试图去学习发射，因为即使你有朝一日懂得了发射，你也不知道应该瞄准哪里，这才是事情的关键所在或真正的原因。

1992 年 5 月 5 日—6 月 17 日

祝你呼吸自由

又是一次令人心碎的分崩离析,或者说彻底的瓦解!没想到由两个曾经也算是心心相印的人经过多年的努力之后组建、构成的家庭,原来竟也是这样的不堪一击,这与那些草草凑合,与那些特殊情况下的临时搭配、奉命表演又有什么两样?就其牢固的程度而言,甚至还远不如那种临时的搭配、奉命的表演,区别似乎仅在于后者的所谓牢固来源于一种人为的政治的约束和某种使命,有一种组织纪律性在暗中看管着他们,有时还不断地会有人在幕后提词,使他们能够一直表演下去,直到任务结束,得到重新召唤为止。两个自由的人难以共同自由,各奔东西,无须受到漫漫长夜的煎熬,从某种意义上来说未必不是一件好事。只是这中间,这种土崩瓦解的情形太像风中的茅草,很难不令人唏嘘和感慨。如此看来,此前所有的爱、相知、理解等等的东西都无不令人怀疑一切,也使人很难再相信什么。也许,在某些特定的时刻,那一切又都是十分真实的,不容怀疑的,只是时间使一切发生改变,令人猝不及防而又无能为力。又或者也许我们的眼睛和心灵一直都在饱受着与生俱来的蒙蔽,因为生活与世界始终都戴着面纱,更因为我们的心灵始终蒙昧,眼前始终有迷雾,身上总有怪物在作祟。

夏天来到,也收到了来自热风里的一缕青蓝,像是从一条山脉上裁下的一角。

由于不久前的所嘱仍时常在耳边响起,目前几乎不能做什么,也很少行动,处于一种记忆与梦幻交叉穿插的状态之中,这样的交叉穿插也较平日更甚。计划中的《暮雨》也迟迟难以真正开始,身上的缝痕会在描述他人的病痛或伤痕时变得格外小心翼翼,脆弱而又计较,常提示并凸显其存在,甚至都很难用力描述一个阴沉沉的日子。每当写下那些晦暗、潮湿的字眼,一种隐隐作痛的感觉也会如约而至。短时间内,不再描写阴晦。那些明亮而干燥的记忆同样需要记述,有风——甚至风里有沙子,有云彩,有歌声,有墙角里的积雪和枯草……

我也是第一次才发现物的障碍难以逾越,与精神相比,不仅毫不逊色,或者更甚。

大多数情况下,其实每个人的工作都具有某种复杂性,其中的区别可能只是意义上的、趣味上的,有的具有意义,兼有趣味,有的则既不具有意义,更无趣味,除了复杂烦琐,只具有当天或当月的某种实用性,有时甚至仅仅只是一种形式,完成之时也是终结之时。

近来总把一些抽象的行为与具体的动作混为一谈,外面的某种声音时常穿过如同某种形式的木头和玻璃,使幻想中的诸多事物一次次废止,灰飞烟灭。凝视那些极为熟悉的日常生活的器具,时间一久,会有一种手持工具,在小说里做事甚至逃跑的感觉,这样的景象或画面令人惊异。假如没有了粮食、水,炊事活动首先会变得无比困难起来,一切有关的器械器皿可能也都将不再具有任何的意义,时间也不再需要千方百计地把握和控制。在某一部书的开头部分曾经写到此种困境,这种来自人类最基本的生活资料上的启示,毫不费力地便战胜了另外几种各有所长的开头方法。人想过一种非常简单的生活,这就注定会远离繁文缛节,远离很多人还在孜孜以求并一直施行的"装"和"做",不会像有些人那样生活在形式大于内容的辛劳之中,为表面的形式所苦所累。至于笔下的世界,则正好相反,希望写出尽可能的复杂、广袤与幽微,呈现出辉煌、酷烈和宁静的时刻。个人的生活不需要也不应该有太多的插图,不需要刻意的渲染和营造。集体的娱乐都是以嘈杂开始,再以疲惫结束,最终以空洞收场。人处于娱乐之中,常会有一种正在被腌制的感觉。在下一步考虑的一些人和事物中,我想尽力达到一种真正的引导、斟酌以及清晰呈现的目的,包括这种目的所裹挟的全部过程,他们已在寒风中站了太久,即

38

将投入讲述的几个故事将会作为一种开始。写作有时候只是为了一种感受，有时出于一种不可名状的需要，还有时则是一种秘密的驱使。秘密或许来自自身的记忆，或许来自共同的记忆，时间的记忆，来自某一个永不变质、永不腐烂的梦。

曾经，许多相识不相识的人就是一出又一出的皮影戏，多年只看到他们的肢体语言和表面的行为，并不曾了解他们的内心世界。对于往昔与传统的无边际的赞美和无情的矫正，都是人最常见也最容易犯的错误，它使人很难在一个短时期甚至即使是长时间内对那种真正深入灵魂的探究做出精确而独到的表述与评价。你目光浑浊，或者心如死水，肤浅的善良，或者本身奸邪、狭隘短小，所有这些都不可能给出真正的答案和客观的呈现，更难以做到真正的怀疑和觉醒。每当放下手中的一段历史或者开启一片新的布满尘埃与遗忘的荒原，都会在寂静中意识到一种距离长短不一的低语，一种表面看起来多少有些腼腆的对话。荒原何为？曾经的舞台或繁华所在。交谈或言说并不是对于行为的逃避，更不是某种躲闪，而是必要的伸展和延续，它的缺失将会使现实和历史更加迷雾重重，晦暗不明。无法想象一个没有声音没有言说的家庭、时代和国家，也无法想象一个昏暗漆黑的万古长夜，没有一星亮光，没有一个人醒着。黑暗中和酷暑中，听到他们的对话长达数百页，或许更多，有时集中在某一个晚上，有时零散，零散地散落于一个较长的时期之内。对于后人，一个时期只是一个数字，而对于处于事件中心的当事人而言，几乎每一天都相当于正常的一年甚至数年。如此广阔而复杂的语言阵营，在透明或者熏黑的尘埃下显露，复活，它在伸缩时光修补时光的同时，使我记起并发现了许多曾经被无知忽略了的东西。人的变化真是不可名状，仅仅在几年前还是那样极力回避人与人之间的交流，甚至人与物之间的关系，设置路障，拒绝交流，一声不响地去做某件事情，去往某一个地方。就像日常的某些阅读或其他活动一样，一俟你的心情和精力闲置无用的时候，立刻就会有那么多的曾被你苛责诟病过的内容突然涌动在你的视线之内，它们躁动不安地鸣叫着，扑棱着带血的或残缺的秃尾巴般的翅膀，等着你给予它们新的认知和评价。而在此前，你视野之内的地平线上几近于空荡，你像一个因挑食而羸弱的孩子。

从尘埃下来的，必然会有泥土被带起，有昔日的梦魇被掘出。这将促使人考虑那种与大地与生活相关联的最基本的事实和想象，考虑事件与人物的最大衔接，而不是在花朵前停留、赏玩，在假山前留念，在掌声中穿行，沐猴而冠。这正是我目前想做而又要做的事情。

为期数年的写作经历，也促使我不断地向一切智慧的内容学习、求教，领教历史。经验会使人老练而陈腐，很多以"老"字做前缀的名词或形容词，其包含和辐射的气息多少令人踟蹰。一般情形下，一些曾经发生并已然远去了的，对于大多数人来说基本是无用的,也乐于遗忘。所谓经历或者记忆,在大多数人身上并非财富,也非历史的教训,而只不过是一种经年的积垢,一种赘肉或某种多余之物,除累及时间与身心之外,很难见到它应有的光芒,而这样的经历原本应该是明亮甚至光芒四射的,因为其承载的是历史,是曾经的现实和人性。

无论是历史的经验还是无数的事实都无不在证明,绝大多数的人,都有负于他们的经历。

人间所有的故事,无不来源于生活,来源于现实,之所以有高下之分,就在于有的以想象做羽翼,有立场为方向,有思想作灵魂。有的则只是死水一潭,除没有生命,本身也早已变质,水中黏稠、污秽,水面上漂满各种垃圾,甚至死尸。现实和过往在有些人手里和身上只是一些天数和愈来愈模糊的年月,当然很多人也并不需要铭记或者开掘那些,一切也都将随着他们的身体一起沉睡,枯干,风化。腐烂的情形时时都有,但更多的是一些酥松枯萎的风化之物。经验和隔夜之血差不多人人都有,他人或自身诡杂的阅历和直接间接的体验永远是部分粮食和有益的空气、阳光和书籍,甚至我之生涯。学习与思考,甚至思辨的云层笼罩在几乎每一个人的头上,但是很多人随意溜走,躺卧在另一些不需要费劲想什么的摇椅上。对于大多数人来说,这似乎也正常,为什么非要费劲地想什么呢? 只要所谓的日子能过得去,完全不应该去想什么,尤其是那些常令人殚精竭虑而又很难有满意答案的问题。剩下为数不多的以吸吮知识为己任,经年累月的吸纳使一些人日渐圆阔、发福,终于成为一个知识的容器、肥胖者,这与那些拥有经历却作茧自缚与经历共同腐烂者在形态上和本质上异曲同工。而只有思辨与怀疑才会使得经历或知识不至于成为一个人身上的赘肉或包袱。在时间的长河中,有过太多的阅尽人间沧桑的人被一生中如山的经验埋葬,也有过太多博览群书的人因行动艰难而最终不得不停留在他们各自的床上,流出的液多为注释部分,呕吐物多为标点符号。

某种形式与调子不应该成为困扰我们的因素,而内容也同样不应该作为我们犹豫的理由,不应当是控制、远离或者兴奋的对象,只有选择什么内容才是唯一至关重要的,人与人的分界线也在这里开始体现、分野,立场、观念、态度就是从这里各自出发上路的。

我也在时刻寻找和发现我的内容,苍茫万物,纷繁万事,是你的有些一眼就能认出来,有些则需要时间和精神上的跌宕、嬗变。你从一些事物面前经过,其间甚至有盛情的肢体和鲜艳的故事向你伸出、敞开、挽留并延滞你的行程,但是你无动于衷,并未被触动,也许足以证明它并非你的内容。有时一夜之后,看到门外雪地上踪迹全无,或者脚印杂乱,线索纷繁,顷刻便明白你期待已久的它们已经到来,那时,许多现有的枝节也将会被忽略不计。一个人毕生的全部兴趣、热情与精力都应当毫无保留地献给他所热爱的事业,这几乎是每一个人的梦想。但是谁都明白,生活和命运却往往并不是我们所梦想的那样,很多时候恰恰相反。没有人天生愿意受辱受罪,但是人世间从来都不会因为你的意愿而特意省略掉什么或者多出什么。姜秀山的父亲对姜秀山说,重要的是我并不是怕他,只是怕他门前的那条沟。姜秀山说,办法只有两个,要么想办法离开那条沟,要么只能让自己不怕那条沟,除此再没有别的。

时间的流逝使许多的事物在每个人的面前和心里都留下各自深浅不一的影子,世界是大家共同的内容,如同阳光和空气,如同粮食和水,只有立场和方法是自己的。在一个琳琅满目的世界上,在无限苍茫的荒原般的历史和现实面前,选择什么才是人与人最大的区别。

常看见那种没有深度的所谓人的故事,就像那些没有纵深和缓冲的房屋,毫无秘密可言。

描绘大雨中的南宋,需要我从头做起,这个地区的一切对于我来说都异常生疏,而此前的大部分所谓的经验又遭到了来自文本本身的某种粉碎性的打击和毁灭,我想这可能就是所谓的人生地疏。初来乍到,我也像书中的广春一样满目陌生和惊奇,仿佛另一个版本的人间。

回忆几年前的一个多雪的傍晚,第一次见到你的父亲时,他正在全神贯注地工作,他的一系列散发着人类生存气息的安详而无穷尽的动作都给我留下了极其深刻的印象,使我至今难以忘怀,至今仍能栩栩如生地看到那种动作的节奏与一件事情的最终的结局。作为一名具有传统手艺的木匠,他的很多做法包括用具,都多少显得有些与这个时代脱节,比如用一下午的时间,用慢火熬一锅胶,比如像修理钟表一样极富耐性地制作那些卯榫。新一代的匠人们嫌麻烦,无论做什么都觉得太麻烦,他们不理解他为什么非要那么做,有现成的商店里买来的胶水不是挺好用么,为什么还要那么费劲地熬胶?钉子和各种型号的螺丝也很好用啊,却用一下午的时间抠唆出两个卯榫,从人力成本上来说也太不划算了,完全就是在赔本甚至倒贴。就连你都觉得麻烦和费事。他们不赞成也不屑于他的那些做法,不过他也同样不看好他们的所谓技艺,他甚至认为他们根本就没有什么技艺。雪白的刨花从他的手里哧哧地冒出,堆积如山。此种强烈的日常生活的情景令人迷恋而又叹为观止,也使人常常哑口无言。它使我由此想到了一些作品的写作过程,一部真正杰出的作品应当就是使人在惊叹之余哑口无言的,并由此波及自身,对自身产生出某种不无灰暗的沮丧心理。文学的语言有时候就像天底下某种人事,你如果不能完全呼唤它,笼罩它,反过来你就会不可避免地被它所拖拽、挤压,直至扑倒在地,这一点至关重要。傅英他爹拉着一车土坯下坡的时候,完全敌不过坡度本身的锋刃,也不能自己掌握速度,几乎一路小跑,突然被一根绳子绊倒,而车身又太重,只能不情愿地压在他的身上。有一种东西有时候是你的一副眼镜或一根雕花不雕花的手杖，当你视线模糊的时候，你得擦亮并戴上它。当你的目光重新清澈之后，你要把它摘下来放到一边。这个时候你如果仍然戴着它，有可能会坏事，把一条路看成两条，甚至数条，你可能会撞到墙上，也可能像傅英的父亲一样被绊倒在地，也或许就此永远不能再起来。但是更多的时候，它如同水，是水就永远想流，在一个时期它也许会结冰，把自己封冻起来。而在紧紧相邻的另一个时期，它可能会蒸发成一缕气体，缭绕一阵后，腾空而灭。再换一个环境，一个新的天地，不管它是冰还是气，它都会还原成水，继续粼粼，继续流淌，甚至奔腾。纵使一潭死水，也会千方百计地向周边或地下渗漏，像雨水一样越过季节，像石油一样盲目，凶猛而简单。对它来说，永远没有终点站，不存在最终的归宿，所有的落脚点都是暂时的。

在最初的意识里，先是一幅雨中的结构，有一个时期忽然发现它并不是单独的一幅，而是可以翻动的多幅。又过了一些时候，遥远的地平线出现了，那就意味着它有了纵深和广度。当地的人们修建房屋和院落的时候，常说到一个词"入深"，就是那个意思。我对于这个故事充满了极大的兴趣和热情，我希望其中的巨细部分能够按照它们各自的特质和方式静止或者运转，我要像你父亲推刨子那样把某些地方刨光、刨平，使之该细腻的地方不再粗糙。我希望它在运行的过程中表面枝叶纷繁，深处盘根错节。手中的力量尽可能地一直都平缓而均匀，得小心不能把它拉断了，更要尽量避免它在成长的过程中受到侵袭和曝晒，变得表皮多皱而内里枯硬。如果有意义也有必要的话，我也愿意将其中的某一句话或某一节单独移出来，变成另外的一个东西，像是从一个大家庭里分离出来的一个或数个既相对独立又互有丝连的小家。无论是什么，它势必另有侧重和落点，由此而来的风格和意义当然也会大相径庭。

　　一部有迷雾的或者本质上更复杂一些的作品也许更令人喜欢，更具有翻阅价值以及掩卷之后的惊异和长思。因为真实的历史和现实本就如此，谁能说自己对于眼前的现实以及身边的人事看得一清二楚，又对历史了如指掌，不存在任何的迷雾或疑问？即使是个人的那点尘埃般的微小生活，一棵树，三亩地，一份薪资，一个破厂，一种土拨鼠般的手艺，一个麻雀般的小家庭，也并不总是晴朗如洗，澄明清澈，很多时候也酷似那种集体的历史和现实，迷雾重重，幽深莫测。一个人有时候会不可避免地写下一些鲁莽而欠多思的甚至不乏愚蠢的文字，许多冒失行为和情节常使你在事后不断地反省自己，谴责自己，就像日常生活中不断地说错话、做错事一样。人一生中不知要说多少愚蠢的话，做多少愚蠢的事，完全不可预见，也完全难以预防。不过这样的冒失或鲁莽要比那种集各种道理与真理于一身者要更令人可亲可敬一些。某些装神弄鬼或故作庄严的活动令人厌恶，但一个没有神秘因素的世界同样也是一个可怕又乏味的世界。粗糙的手法和故事令人难以忍受，但细腻又绝非琐碎和令人窒息。

能在开卷之初望见一条尘土飞扬的民间大道，那时候就会知道已有足够的空间和年头能够把他们一家以及相关的那些人叫回来了。目睹一辆兼有欢乐和死亡色彩的马车覆灭的全部过程可能并不具有多少意义，发人深思的很可能倒是盘桓在大道两侧的时间或者某种人生的胚胎，那些飘扬在尘土中的头发与衣襟在很大意义上与那些世代的落叶相差无几，开卷之后的寂静和黯淡形同起伏的山脉。一个能从路边水坑中看见自己的脸和倒影的人，一般来说是一个长于心计的周密细致的人，当然也有可能是一个神情恍惚的心不在焉的人，他能在乱糟糟的公众场景中听到自己的脚步声，却听不到某人摔掉杯子时的碎裂声。门打开，一个虚浮而油亮的人走了出来，贴身得体的背心如防弹衣。紧随其后的是一个鸟一样的女人，她有着芦花鸡一样的腿和白鹦鹉的眼神以及表情。他们的出现和到来印证着十年前的一件往事只是谣传，只有相关的那些人才是真实的，其间相继死去的那几个人倒成为几个实实在在的冤魂。

各种混乱，混乱的足迹，混乱的脸，混乱的背影和主张。这些也许还不是最可怕的，真正让人害怕的可能还是观念和认识上的混乱，因为那会造就各种泥淖，把很多东西都拖拽进去，就像所有的人在同一个池子里洗澡，大家只露出脸，或者锁骨以下三四十

47

厘米的部分,这样一来,那些身上不干净的人就再也不用难为情了,也能够若无其事且理直气壮地置身其间,轻松自如地撩水,睁眼闭眼,红掌拨清波,甚至推波助澜,扎猛子,谈笑风生。

不过,也记得一个春风沉醉的晚上,一个人说,等赚够钱以后,我还会回来的。

某年,回到童年时曾住过的一处房子里,抬起头,忽然从仅剩的几根横梁和椽子之间看见了一片与昔时完全一样的天,强烈的光线黄雨般地从那片不规则的豁口一样的露天处倾泻下来,灼耀,刺目,迫使站在下面的人情不自禁地流出了泪水。

1992 年 8 月 20 日

初夏手记

在不久前的部分作品中,我接连描写了一些异常密集的房屋和窗户,它们的存在,它们的敞开或者紧闭,与那些在其中漂泊的灵魂互为庇护,在某些时候又共同面对一切,共同消失,在岁月中毁坏。事实上,它们不仅仅作为生活场景,很多时候承担着本应是天空和大地承担的义务,开门容纳,接受倾吐,接受种种肆意任性的或者迫不得已的倾倒与泼溅。恐惧,惊愕,背叛,突袭,暗红的血,海水般的眼泪,杂色的噩梦……从一开始,戏剧化的呈现就像一头怀孕的母牛一样被牢牢地拴在了出口处,又辅助于圆柱和栅栏,以及一扇狭小的窗户。之所以如此,是因为很清楚并不是在演戏,不需要那么多的巧合和笑声。台下有笑声响起,一定是有很滑稽的人或事情出现了。而且,你是否想过,是一些什么人在笑。很多时候,只要有背景,用不了多久,路上就会出现人影、风声、行走的月亮,哪怕是在地平线的尽头。而某一间房子里,很快也会传来人声,门半开着,雪地上响起脚步声,屋顶上有炊烟升起。

烟囱里有烟,就足以证明有人回来了。

在实际的生活中,风经常在一定的范围内呼啸,经常在它们最熟悉的地区出现,游走,很少到别的那些它们不熟悉的地方去。而雨也总是下在某一些并不是特别需要水分的地方,其实通常也是下在它们最为熟悉的那些地方,说总是下在它们自己的故乡也未尝不可。致使那些终年阴湿的街道、门户、山墙和岁月更加苔痕重重,霉迹斑斑。雨使它的故乡苍白,斑驳,发绿,发霉,也致使那些世代久居于干旱地区的人不得不借用某些仪式和技术,请求上面,强行拨一些过来,湿一湿他们的周围。他们本身倒是无所谓,哪怕脸像锅底,也不影响活着,快要冒烟的只是那些热烘烘的土和脸色蜡黄的禾苗,是它们需要淋漓和浇灌。

这算是群体性的稍微大一些的方面。具体到某一个单独的人,所谓的好事也总是姗姗来迟,甚至完全空白,无影无踪。有些人,一生无人怜爱,状如枯草、瓦砾,没有谁会去多看一眼,女人们更是没有人把他当个人,让人不得不深思所谓的自然法则,阴阳对称,平衡之道。那些本应属于他的东西,相关的人,都到哪里去了?是从一开始就压根没有安排?

天生就本该一无所有?出生就意味着被遗弃?或者说一切早已命中注定,所谓出生只是为了凑数,作为一个影子一般的观众,作为万千头颅中的一颗,作为人间的一缕微弱而毫不起眼的热气,活着只是为了给他人垫脚、助跑,只是为了被称为群众、众生,为了作为一种宏观而遥远的集体性的名词被使用、被引用,只是为了给他人和世界捧场、做证?

这样的一个人,出现在你的笔下,为了所谓的好看、多彩、跌宕,甚至惊心动魄,你给他虚构出一段甚至几段爱情,你不仅无耻,而且是真正的伤天害理。所幸的是,我从来没有做过那种事情,在别人的伤口上起舞、微笑、收获,以前没有,以后也永远都不会。

一个微小如灯头的念头,一个不经意的转瞬即逝的无人察觉的动作,其背后往往因错综复杂而鲜血淋漓,又由于过于幽深莫测而铺天盖地,绵延不绝,甚至无边无际。

十九世纪的作品,几乎全部都散发出旧家具旧衣服的气息,不用深呼吸,一推门进去,即有往日的东西扑面而来。小时候去奶奶家,最怕她开那个大黑柜子,因为一开就会有混合着陈年霉味的多种气息从里面跑出来,各种古老的影子般的气息颤巍巍却又足够严厉地走过来,围住你。那中间有清新的空气么?好像没有,全是往昔岁月的残枝断片。而与此同时,每次又都希望那个大黑柜子被打开,因为总有你意想不到的一个东西,多为吃的。

很多年,无论是漫长的旅行途中,或是一次短暂的行走,我都会对那些镶嵌或排列在大地上的窗户难以忘怀,且总是投以最不为人知的关怀和注目。而它们也从来都不负我的关注,每一次眺望都会使我受益匪浅,很多时候会胜过日常的阅读和生活,它们以一种混沌无比的结构存在着,排列在大地上,有时宁静、寂寥,有时则无比喧嚣。房屋是什么? 在我看来就是历史的驿站,一些临时性的当事人住在其中,短的几年、十几年,长的也不过几十年,无论多长也长不过三代,即使人不死,坚硬如铁,绵延不绝,房子本身也是有寿命的,也会总有一天撑不下去的。你住在一个自以为是你的私有财产的房子里,里里外外的一切好像也都是你一草一木地购置并建设起来的,你熟悉其中的每一个秘密和公开的地方,知道哪儿最脆弱,哪儿最坚固,哪里最容易碰头,哪个地方阳光很难照到。一切看起来井然有序,有条不紊。一些有能力甚至心怀远大和久远的还在其中修筑了种种机关和暗道,从一开始就是按照永久来设计的,是奔着"永远"去的,压根就没想过会有结束和到头的那一天。可是,当某一天到来,你永远地闭上眼睛,此前的那一切便即刻宣告结束,别人会另起一行。

可是,你的那么多秘密他们还不知道呢。昨晚临睡前,你曾经还想着应该把帽子和手套都洗一下。一副眼镜也没有放回盒子里去,因为第二天一起来就又要用了。昨晚写完字以后,毛笔也忘了洗,还搁在砚台上。原计划今天还要去找一下老薛,有一件事要对他说。

有人进来,把包括你的帽子和手套,平时常穿的衣服,买了却从未穿过的一直放在柜子里的衣服，以及毛笔在内的一些东西，一股脑地撮进一个垃圾袋里，放到了门外。

等等……你想对他们说，那毛笔还能用呢，眼镜也是去年才刚刚换过的。

说什么都没用了，什么都没用了，那间历史的驿站又来了新的人。如果没来，将会被锁上，或者彻底拆除，推倒，灰尘和荒败开始在其中布置另一种故事。

南方苍白霉湿的山墙和高而窄的窗户会使一种语言自始至终都水汽弥漫。比起老实木讷、不善言辞的土，水更能产生某些情调，甚至本身就是一种情调。就像天津话，根本不需要专门用来表演什么，只要张开嘴正常地说就行，其本身就是一种曲艺形式。

北方的窗户，没有刻意的隐藏，就那么明明白白地摆在那里，坐落在那里，门口或门外一有人出现，隔着窗户就能清清楚楚地看见。不过，对于那些窗外堆放着隔年的柴草或用砖瓦遮挡起来的窗户来说，就又是另一番情景了，里面不是没人，就是住着有严重问题的人，而所谓的问题，也无非就是生理或者心理某一方面的。之所以把窗户遮挡起来，除了不愿意向外观望，还不希望被观望，这反倒更种下了一茬儿或几茬儿更显诡异而好奇的种子。

站在一位历史人物的故居前，我惊骇于眼前的这个院落和房屋,与我们从小生活过的环境并无二致,特别是迎面的那些窗户、窗框,直叫人怀疑又回到了遥远的幼年时期。房子里面也是我们那种炕,坐在炕上,无论谁从外面进来,都能看得一清二楚。

要知道,这可是在所谓的草原上,这家人的血管里流淌着的是正经的蒙古血。

在这之前,一直都以为他是在蒙古包里长大的。

既然从小生活在这样的院子和房子里,我觉得那就不愁瞧不到他的童年。

周围一带的山,也是我们那种山,只不过名字不一样。如果去掉它们的蒙古名字,不去想它们的发音,山上山下的情景就都应该是我们所熟悉的,一圈石头围起一个东西也不稀奇,我们打小见得多了。看见一个东西像狗又不像狗,像羊也不像羊,轻轻地跑走了。

真正陌生的倒是河西的那些从干燥的黄土崖上掏出来的窑洞,在漆黑的夜晚里无声无息,一片黑暗。站在下面远眺的时候,以为这个地方早就没有人烟了,只剩下鬼魅和荒凉统治着周围的一切。但是,当蹚过一尺多厚的面粉般的浮土和一些稀疏的灌木,来到那些漆黑窑洞的不远处的时候,才发现里面有人,在无比昏暗的灯光下有条不紊地重复着几十年如一日的动作,有的躺着,不知在想什么;有的坐着,注视着豆粒般的灯头;有的正在用一块早已完全看不清颜色的布慢慢地擦干一个碗。窑里三分之二的面积是炕,剩下一个丁字形的狭窄过道,人平时就在那个过道里出来进去。当然黑夜来临以后,就都撤退到炕上。

忽然听见有人在外面说话,或者门被推响,就会有一双或者几双不无惊恐的眼睛一齐转向门的方向。实事求是地说,对于他们来说,外面来的每一个人都属于不速之客,甚至更像是不祥鬼魅。不用说是夜里,用他们的话说,就算是日头红梗梗的大白天,杏树下面忽然出现了一张生脸,那也足以叫人心里发毛。至于那张脸上的表情是笑着的还是不笑的,那并不重要。重要的只是有人来了,出现了,这以后就在想无论如何都得想办法打发走。

他们像招待历代的兵匪一样招待所有的陌生人。

老汉坐在那里,横了横心,吩咐女人去取挂面。

挂面很可能放在一个缸里,或者一个隐秘的柜子里。

煮好以后,老汉坐在旁边抽着旱烟,说,吃哇,毛主席也无非就是一天三顿挂面,顶多再倒上半碗香油。香油没了,就剩个底子了,上一回王主任一下全倒完了,将就着吃哇。

两年前,我曾经描述过一个坐在窑洞里等着出嫁的山区姑娘,外面喧闹的人声和嘹亮的唢呐声将她送上一生的巅峰。娶亲的马车披红挂绿,铃声叮当地出现在门外。头一天晚上,村里的一名已婚妇女用一根线为她绞去了她脸上的那些代表着童年和少女时光的细碎的茸毛,同时也宣告她的姑娘时代正式结束,从此以后就要每天出入于另一个此前完全陌生的很可能也是三分之二的炕，连带一条狭窄过道的家中，日渐熟悉，直至闭着眼睛都能回去。

密集而又不乏舒缓的写作生涯使我的耐心正在日渐滋长。我现在已基本能够在较长的一个时间段内注意倾听一个人的味同嚼蜡的谈话，而不至于再像以前那样表现得坐卧不宁，心烦意乱，甚至有时还会浮现出某种清水般的笑容。不止这些，其实能够直面丑恶的耐性也在慢慢地增强，而从前的拂袖而去又是多么的孩子气，多么的小家子气，你一生气，一走了之，错过了多少目睹丑恶上演的过程，因为许多的人和事完全超出你的想象，就算你殚精竭虑，苦思冥想，调动起你所有的能力，也很难虚构出那样的人物和情节。面对丑恶的人事，我总是努力坚持看到最后，看看最终能达到怎样的一个境界。在一定的范围内，事情是有边界的，并非无限。

写作小说，要求人必须能够直面丑恶，直面世界上最脏的东西，还不仅仅是因为那一切超乎你的想象。

还原生活也并不可怕，可怕的只是还原出来的是一种比较虚假矫情的生活，作者虚假、虚伪、矫情，他笔下的人事一定虚假而矫情。有太多的人做过这种事，按照他本人的浅薄情感，人为地编造细节，给狗安上狐狸的尾巴，替一名乡间的老人植入诗人甚至哲学家的思绪……而实际的情况，他可能仅仅只是需要做一个白内障手术，或者再添置一头小牛，别的根本没想那么多。

有时候,也会翻阅一些耸人听闻的故事,感觉就像日历。一般来说,按照人的本性,每个人事实上在两个不同的世界里出入着,撕扯着,在一个世界里出生入死,在另一个世界里频频回头,喘息或者哀鸣。第一个世界与他人为邻,与社会相融,熙熙攘攘,摩肩接踵。而另一个世界里,人烟稀少,很可能只有你自己独自一人。就像一个人,白天去食堂吃饭,晚上回到自己的小屋去睡觉,这即为两个世界之间的界限。第一个世界是他人的世界,不过,你要是一个心态积极的人,也可以认为是你和别人共同的一个世界,大家都很重要,一起比赛,一起拥挤上车、上台、上厕所。其实,你在其中呐喊也好,哭泣也好,雄心勃勃也罢,充其量也只是其中的一个影子,一种声音或颜色。你行走在滚滚不息的人流中,你只代表一个背影或者一顶帽子。当然,你也可以不承认自己被裹挟,不承认随大流,坚信自己特立独行,世人皆醉我独醒,那也没人和你计较。事实上在滚滚的人流中,每个人都只是一个数字,而在有些特定的时候,甚至连数字都不是。再把背景放大,不用说放到宇宙那种层面上去,就放到我们熟悉的天地之间,每个人很可能都只是一个污点,擦去也可以,不擦,放在那里也行。

不只是我,很多人都见过那种在他人的世界里打了败仗的人,很多时候,其实又是互相看见自己和他人败下阵来,像一条鱼一样坐在石头上,或者躺在岸边,弄点止血的药抹一抹。这以后,有的一蹶不振,虽死犹生,只是在一点一点地耗时间。也有的开始认真地修缮自己的家园,修缮的结果完全取决于梦想和立场,取决于材料的本身、修缮的方法与技艺。

为期数年的写作使我不断地获得安宁,与此同时,却又像是在一条荒芜的路上走了太久,以至于每当与一些久未谋面的朋友或熟人偶遇,在一起说话时,都会有一种恍若隔世的感觉。听他们说话的同时,会在心里搜寻他们从前的模样,打捞前世的某些情景。也会关注他们各自所走过的路,想知道他们曾经遇到过什么。小山说,那一年差点儿完了。

写作使我觉得离过去越来越远。

首先是地理上的遥远和时间的暗晦,其次才是精神上的间离间疏。很难说那是一种怎样的感觉,你的记忆经过长久的跋涉,此刻正停留在某一个院落的上空,却发现你幼时就熟悉的那一家人正像小人国里的居民一样在生活着,在袖珍而又沧桑的院子里出来进去,不能说每一天都是前一天的重复,但大多数的时候确是在重复。你已经有几十年没见过他们,没听过他们说话了,你更无意要抽象他们,但他们早已被不知不觉地抽象,连从前的声音都是极其生疏的,像是经过了特别的选择和过滤。事情的诡异和复杂之处或许正在于某些转角或明暗交界的地段:在时光的路上,你的确已经离开他们很久了,可是,不管有多久,也不管有多远,只要你需要,他们以及其他人事便即刻出现,这究竟有赖于你的召唤之力还是他们多少年一直就在你的记忆之墙外? 不需要任何形式上的铺垫和努力,随想随到,世界上哪有这样的事情?一个人,想看星星,你还必须等到晚上,首先还得看乌云的脸色,它们要是不给予方便,你还就是看不成。幼时,想看一场电影,各种条件都具备,有电影本身,有电,放映的人也愿意放,不刮风也不下雨,这些该有的条件都有了,你还必须找一个地方把银幕挂起来,要是没有那么一个地方,前面那些条件再具备也没有用,照样还是看不成。

这时候,所谓的风格也开始渐渐地形成。有时候我把它看作行进途中的一种障碍物,也有的时候作为一个人区别于他人的标志,大千世界,茫茫人海,你一眼就被识别出来,像明星或者逃犯,你仓皇的背影,零乱的脚步,惊恐的眼色,或者故作高深的面容……风格很容易被理解为同一种色彩的重复或累加,而事实上那更是一种永远区别于他人的习惯或标志。我理解的风格是,你每天易容,变换举止,频繁更衣,结果还是很快被指认。

多少年,一些人事使我永远无法忘怀,一睁眼,就看到他们以万分之一的比例正在那块依然苦寒的土地上蠕动,伸缩,爬行,凝固。当然也有悲喜交加、欣喜若狂的时候,在四月的微风中她们拎着第一茬儿韭菜,身着春衫,走在回家的路上。在六月的夏夜,繁星满天,坐在家门口,昔日的青石换成板凳或椅子,穆桂英变成阿庆嫂,现在连阿庆嫂也走远了。

数不清的场景依次闪现。

我不知道谁是我的读者，我以为没有，我以为不存在那样的一个或一些人，我以为存在与否都无关紧要。我写下那些故事，最原始的初衷也并不是要给谁看，更不想争取什么喝彩与围观。喝彩与围观都会使我无地自容。在空寂无人的夜晚，在大雪纷飞或者大雨滂沱的午后，写下那些，我会略感安心，不再难过，不再如没头的苍蝇。若干年后，关门走人。

　　看见灯被点亮，看见一个人的衣袖像狐狸一样飘过，差一点把灯扑灭，灯头弯曲了一下，往下矮了一下，很快重新站了起来。因果的简化或忽略，会使两个人的关系如同迷雾，无论他们是在亲密地说话，还是在心狠地搏斗；同时也会使得一件平常不过的事情发出耀眼的光芒，就像暗夜里的一道光，不管是迎面而来，还是只在不远处反复徘徊，一种陌生的枝条已经抽芽。远来叔叔说，他来的时候，那边的地上还盖着雪。他往外抽皮袄的时候，看见了春天的一张脸。我替他捡起并完成那张脸，有些白，又有些绿，很害怕地躲在一垛柴草下面。

　　蓝色的阳光。

　　蓝色雪地上的红晕。

　　一年一年地活着而没见过这些，不免令人唏嘘而恻隐。

　　我喜欢有迷雾的作品，有辽阔，有纵深，草木葳蕤，空气凛冽。不喜欢室内剧式的陈述，不喜欢那种清汤寡水的东西，那种东西，即使是作为一种饭,也是专门面向病人和老人的。

有时候,一个人颤抖的胡须或东倒西歪的影子会使我激动。一根红肿的手指,背后必有一段来历。一个无声流泪的女人和一个号啕大哭的女人,应该是两个人,不过也有可能是同一个人,可以先不去想那种声音会有什么后果,但是不能不知道她为什么号啕。一幅丰收在望的图景值得认真描述,那种时候,人的心情也是橙黄而晴朗的。在那样的一幅情景里,始终存在着一种宏大而永恒的东西,希望与美好也同时并存。我写过《发现》,《发现》中有一条线索就叫《1950 年丰收在望》,其中的内容来自对已逝岁月的眺望与斟酌。与之齐头并进、平行运行的还有另一条线,《在1962 年的山谷里》,它们互为照应,互相照亮,基本都是黄色的色调,太阳的那种黄,土地的那种黄,草木的那种黄,以及木头本身的那种黄色。在那个整体阴冷霉湿的故事里,这是两条最为暖和的路途。在那个令人身心俱寒俱裂的故事里,我用温暖的黄色装饰其中的一条街道以及街道两边的店铺和门户,升起那个晚上的一轮同样色调的月亮。我写到了木制的铺板、房檐和街角,铜制的门环和灌满了风声的巷子。看见其中有几块木板不再发黄,而呈现出一种非常陈旧的紫红色,像是浸染了猪血或者泼洒了铁锈红。无论是哪种情况,主人的心里再清楚不过,在那条黄澄澄的街上住了那么多年,他积攒了太多的秘密和各种难言之隐。简单地叙述一个故事并不困难,但要触及其中的深度和广度却绝非易事,而许多缺少深度和广度的故事当然同时也就不具有任何的意义。

我想说的是那种经过引导和疏浚的语言之梦。

多少年来,许多人常把一些简单而粗糙的人物素描或者特写看作一个个可以独立行走的活人,甚至得到钦定并表彰,这就为日后的某些问题造成了很大的混乱和困难。水被搅浑,真相便可以轻而易举地隐匿不出,最好永远不出,最好直接腐烂在水里,这可能就是很多人最期盼也最想做的事情。但是,某一天,有东西忽然浮出来了,岸上一阵慌乱,很快再七手八脚地按回去。还觉得不放心,就顺便再绑一些石头或者铁家伙,重新沉回去。

某一年春天,我在太行山深处的一户农民家里吃饭,家里有一个十四五岁的小男孩双目失明,已经拜了一位老盲人为师,学习吹奏唢呐。那天中午小男孩一直坐在他们家门口断断续续地练习一支曲子,因为不断地有人说话,所以也没听出吹的是什么。后来他告诉我说,他的师傅收了十几个像他这样的徒弟,他们拜师后的头一门必修课就是学会吹奏《十五的月亮》,因为这支曲子不仅能在农村的婚礼上演奏,在打发死人的葬礼上同样可以吹奏,因为人们注重的只是一种声音,而并非什么内容,也不在乎什么内容。只要有那样一种气氛存在,只要有那样一种声音不断地在耳边响着,让周围的人们都能听见,知道他们家正在办什么事情,就行了,就够了,目的也就达到了。我问他,不学别的么?我指的是那些传统的曲目,有些完全就是高亢嘹亮的悲音。他说,将来可能也要学,不过首先要学会眼前这几个曲子,有了这几个,先就能上场了。说着,他用手抹去哨子上的口水,又吹出一串嘹亮的尖音。

我见过许多在精神和物质方面都生吞活剥的人。一部作品究竟能为自己、为他人提供出什么,呈现出什么,呈现多少,我从前几乎没有想过这类问题,后来它们不知通过什么方式和渠道进入了我的思考之中,有点像老司机比年轻司机多出来的那部分东西,会边走边想一些问题。别的先不说,有一点可以肯定的是不再会吹着口哨,打着电话,横冲硬闯了。

每个人的身后都拖着一条或长或短的尾巴,那即是他的过往。一个国家,一个民族,有自己的所谓历史,每一个具体的人,当然也更是充满往事。常常有人把一些真相比喻为伤疤,这么一说,问题就出现了,说伤疤是不能也不应该去碰去揭的,揭的结果就只能是再次流血。

那当然,那还用说么,即使没有伤疤也能流出血来。问题是这样比喻是否恰当?是否准确?是否浑水摸鱼?是否指鹿为马?是否李代桃僵?是否一开始就指给你一个相反的方向?

有一些往事令人战栗,令人唏嘘;有一些往事会使人热泪盈眶,彻夜难眠;还有一些往事会令人愤怒,令人瞠目结舌,而又无所适从。

许多来自昔日的光线时常将我触动。我看见从前的木头依然簇新，大鱼和花朵却不知去向，只有血泪还抹在上面，如胶似漆，也如同松香，却没有松香的一丁点气息。今天的木头当然也还是木头，但是其属性与今天绝无瓜葛。时光的流逝使许多曾经显赫的东西灰飞烟灭，也使许多平常的东西凝固为永恒。就像风雪夜归人作为一幅永远的往事情景之一一样，"回眸一笑"的情景，你在今天也绝少能看到。今天，所有人坐下，腿都是尽可能地张开着的。

　　有一年冬天，我在一个荒凉得不能再荒凉的小站等车，站台上只有一盏青灰色的灯亮着，感觉并不牢固地吊在一根电线杆上，几具长短不一的影子在灯下晃来晃去，灯光使一切都变成了青灰色，包括那几张人脸。我注视着空寂的站台，我在那个时候发现灰色的水泥和黑色的铁都是一种能使人的视觉更加寒冷的东西，随便看上一眼，便会明显感到又一轮的寒气急速聚拢，尖利地涌来，被吸入体内。尽管有一幢黄色的房子，铁道上和站台上还有一些用红油漆标出的短小的横杠，但是在满目的青灰色和黑色面前，它们看上去更像是一种极具讽刺的存在，如同黑色和青灰色的雇佣军或者穿着本人服装为黑色和青灰色做事的所谓线人。

　　道路使人孤独，建筑使人寒冷。

　　丁武周说，读者就像看客，看到你剑舞得并不怎么样，或者变出来的鸽子不能飞,甚至不小心直接从袖筒里掉出来一个什么东西,他们就会转身离开,去看旁边耍猴的,那边的小锣正在当当地敲打着,猴子罗圈着腿,用手里的砖拍向主人的脑袋。魏锡英也承认说,确实存在着这样一些人,他们是最普通的看客,他们的一举一动,以及所有的一切,都是在政治和经济的双重穹顶下进行的,而且总是不时会抬头仰望。他们被扭成麻花,或者心口不一,是有着各种原因的。几乎与此同时,他们也都是最普通的食客,总是在一条街一条街地寻找着最便宜又最能让他们感到身心放松的地方。这样的人其实非常不应该谴责他们,说他们什么,因为他们本身已足够可怜,令人心生恻隐。可是,好像又应该对他们说点什么。

但是,不管现实如何,形势如何,确实也还存在着另外的一些人,一些天生就异常挑剔的人,为了一顿他们眼里的真正的饭,甚至仅仅只是为了一句话,甘愿跋涉上千里。

魏锡英说,那是些什么人?

丁武周说,历代都有。我们现在看到的各种典籍,你以为是谁保存下来的? 官吏们? 官吏们最想保存的还是他们的财产。老百姓? 老百姓首先考虑的是性命问题、吃饭问题。你遭遇不幸,希望你的邻里能将你的一些书代为保存一下,他们也答应了。可是后半年的时候,他们的口粮出现了饥荒,正好有收破烂的在外面叫唤,女主人忽然想起床底下有好几箱子书,就提议赶快把它们都卖了,补贴一下家用。再说了,那个人还不知是死是活,能不能回来呢。男主人于是钻到床下,一箱子一箱子地推出来,告诉那个蹬三轮车的,都拿走。

魏锡英说,还有图书馆的那些女人,那些有来历有关系背后有坚硬权力做靠背的七大姑八大姨,每天只知道织毛衣,聊天,说东道西。下午不到五点,就都早早地关了门溜了。

1993 年 6 月

深夜读某人回忆录

深夜读某人回忆录,目光不时被历代遗留下来的一些隐蔽的树桩突然绊倒。卷首的红色飞檐隐约可辨,犹如他早年间曾见识过的某种尖利的触角。第十一页,一个秘密的会议正在进行,关于这次聚集,此前曾大事张扬渲染过,后来却突然偃旗息鼓,不了了之,而此番却又以一种不无诡秘的方式重新被记起,重新开始。书中的阴风总是在傍晚的时候穿堂而过。

临近晚饭开始之前,为了驱寒,他们各自饮用了一部分三年前的陈酿。酒瓮一直深埋在树下,酒液一片温凉。面对他如水的笑容,她的神态如同一只束手就擒的家禽。那时候,呈条状的一些青藤正在墙外飘扬,情形酷似一种反扑,不过也有时条理清晰,仿佛一次出发。多余的影子轮番抽打在窗户上,他端起酒杯的时候,外面的风雨扑灭了门前的一只灯笼。

夜晚的阶梯徐徐而过,有如他缓缓翻动的书页。躺在仿佛一只打鱼船般的床上,暴跳的烛花烧焦了他的一缕头发,仿佛江心漩涡,又有浊浪排空,水汽如铁如腥,阵阵零乱的脚步声般的声浪由远而近地朝着他袭来,还有的正在来的路上,眼前的情形使他再无心夜读。

这便是那个夜里最基本的一些情形,更多的尚未正式展开,当然也有他本人目力不及之处,以及更多的永远的未解之谜。整个的情形,类似大幕的一角,被一只颜色发暗或苍白的手悄悄地掀动了一下,很快又归于平静,恢复如初。恢复之快,几乎不易察觉。更多的那些永远不为人知的情景当然继续隐在幽暗之中,有的作为未曾涉足的空间,有些作为幽冥之境。

这其实便是世界本身,三分呈现,七分隐藏,无数人头破血流,终其一生,仅只是其中的三分,仍然混沌不明,难以领会。他想起那些看似澄明的酒,一瞬间也漆黑如夜色。

第二章开始的时候,河流与道路互为因果,轮流值守,交替。一个人迈着小心翼翼的步子来到他的门前,多年来繁重的农事以及无数足够龌龊的人间琐事,使这个人的面目与昔日的容颜相去甚远。此前的一段时光里,正值一个大雾弥天的早晨,来人一直贴着墙根慢慢迂回,迂回着前行,渐渐地向他的门前接近,耳朵竖起,铜制的门环上依然滞留着一些昨夜的残露。

大雾中沉重的脚步。

湿漉漉的街道上早起的人声。

昨天晚上临睡前,外面的风雨曾使他感到无比惊愕,人世间仿佛有巨大的灾难将要呈现,兑现,却又明确昭告不是某一具肉身所能够阻挡或者缓解的。这事他当然再明白不过,所以才抽出一本旧书,书中繁华而富丽的场景使他渐渐地忘记了外面的风雨,甚至忘记了周围的情形以及栖身之处。奇花异草般的翠鸟在书中的楼台亭院里反复飞翔,彩裙在秋千下不知疲倦地飘舞……眼前的情形使他暂时忘记了墙外传来的辚辚轧轧的车轮声及某些怪声,也使他终于不再回想那些举止失常的树木,树枝发疯般的摇头和顿首真正令他惊心而又忧虑重重。

不久之后,忽然到来的强烈的睡意迫使他又一次合上了书本,尽管她们的说话声还在耳边,也依然清脆,甚至就像在门外的长满苔藓的石阶前,倩影也才从云彩上徐徐地下来。

他在心里说,我是不管你们了,我睡呀。

白头宫女在,闲坐说玄宗。

这一句也是在心里念的,并没有出声。念过之后,他提前进入了梦乡。

出现在第三章里的鸡犬之声多少有些令人不安,那虽然是一个雨过天晴的日子。持续了几天的阴雨,如同一群远道而来的亲戚,突然离去,剩下的湿漉漉的地上,正在一种白亮的天色下蒸腾起无边无际的大雾。晴朗只持续了大约一顿饭的工夫,很快又浓

69

雾接手。没有太阳了,有诡异的人和事物在浓稠的大雾里出没,闪现。沿着钟声飘来的方向,他闻到了一种暗含着铁锈的气息。雾中看不到任何一种方向,为了确定,他弯下腰,在声名狼藉般的泥泞之中做了一个足够特别的记号,然后一头撞进雾里,一路上一直都有一种披荆斩棘般的艰辛伴随着。大雾弥漫,仿佛到处都是紧闭着的一扇一扇的门,他不得不用头,用脸,用全部的身躯,一一地撞开。不知走了多久,后来一低头,眼前轰的一声,发现又回到了原地!之所以敢于如此肯定,是因为又突然看见了此前特意做过的那个记号。乍一见到他,它也吃惊不小,正愣愣地看着他。所以,在这件事情上,受到惊吓和疑惑的并不仅仅只是他一个人。

后来,是学堂里传来的书声给了他一种最可靠的证明和援助,让他在一瞬间感到重新回到了人间,并身临其境。学堂里琅琅的书声穿过大雾向他飘来,证明一切都还在,并未遭到裹挟,更没有远去、消失。就像眼前的天气,几天来他也第一次露出了潮湿的笑容。

之后,他依靠经验和判断,一手握着对世间的印象,一手举着试探,小心翼翼地来到记忆中的河边,方向果然是对的,河水果然也还在小声地流着。河面平静,并无怪异之物。

他站在河边的一棵树下,甚至没来得及看一眼是一棵什么树,大雾中只听见学堂里琅琅的书声经久不息,此起彼伏,忽上高楼,忽下匍匐,其间有干燥的高原,也有最低洼之处的洇湿。不久之后,雾瘴的路上出现了一些马车的影子,车上有干草、篷布,人世间最为粗糙的瓷器,多为一些寻常人家日常使用的缸、碗、盆、钵,以及棕黑两种颜色的坛坛罐罐。

白猪在岸边狂奔。

他忽然注意到,猪的颜色与雾的颜色是同一种颜色。此前一直在奔跑,只是从未被注意。

午时,他辨认着回到家里。时辰究竟是不是午时,他其实并不太敢确定,只是觉得应该快要接近那个时候了,在大雾里先后盘桓了那么久,难道时光会裹足不前?就算是做梦,那也是需要时光来铺垫和辅助的。更何况,他深信不是在做梦,几个时辰以来的迷途般的流连,破碎的悲伤,无边的幽冥……都还尚未远去。更何况,还有脚下一路带回来的泥泞和潮湿。

应该到了。就是午时。他对自己说。

几只鸡好像刚刚洗过头的样子,来到门口,像是几个女人一样互相挤在一起,湿漉漉地望着他。它们故意让水滴答,无非在展现一种风情。破锅里的谷子已经吃完,只剩下几粒玉米。黄色的玉米,让他倏忽记起一个人的牙齿。记忆翻到某一页,却想不起那个人是谁。

读了几页唐诗。韦丛在年方二十的时候,嫁给元稹。婚后七年,韦丛亡故,元稹写下大量诗词用以怀念。那些悼亡诗有些确

71

也情真意切,但是也有一些事实上意境平平,似在敷衍,远不及其宫词。此后,元稹化悲痛为力量,开始追香逐玉,眠花宿柳,一时名噪中唐。

第三章结尾的时候,他在潮气弥漫的院子里整理那些头绪纷繁的注释部分,这种事没有人能插得上手,更无法知道他真正所想,就连他本人也常处于飘荡犹疑之中,增了又减,减了又增,永远都在波动之中。一些东西不断消失,又不断地出现。当然,也有一些,就像某些人,自走了以后就再没有见过,已永不再回来。就在那个时候,忽然听到一声有些尖厉的哨音,似乎是把刚刚变蓝的天空划出一道殷红的伤口。抬起头,却看到天空里一无所有,蓝白相间,并无一丝血印。门外的街道上传来顽童们幼稚的嬉戏声以及一阵辚辚的车声。

这天下午,忽然有人来访。

来者为一男一女,相当陌生,他们在路上走了很久。据他们说,从出发之日起直至今天,已有四十几天,他们的笑容和神情中夹带着旅途的风声和一种显而易见的难以掩饰的倦意。

甫一见面,他即说:

满脸倦意——

你们满脸倦意。

他从故事的一条依然阴暗潮湿的旁径上钻出来,一边揉搓着手上的泥土和草叶,一边失礼又失态地打着不可遏制的喷嚏,简直是喷嚏连天，使得两位来访者顿感不安，深表歉意。这是怎么了？明显是他们的到来，是他们带来的途中的经历使他受到了异谲风寒的侵袭。

有东西正从他的手指间滴落，他们看见了，他们怀疑是水，不过也有可能不是水。

这一章的结尾部分令人惆怅而又悲伤，住在不远处的一名十九岁的姑娘在她自己的房间里悬梁自尽。雪白的绫绢，黄绿色的窗户，最下面靠近窗台的一部分却不可思议地发出红色。

与此有关的哭声是在这天的黄昏时分突然传出来的，惊异，突兀，陡峭，却又像是早在意料之中。呜咽有时候是一条弯度不太大的曲线，有时候则完全是一片开阔的平地，足够尽情地迂回或者驰骋。死者的姐姐，一名两个孩子的已婚妇女，不断地撕扯着垂死的白绫，哭一阵，停一阵，停一阵，又哭一阵。有风吹来，白绫突然从地上飘舞起来，她停住哭声，惊恐地伸手按住。有许多的事情在等着她，需要她去做，所以她后来迅速地擦干了眼泪。她的那两个孩子，完全不知道她领他们是来干什么的，感觉与平时出来走亲戚并无什么两样。此刻他们正在门前争抢糖果，也有可能是几粒花生。小姨从他们进门以后一直到现在没有和他们说过一句话，他们也没觉得有什么不对的。他们一声也没有哭过，只看到一些纷乱急促的人影，但是后来，其中的一个终于坐在地上号啕大哭起来——因为他的两只手里都是空的。

这一天,天黑得很快,几乎赶路一般,印象中好像午后才刚刚过去不一会儿,屋里屋外的一切就已经看不清楚了,有些东西只剩下一个大概的模糊的轮廓,有的连轮廓也没有了。

远处,时有很沉闷的声音传来,听上去像汽锤。

第四章里的植物呈现出一种回黄转绿的势态,蜂蝶飞舞,种种绿色的植物四处生长,互相攀缘,一条清澈明亮的河水贯穿在其中。河边有磨坊和染坊,磨坊的外观轮廓又低又矮,看上去像一只石龟。磨坊里流出来的是一道道白色的汁液,像乳汁。染坊里流出来的是一股一股的彩色,通常以黑红两种颜色为主,有时也有黄色和绿色在其中隐现,镶嵌,缠绕。

从这一章开始,路上不再泥泞,他常匆匆地来往于城乡之间,像一名兢兢业业的邮差,一度与他苦苦相缠的疾病也忽然没有了踪影,不知跑到哪里去了。他想,一定是又缠上了谁,奔那个人去了,不可能平白无故地就这么走了,也不可能独自去了哪里,它自身是无法独自生活的,总得有个对象,总得有个寄生的地方,不然用不了多久,很快就得饿死。

郊外沃野迷人的风光他常常熟视无睹。来来回回,田野里耕作的农人看上去只是一个又一个的黑点,草人如鸟,牛羊的阵阵哀鸣声常令人想起一些与战争或者灾荒有关的场景。

回忆往事,他常常为一些不真实感所苦、所累,那些东西,往往坚硬如树桩，同时却又缥缈无根，从来都很难抓到手里。几天前发生的一件事情，几天后已不可考，更遑论那些早已远去的所谓历史。事情好像最终沦为什么就看由谁来说，说者的态度决定了一切，裱糊成后人眼里的所谓的历史。两天前说过的话，发生的事，两天后再复述一遍，中间已谬误百出。

真是那样的么？从前他很是笃信不疑，就因为自己深以为然，所以还时常对他人施以灌输和教导、劝慰。可是自从被疾病缠绕以后，他不再信那些了，他感到一切都值得怀疑。

在他匆匆行进的过程中，有时也会突然停下来，认真地打量着那些流逝在天空里的云霞，那里的一切都是无声无息的，但那一切又似乎从来没有停止过，自始至终都在按照各自的方式运行着。你在地上，听不到它们的声音，但是并不等于它们没有声音。你从不从自身出发去找原因，从未想过能力有限，也不相信自己耳不聪、目不明，只说是对方没有声音。

那一天，从蓝关涧回来后，他似乎理解了所谓的时间。

他想起从前的一些时光，有些情景早已褪色，深蓝褪成浅蓝，浅蓝褪成灰白，灰白褪成淡白，直至后来全部无影无踪。有些人也如纸剪的小人儿一样。但是，还有一些情景，仍然历历在目。他记得城门漆黑，荒草丛生，弹痕斑驳，军官们躺在担架上，身上和脸上都蒙着白布，等待汽车从远处开来，然后将他们一一运走，运到一些陌生的谁也不知道的地方去。

这一章恐怕是全书中最为沉闷的一章，我说的是那种郁郁寡欢的心理与思绪，这样的一个人把他放到一个饭桌上，很可能会使举座不欢，所以他哪儿也不去，很少出去做客，就怕给人家带来不必要的沉闷或其他的不便。害人又害己，那又何必呢，完全可以避免。而郊外的自然风光，虽然说不上有多么的绚丽，却无比地清静，在他看来，胜过几乎所有那些人家。人家有什么好的，女人孩子的，乱七八糟的，他一看见那些，就再也坐不住了。酒再好有什么用，茶再好又有什么用，再好也得有一个与之相应的环境，如果没有，多好的东西也得打了折扣，藏匿了风沙，甚至会在顷刻间变得毫无任何意义，毫无任何的一点点意思。

可能正是因为如此，所以第五章一开始的时候，他已在屋里生起了炉火。他袖手站在炉边，看着壶中的水渐渐地冒出丝丝缕缕的热气，不久又泛起涟漪般的水泡。茶叶已从罐子里取出，正放在旁边的桌子上，他耐心地站在炉边等待着，准备泡茶招待朋友。其实没有人来，他想象一个人正在来的路上。不过，也有的时候，真的就有人忽然出现在炉边，也真的是远道而来，一路上人困马乏，一进来就叫嚷赶快上茶。壶里的水开成莲子状的时候，他先舀出去少许。之后继续等待，直到壶里的水开得像莲花一样。那时候，屋外下着漫天的大雪，纷纷扬扬，四周寂静无声。他们在炉边细品慢饮，说古论今。炳章说，东汉末年，那是一个枪打出头鸟的年代，曹操几次被挤到窝边，就要伸出头去了，终于还是又拼命缩了回去。子谦说，并不仅仅只是东汉末年，任何一个年代，都是一个枪打出头鸟的年代。你敢露头，我们就敢打。林森说，所以，我们只能做缩头乌龟了。林森说他的姑父就是一个典型的缩头乌龟。

所以，即使是在大雪纷飞的时候，也依然遍地乌龟。

第五章婉约有余，豪放不足，纷纷扬扬的大雪使一切都蒙上了一层宁静的色彩，风雪夜归人的久远情景，在这一章里得到了最真实的重现。雪地上蓝色的月光，阵阵单调的由远而近的吱吱呀呀的脚步声，所有的枝丫又白又胖。如果把它们放下来，像极了丰年里的猪狗。

在这一章里，有一个人的手冻得通红。

还有用黍子面炸成的一种形状像人手的东西，是隔壁家的孩子桂生走了十七里山路取回来的，吃时有脆声，不过却很难消化。放置一些时日后，便变得坚硬如铁，牙好的人也很难撼动。后半夜的时候，听见门响，果然有人出去了，蓝幽幽的雪地上有吱吱扭扭的声音传来。

第六章里对于黎明的描述令人难忘，近处的积雪的台阶与远方的车辙，在曙光初现之际都尽收眼底。早晨的炊烟或直或曲，在白皑皑的大地上升腾，盘旋，是黄白两种颜色的炊烟，黑烟少有。白的像神话里的柱子——神仙们互相道别时耸立在四周的那种柱子,黄的像一条条黄龙。白色的柱子立起来了,一条条黄龙正在起飞,俯瞰着下面的错综复杂的人间。

第七章,窗外继续下着前两天那种纷纷扬扬的大雪。

出现了一间酒气弥漫的房子,有两个人正在里面,不知在做什么。窗户从外面好像挂了什么,钉了什么,非常的严实,连里面的灯光都看不见。因为里面有人,所以推测灯光也应该是有的,当然,也可能没有灯光,因为所有的推测一般都是基于常识或常规,依靠经验去换算。有些时候,有些事情,偏偏非要溢出常识,越过常规,那也没有办法。另外,之所以认定酒气弥漫,是因为一开门就有一种醉醺醺的气味从里面跑了出来,而且是那种一丝不挂的赤裸裸的感觉,从一个温热甚至滚烫的地方,一下子冲到了外面的风雪凛冽的雪地上。

需要说明的是,从里面跑出来的是一种醉醺醺的气味,而并不是一个人。前面说到的什么一丝不挂呀,赤裸裸呀,听上去感觉像是在说一个人,其实并不是。至少在这一章里,始终没见有人从那里面出来。没有人,却清晰地感觉有人存在,所以一只狐狸露了一下头。

第八章,回忆像是到了一个尽头,一切也好像正在结束。

其实并非如此。之所以看上去显得那么细弱、无声,只是因为那是一个最为瓶颈的时期,时光在无限的撕扯中被生硬却又宿命般地拉长,一再地变薄,每一天都长过平时的数倍。就在那种变长变薄的过程中,看到了许多以往完全不可能看到,也根本没有机会看到的情形。全面地抻开来看,仿佛显微镜下的图景,原来竟有那么多的不堪和无法直视的东西,丑,难看,不可思议,还并非所有,而只是其中的一个方面或部分,尚有更甚于它们的。

这年年底的一天,他收到了一张红彤彤的请柬,红色,烫金,发请柬的那个人是一位舞文弄墨的文人,人称全才,什么都能做,又或者说没有什么他不知道不懂的。如果问他,不能问他会什么,只能问还有什么是他不会的。世上的事,可能除了下蛋、生孩子,再没有他不会的。不过,对于他来说,下个蛋这种事,也不是别人想象中的那么困难或不可以的。常常是说话之间,蘸了墨,一回身,就在身后的纸上下了出来,两三枚。你要是喜欢多的,他只需再抬一抬手腕。还有,生孩子真的有那么难么?那要看对谁而言,对于别的男人来说,那确实是个事,但是对于他这样的人来说,其实也易如反掌,眨眼工夫,就在纸上孵出一堆小人儿,落地之时,已然到了能够燃放炮竹的年龄。因为是标准的中国文人,所以喜欢古典的盘扣,衣着则是越奇怪越好,一切盖因他是终生徜徉于灿烂文化和山水之间之人,天地之间第一人,古今之间第一洒脱不羁之人,前半夜洒脱,后半夜计较。也或者可以说,有人的时候,人多的时候,极尽洒脱豪放,只有在周围无人的时候,心内才开始为某些烦恼戚戚。

红纸制作得尤为坚固结实,不知是用什么材料制作的,不像纸,他试着撕扯了一下,绝无任何撕开的可能,别说是如今他这样的年纪,即使比现在再年轻三十岁,好像也没有任何断开的希望。原想一撕了之,却不料这般坚固。整个囫囵地扔掉,却又有些觉得过分和刺眼。

正在犯难之间,许士敏来给他剃头。这才想起,一两个月前,早就说好了的,他竟然全都忘了,忘得一干二净。从窗户里看见许士敏手里拎着一个小包,一瘸一拐地走进来,还曾吃了一惊。许士敏打后山来,距此有二十三里路。烧水,系围裙,忙乎了半天,只剪下一点点。许士敏说,真的老了,原来每回都是黑压压的一大堆,现在只有这么一点点了。

扫帚扫起来,眼前忽然一亮,就用文人墨客的那张红纸,撮了那一点点灰烬般的毛发,一并打发了出去。许士敏边收拾东西边说,又在胡闹了,一辈子啦一直都在胡闹,没正经。

第九章,已到了第二年开春以后,早上一醒来,便听到有一鸦一鹊在外面的树上大声地聒噪,像是在抢着和他说话。不过,也有可能是它们相互之间正在争吵。他看了一会儿,却又觉得没看明白,相互之间长得又不一样,很可能根本就不是一回事,它们有什么可吵的?

早些年,它们成群结队,常常黑压压地飞起,落下,落在打谷场、人家的屋顶上墙头上。有一年,一个黄昏时分,他在回家的路上,看见它们密密麻麻地聚集在一起,绵延了好几里。从赤坪到燕崖中间,是黑白分明的队伍,从燕崖往南,则全穿着一眼望不到边的黑大衣。

正上午,布谷鸟圆润嘹亮的叫声从田野上传来。

牛在地里走着,身后的田亩似云彩一样翻开,又如波浪。埋了后半个秋天,整整一个冬天,又前半个春天的土,被重新翻起来,很多人都闻到了那种熟悉又陌生的重见天日后的气息。

小草小虫悄悄地拱出地面,在日里和夜间的微风中轻声说着话,先把四周用浅绿染一遍。

又一年的劳作开始了。

1993 年 10 月

缭乱的交谈

现在已很难回忆起当初沉浸在别人的故事里时的那种情景了,包括小时候坐在昏暗的灯光下或者纯粹的黑暗中,听那些神奇而又令人无限遐想的讲述,饶有兴趣一定存在,轻微的或者巨大的惊骇也是有的,应该还有更多的渴望更深入的展开和探究。之后,那些内容有的会永远刻在心里,有的就在当天或者稍后一些时日进入梦里,还有的很快就都忘记了。很多东西在慢慢启合,那天的天气,云彩的形状,放在厅堂深处的没有人端坐的雕花木椅,突然传来的鼓声或钟声,河边的人影,敲窗户的声音,一个怀有秘密使命的熟人或陌生人……

通常情况下,大多数人的讲述是认真的,写作也是严肃的,即使面对的是一群什么也不懂的小孩子,也会一丝不苟,很少有不负责的。至少我小时候聆听过的那些讲故事的人,没有一个不认真的,他们好像什么也不担心,而只担心自己讲得不够好,能不马虎就尽可能地不马虎。我们问锁锁的爹,那个流落在民间的妃子每天吃啥饭?锁锁的爹就会认真地想上一会儿,然后说出一两种他本人觉得应该是比较合适和靠谱的饭菜。我们觉得他说的有问题,话里有漏洞,就继续追问他,说上一次你说的是四个菜,说她每天要吃四种菜,别人用一个小篮子给她从街上买回来。听到我们这样问,锁锁的爹就有些急躁,说,是四个菜么?那也是有些时候,总不能每顿饭都是四个菜吧?大部分的时候一个菜两个菜也就可以了,每天都要吃四个菜,那还不引起别人的怀疑,会招来杀身之祸呢。虽然他这话说得也有道理,但是我们还是明显觉得他是在狡辩,就是和上一次说得不一样嘛。不过,有的时候,他也会承认自己一不小心说错了,嘿嘿地笑着,把一件衣服披到身上,一边从炕上下来,一边说,都是你们闹的,我要迟到了。就赶快去上班,推上他那辆哗啦作响的自行车,从门口的那道大坡上一路飞下去。他在配电室工作,看机器,有时候也修机器。下班一回来就开始讲故事。

相对于口头的讲述,写作好像更让人多了一层束缚和拘谨。描述一个人走在回家的路上,周围琐碎的事物往往也并不是一笔带过。除此之外,那天究竟有没有人一直在暗中尾随其后?夫妻之间的争执,每个人的手里都握着一件并不重要的东西,或者转过脸握着窗外的某一个目标,一个正打外面进来的人或一棵已经生长了好几年的树。一个历经沧桑之人从开卷之初一直睡到结尾,这是为什么,又说明了什么? 逍遥无期的昏睡会不会是一种包容他人的氛围? 十八、十九世纪的主人公们坐在明亮或暗淡的炉火前谈论爱情与信仰,眼睛里闪烁着纯洁的光芒,与性爱无关,与他们自身的身体无关,却与某些古人殊途同归。一个头发乌黑或者白发苍苍的人死了,大家去送他,每个人的脸上都挂着比较悲痛的表情,也有的提前约好了在墓地或者雨廊下见面,商谈的是一件与悲痛完全无关的事。一件被细密的心情和针脚认真地补过的斗篷,一本打开后读了两三页的书,一场持续了三天两夜的雨,湿漉漉的花朵。

经年累月的阅读以日复一日的打开而奔腾不息地流淌着,其实那也是又一条长河,某些时候又如同一场睡眠,载着梦想和疑问入睡,怀着不足和期待醒来。梦中的祖先正在为颇通人性的牲畜梳理鬃毛,并低声交谈。雨过天晴之后,早先围困在谷仓四周的水已全部退去,日光鲜艳,树丛中传来的蛙鸣像是一个迷路的孩子,树叶如同硬币一样闪闪发亮,哗啦作响。

每当走在足够灿烂的阳光下,每当看到别人绘制出的阳光与自己放射出来的光亮时,我都会有一种莫名的铺张浪费的感觉,流泻在我们面前的热力和光感都是惊人的。而对于每一个个体的人来说,其实完全用不着那么大规模的铺排和无谓的挥洒。尤其对我个人而言,只要稍微有一点点亮光就足够了,人与人之间只要能勉强看见对方的眼睛和一种大致的轮廓就行了,至于他脸上的恶意或者嘴角边的一丝讪笑,实在与我们关系不大。嘲笑与嫉妒是人生与生俱来的天性之一,像一对孪生兄弟,看见其中一个出现,基本可以确定另一个也正在附近。粗鄙与自恋也是早已提前完成了各自的组合,伴随着出生一起到来,遇到适宜的温度便会疯长。与生俱来的还有很难毁坏的诲人不倦、好为人师。能否在一个故事里忽略掉一些不该被人看见的东西?对夜晚的描述有时候会成为一种累赘,包括那些环绕在女人们身边的各种物质和幻想。一些与生活有关的物品、器皿,梦里的所见所现,闪烁着文学的幽晕。当你摁响一个门铃或者拍打一扇门拍打到手掌麻木的时候,又等了好半天才听见一阵窸窸窣窣的脚步声由远而近地走过来,能否问自己一声,即将把门打开,出现在你面前的会是谁。

当一个人在开卷不久之后便昏昏沉沉地睡去,我们该不该去叫醒他?该在什么时候叫醒他?用什么样的理由、手段和方法?让一个令他朝思暮想的人轻轻地走到他的床前,把一只温暖或者略显风寒的手放到他的脸上?让两个女人的吵闹声把他惊醒?或者是远处传来的枪声、呐喊声或者爆炸声?再或者是一场噩梦,让他自动吓醒?……他醒来后也许有更重要的事情得赶紧去做,也可能什么事也没有,他无所事事,神情恍惚地坐在床边发呆,甚至发抖。他不记得有谁在等他,也不记得与谁有约。私人记事簿上的电话号码像是被水泡过,变得一塌糊涂,模糊不清,数字在重复增加或者减少，没有一个数目是正确的，有关的那些地址也全部错位，张冠李戴。他犹豫着，试着拨了一个电话，耳边传来一头牛或一只鸟的哀叫声。

这是一种什么样的生活状况？那些在各个历史时期分别倒下的人，把许多事情像废纸一样揉成一团，又谜一般地扔给我们，然后他们一走了之，从此不再戚戚和记挂什么。对于我们来说，这一方面艰难无比，困难重重，而另一方面，很多东西似乎又并不成为问题。某人我们没有必要管他，他站起来随意走动，或者继续坐着发呆，随他的便。这时候另有别的一些事情正在发生，叛军的旗帜在早晨的光线里是那样的令人眼跳……某人，在大致被确认很有可能是一个冤魂的情况下仍然被不假思索地掩埋……我们的气急败坏的表叔或表舅正在像没头的苍蝇一样四处寻找突然丢失了的耕牛和农具……播种的季节眼看就要过去，可去年冬天的积雪仍然呈现在地里，白得令人刺眼……数年一度的殿试即将举行，皇帝却在前一天的凌晨时分丢下内宫，率领少数几名平时能说得来的臣子突然仓皇出逃，没有人知道他们去了哪里，致使早已云集京城的举子们变得如同热锅上的蚂蚁……又一片树木已经伐倒，遍地露水，伐木的人坐在树叶依然翠绿的树身上吃着各自带的干粮，吸吮着树叶上的露水。

不记得那个人是什么时候被推到一口井里去了的了，好像是一个深秋时节，好像是一个深夜，也许有月亮，也许没有。黑咕隆咚的行军路上，转移，逃命，寻求安全，带着他这么一个人也真是个累赘，不如就地消化了，让大自然收留他算了。事情做得迅速而又秘密，自然而又无缝，具体的经手人可能只有一两个，其余的人都还在照常行走，有的甚至因劳顿和虚弱而闭着眼睛或者半闭着眼睛，没有人知道在这个过程中发生了什么，也许什么也没有，只有秋风萧瑟的黑夜和黑夜一样的青春、前程。人有时候不及一个链条，一根链子上少了一个链条，便无法正常运转，必须补上。一个集体里少了一个人却往往并无大碍，甚至完全无妨而必要。

我们描述皎洁的月光，风声，细雨，滂沱大雨，瑰丽的衣饰与花朵，黄昏与深夜，花园与街道，牛车，大炮，珠环玉佩，牛栏羊圈，等等一切，那一切的缝隙中有某种暗示和征兆么？阅读一部禁欲主义的作品与写作一部禁欲主义的作品，其遭遇是相同的，同样都是在面对一个满口仁义道德、三纲五常，而实则内心渔色的老族长，或者一名面部紧绷目光如磐石的贞女。我们看到他们说完人世间的大小道理以后，又去读圣贤书，又去抄经，或者坐着，既不吃饭，也不睡觉，更不打闹，脑子里想着一些方方正正的事物。挪开那些方方正正的比庭前的石桌石凳还要沉重的事物，不仅背后有暗门，下面尚有密道，一些阴阴暗暗的事情依次显露，有的已经长斑，发霉，甚至难以辨认。为什么不拿到上面来？因为拿不到上面来。

有人长年累月地生着病，有人正在秉烛夜读，有人想着他们的心事,有人习惯了光线不足的黯淡的日子,突然被猛烈的阳光一照,整个人都在摇晃,感到眩晕。外面下着雪,或者阴雨连绵,火炉上的水壶里冒出了咝咝的热气。耳边听到有人踩着积雪吱吱地从外面走过,或者听到有人在雨地里滑倒了,听到他嘴里抱怨天气的声音。你打开门去看,雨点或雪花乘虚而入,落到你的脸上和头上。一个人倏忽间从树后走出,说数次来访,都以为你不在。他的一张脸被某种东西映照得有些暗绿,背影如久病初愈,你惊异于他来自一部多场次的戏中。

魏晋以来,唐宋明清时期,古人们在烟熏火燎中咳嗽,在轻寒中过着纯粹的中国式生活。

几个月前,我写到一个人仓皇出逃,沿途的事物像一些倒悬起来的风景,也有人倒着走来。当一把雨伞出现的时候,曾经持有它的那位主人,或者已经不在人世,或者生活在一个很远的地方,早已隐姓埋名,又或者就隐匿于附近,日夜观察着你。我们描绘,挖掘,清理,深入,很多时候往往是一种想象与精神的冒险,某些人物或许会带着你的词汇与想象逃之夭夭,有时甚至还有可能将你积累多年的经验和手法一并拐跑。这是一种令人感到棘手而又不无惊喜的变化,因为从某种意义上来说,一个漫长的夜晚与一个短暂的黄昏很可能是一样的,不同的或许只是前者更顽强更耐久一些,后者相对更脆弱更易折一些。黄昏很薄。

所以,某些时候,人与人相逢,邂逅,并不全都代表缘分或命运,有些只是在时间上出了一点毛病。你到达的时候,他也正好到达,或者,你还在路上的时候,他已经提前到了。

我们问锁锁的爹,为啥从来都不说说街上的那些饭店,每回都是饭已经买回来了,也不知道是啥饭?锁锁的爹说,说那些做啥,重要的是她有饭吃就行啦,说那些有啥用?你们是不是还想知道饭店坐落在哪儿、哪条街上,谁在里面做饭?那和你们有啥关系?无论是谁,你们又不认得。下班回来,匆匆地洗了一把脸,就又要出去。我们拦不住他,看着他推着车子出了门,就要下大坡的时候,忽然捏住闸,回过头问,上一回说到哪儿了?我们说,说到她又让人去当铺里当了她的一个镯子。他听了说,那就快完呀,她快要熬出来了。

1994 年 1 月 18 日

风中的敬意

因为一次轻率的不经意的应允,因为错把应允混同于一些最寻常的表情,混同于一次随意而又随便的点头,导致被等待,导致时间突然绷紧,不再能够随意流动,不得不开始写,写这类很多人都在写也都会写的东西,尽管我不擅此道,尽管我对于此类文体与此类情调缺乏必要的耐心与热情,但还是把心收了回来。听罗山鹰说,山里的花儿头一遍已经开完。

多想不写,这样的东西并非我所爱,也时常如那门外的一名过客,但此情此景,不爱似乎也并不能成为草率和搪塞的理由,拖延或者把头埋进沙子里,也更非上策。她们让你想办法爱,一点一滴地开始。从一棵草甚至一个词开始?从一束光一滴水开始?不管什么,不管从哪里入手,只能是先不要管那水滴是咸的还是甜的。就像在做一件不顺手的事情,更多的是一种不得不做的无奈和由此而来的某种可能像是勇气的东西。在这类事情里,勇气往往总是会大于经验和技艺，更大于所爱与梦想——只能大于，也必须大于，否则便更难有下文。

在两部长篇之间突然涌入这些书信或呓语式的片段，心里略有烦躁，不得不把它们看作两山之间谷地上意外出现的一团烟雾，或者是旷野上的一阵夹带着沙土的风，它们刮进你张开着的嘴里，个体的世界发出不得已的摩擦声。只有一个愿望，哪怕是一阵冰雹，丁零咣啷地下过后，赶快收场，结束这一切。而一切也只是因为不想长时间地在这上面停留，停留得越长，头发里和牙齿间的沙土就会越多。沙小梅对黄光说，你看那些紫云英上面也全是土。

被乱风吹上半天，即使回馈给你的是一些优雅而自然的文字，那又如何？世界广大，千人千面，有人捡到篮子里的便是菜，有人却并不想收割这些。对于一切，至少应该保持短暂的怀疑，因为凡事皆事出有因。年轻的铁匠，留着中分，把铁锤抡得像在打鼓，把本应是实打实的锻打和锤炼分解为乱花迷眼的表演，还没有炉火纯青，所以有时候仍会得意忘形，忘乎所以。还没有道貌岸然，老谋深算，所以在不自然的情况下仍会脸红心跳，甚至举止失常。随之而来的还有什么？抑郁？风寒？焦躁？无聊？匪夷所思？不洁之物？不欢而散？

有人天生善斗，有人天生善辩，善辩其实也是一种善斗，这对于某些却步于任何一种普通赛事的人来说，他们从外形上无疑更像是人间的勇士。有一年听一名医生说，像我这一类血型的人是所有人群里最容易疲劳的，往往在其他人还是精神抖擞斗志昂扬的情况下，那一类人已经开始疲劳了，先需要休息了。我问他，是不是同样说一百句话，人家越说越有劲，你却快要支撑不下去了？对方说，一百句？怎么可能说得了那么多？三十句可能就得趴下。这件事过去之后，对于我来说，仿佛坐实了某个消息，犹如春风拂面。从此对于某些东西不再犹疑，不再忐忑，如同目睹四季更替一样自然和安心，知道夏日过后，必定秋高气爽。

我开始把视线投向空旷而又复杂的人间，投向阅读与写作，真正涂染它们的，是我的全部的热情与梦想。人间的气味是什么气味？是混合着自然气息和社会气息的日常生活的气息，当人在社会生活和日常生活中接近于窒息的时候，自然会为他打开一扇门或者窗户，人才能够得以继续呼吸，延宕。而阅读与写作也是另一扇人间通往历史、通往时间和自然的门窗。有些东西让你喜欢，让你迷恋，有些使你悲伤、难过，有些使你愤慨、憎恶，有些使你倍感污浊，由衷作呕，还有一些则不那么让你喜欢，却能够让你产生敬意，那也就足够了。

最早看果戈理、巴尔扎克和雨果，包括托尔斯泰，就像面对一位老人，真的说不上喜欢，但是可能会存在着敬重。你喜欢不喜欢那只是你的事，也没有人非让你喜欢，拿刑具或道理逼着你喜欢，而对方却是早在你出生之前的很多年就以那样的方式存在着了,你不过是无数后来者中的一个。你至少得承认,这个老人不讨厌,他哪里也没有去,更没有专门到你的家里来,是你到处乱逛然后发现并主动地走到他的面前的,他并没有招呼你让你过来,是你自己过去的。有一座山,在一个地方存在了无数年,你从未去过,那和它有关系么?

在罪恶与温情面前,很多人都会束手就擒,疾恶如仇也不起什么作用,铁石心肠也会泛起涟漪。谁能逃避罪恶,谁能拒绝温情,拒绝柔情似水,从不知不觉的笼罩或融化之中脱身而去?战乱,灾荒,沦丧,堕落,背叛,谎言,欺骗,阴森的故园,诡异的他乡,伪造的历史,血腥的傍晚……没有人会铭记这些并对此负责,记录、描述并揭示那一切的只有文学,也只能是文学,这也是其生长并存在的最大的甚至还有可能是唯一的理由。如果没有文学,历史也不过是一块荒地,甚至是寸草不生的不毛之地,广阔是足够广阔,除了广阔还有什么?

人只能在一个相对狭小的范围内精于某一项或某几项技艺,没有人能够完全精通生活,精通现实与历史,能够进行摸索、反思、思辨,已经属于难得。有人考虑的更多的是那种使生活互相衔接的东西,我不知道那是什么。通过长期的观察与实践,希望某些东西能够逐渐清晰起来,纵使达不到像脸庞或书籍那样伸手可触,至少能够像风、像树木或者某个背影。

有朝一日,未来的某一天,它会遽然出现么? 它会从黏稠复杂的生活中脱落、分离出来么？那样一来，剩下的又会是什么？断崖式的生活？单面的人性？没有节奏的时间？毫无关联的事物？置身于烈日下，没有影子的人？如同油浮在水上，梦也本应在生活之上，却常被一些人压在身下。小温睡觉翻身的时候压死一只壁虎，它的血像一种阴影一样残留在他的背后，又像是好几只同伴在碰头聚集，我怀疑此前它曾进入过他的梦里，他却说不记得了。

两个青梅竹马、深知底细或者缺乏了解的人走到一起，开始生活，是互相消耗的开始，还是逐渐融合的预演？没有人能够把握或者驾驭这些，不管他是什么人，也不管他在龙吟还是虎啸，遇到这种小水坑，也常常会绊倒在其中，碰得鼻青脸肿，甚至头破血流，遍体鳞伤。这样的结果当然也并不是他们事先想到或预料过的，是什么在其中作祟？命？人性中的恶？日常生活中的俗？客观世界的相煎和辐射？很难说是什么，更有可能兼而有之。这些因素，有一条便足以令人心碎，果真兼而有之，无异于坠入深渊。一个声音轻声问道：难道就连青梅竹马也没用么？回答是没用，甚至完全没用，在庸碌龌龊的日常生活之中，在巨石滚动、深渊微笑的现实世界面前，青梅竹马也并不比萍水相逢更具有胜算，那也真的不能说明什么。

这真叫人灰心而绝望。

由此可见，童年，无论怎样意义上的童年，可以成为一个人的秘密家园,可以成为通往现实与历史之间的折返地,但并不因此就足以支撑起一个与他人合伙的更多时候是以物质为主的二人世界,二人尚且如此,当然也就更无法使一个众声喧哗的多人世界人人满意。你的所谓童年,是唯一的,它只对你自己具有某种意义,对除你以外的任何人都不具有任何意义。

龃龉、冲突和矛盾是必然的,也是一定会有的,因为它们是世界的元素或曰组成部分。如果这些不存在,所有的所谓的生活也将不复存在,世界也将永远凝固,不复存在。那些东西,包括人心、欲望和情感,就因为沉重无比,所以永远都无法称出其重量,只能永远模糊。

谁能永远住在梦里?谁能殚精竭虑、苦心孤诣地写出一篇从头至尾都回荡着生活之音的教义?某些仪式也只能在类似梦境般的地域才能完成,且对于情景有一定要求和限制,要求相对稳定和静谧,稍有晃动,稍有警醒,一切又都面目全非。民间有言,打一个盹,天就亮了或者黑了。昨天的那个梦没有及时记录,拓印,以为它还会再来,从不以为永远不会再来。

由此可见,一切的所有的梦都是脆弱的,甚至娇小玲珑的、缥缈易逝的,在粗粝而坚硬的生活面前,常常会被碾为齑粉,其孱弱无力的程度甚至不及早晨或晚间的几缕炊烟。

我曾经虚构过一些比现实的梦更为强壮的梦境,风雨,山河,民风,人情,它们大致摆脱了这类事情本身所具有的孱弱和纤弱,有的本身就是土地,承载着太多太重的耻辱和希望,有的则一上来就血肉模糊,波诡云谲,即使想玲珑,想镶上诗意的花边,也无法做到。时至今日,发现和描述一些梦实际上已成为我的日常生活,现实的一切不能说全都与之环环相扣,但也并非全无瓜葛,藕断丝连是一种最低的说法,事实上不仅分布广泛众多的毛细血管参与其中,就连主动脉也正是通往或连接着现实与梦境的高于地面的桥梁和隐于地下的海底隧道。我这样描述自己的生活不知是否清晰,我想说的是,无论现实还是梦境,都很难做到离题万里。有时貌似疏离,好像在绕远,实则用不了多久,甚至分开眼前的一片树篱,吃惊地发现又回到了正在走的那条路上,看见一个熟人站在路边,说是车子坏了,实际也在等人。

某些自由的文体,本身就是一些僻静而自由的所在,可以描述包括往事、梦境和现实在内的任何事物,胜过任何形式和意义上的交谈。从某种意义上来说,这种宽厚包容,而可塑性又极大的所在是令人吃惊的,它又何尝不是一大片肥沃的土地,可以生长出你希冀的甚至从来不曾想到过的。你独自耕耘,把土地犁成云彩的模样,看到里面的锈刀、铁碗、星星般的眼泪和已然凝固为石头的花朵,都一一地被犁出,裸露,呈现。某一天,忽然丰收在望。

而交谈令人困倦。

交谈常常总是令人困倦。

我想起那些曾经描写过的人,有的惶惶如丧家之犬,有的背井离乡,常有人在下一个路口甚至一座仓库前盘查他们的来历与去向,翻阅他们的证件。要是没有证件怎么办呢?只能从后窗逃走。因为傍晚时分或者半夜还会有人来敲门,几条黑影仿佛临时生长出来的。现实如此逼仄,不测随时存在。早些年廓出现实视野之外的那些人相对要好一些,他们在风景如画的河边一坐就是很久,因为没有人再记得或者认得他们,那倒是会省去不少麻烦。那里有临时出现的房屋,有清澈的或者略显脏污的水,有柴草,有盐,有铁器和陶瓷,有青草。有没有丝绸?实话实说,那儿没有。但是仍然不能排除或保证什么时候会有血,什么时候没有。

　　小说中那些散发着秋日气息的粮食令人怀念!当然还有丰收在望的田野,沃野千里,人像绑着石头的风筝,秋高气爽的早晨,谷仓,马车,船,钟表,窗户,冬天的一双美丽的眼睛,一条通往童年的路,几段黄土的墙,苍白霉湿的山墙……另一条通往陌生和不测的路。

　　一代接着一代,人们把一些用通俗的大多数人能够接受的语言编织起来的所谓往事称为历史,那样的历史,说是记载都不免有些勉强,最恰当的定义就是编织。不管是怎样的事情,全部根据编撰者自己的需要而进行编织,一代又一代人所拥有和掌握的所谓的历史,也就是这些经过筛选和编织过的东西。面对如此历史,不知很多人如何研读、深入。正是因为从一开始就有了太多的假象和迷雾,所以,每隔一些年,便会有所谓的真相袒露,或者被揭秘,所谓的历史也就又一次被颠覆、修正,你住在他隔壁,常听见他正在啪啪地抽自己的耳光。

因为过于容易渗漏,或者埋得太浅,因为总是在不断地暴露,那些过往常常不得不忍气吞声,经常独坐,装着什么也不知道,甚至什么也没有发生过一样。与此同时,也在不断地颠覆着所有人的认知,使人们一年甚于一年地不再敢相信什么,只因为实在很难相信什么。你正襟危坐,秉烛夜读,正待潜入某一个历史时期,几个月或半年以后忽然得知,你正在苦心研究的那一段皆为杜撰。当然,也有埋得很深的,以至于你坐在其上自以为尽收眼底。

文学,很多时候不得不承担起历史的作用和职责。可是这样的承担将无限艰难,因为你也仅仅只能表现和描述你所知道和了解的那一点点,而更多的你所不了解的仍然属于迷雾,仍然如高山或大海一般永久性地沉默着,其间或有冤魂奔走,鬼魅唱歌,你却并不知晓。

我们把一些装订坚固、外表强硬的文字称为典籍,把另一些具有民间色彩、小册子性质的其中包含着神秘的下流的光怪陆离的有时甚至是耸人听闻内容的传说性的东西叫作野史。这类东西,天生下流,狗肉不上台面,不过正统的典籍编撰者们有时也不免会偷着翻看一下,有的竟会成瘾。但这也并不妨碍他们转过身来继续大写,每一段词句,都描了又描。

小说在一些人的笔下是日常起居、人情世故、家长里短、婆婆妈妈，是工农商学兵、农林牧副渔，有时也是充满恶意的嘲讽或居心叵测的讪笑。在另一些人的笔下，则是幻灯片、黑板报、吹奏和云手，是难以下咽的地方特色，是尖利而又痒人的某种所谓情怀，是不断涌出的眼泪与不断哭出的高音。老高刚刚哭完，说要抽支烟歇息一下，准备迎接下一个高潮的到来。

文学，除了要考虑大多数人不能考虑也无力考虑的问题，至少还存在着一个语言的问题。曾经以为这是几代人共同的一个梦想，后来始知其实完全不然。这事并不关乎很多人的痛痒，也丝毫不影响他们以前人或他人的语言完成自己的另一种梦想。大凡这类人，可以用别人的嘴说话，借他人之口说出自己的意愿或某种蓝图。可以和你一个碗里轮流喝汤，反复夹菜，把筷子放进他的嘴里沉吟良久，又仿佛已考虑成熟般地突然抽出，欢乐无限地重新插入公共浴池般的汤盆；可以紧贴着你酣然入睡，用一条多毛的或者骨瘦如柴的腿封住你的嘴；可以穿你的鞋、戴你的帽子，甚至用你的牙刷，他们也丝毫不嫌弃，只要能用就行。这中间，感到痛苦和别扭的永远是你，而不是他们，他们可以什么都不在乎，只在乎能否完成自己的事情。

很多年，这事已成为一种公共的大众的习俗。

很多年，这事已成为一种独来独往的修行，成为一种稀世之音。

有些问题可能出在我们的眼光上,我们在凝视某一件事物的时候,有时会有一种目光突然被反弹回来的感觉。那种时候,嘭的一声或嗖地一下,有东西原路返回,眼眶顿时充血,有人就像丢失了回家的钥匙甚至方向,知道可能遇上了某种生硬之物,当然也有可能是正好相反的异常柔软之物,类似某种陷阱。永不腐烂的瓷器?闪烁的眼神?满腹的心事?

当你一个人的时候,你能安静多久?

你心绪宁静,你对栩栩如生的五谷作物怀有好感,充满敬意,常在梦中更在现实中向它们致意。你心惊肉跳,听见黄昏里响起鼓声,夕阳黏稠如蜜,担心事情有可能因你而起。

我曾经在一架显微镜下观看某人浇花,那种时候,观看者受到了前所未有的震惊。一只小巧的花盆里溅起的泥点,在那个小镜片后面犹如滔天巨浪,观看者的目光在战栗、崩塌。这以后,又是那架显微镜下,看到了某人一向光洁几近完美的皮肤,以及其上的毛孔。较为准确地形容一下,它像是史前的洞穴,像无数的陷阱,沟壑纵横起伏,又如同战争的遗迹。

从此明白,我们平时每天看到的这个世界是多么的平静,多么的美好,人体、建筑、草木、山川,比例适中,和谐得体,朋友与亲人的笑脸也恰到好处,不多也不少。甚至陌生人,目测为坏人或敌人的人,也比例适中,并没有七长八短,睫毛长成参天巨树,令人震颤。

从此明白,过分精细的日常生活,会导致越来越深的绝望,会导致痛不欲生,度日如年。

1994 年 3 月 13 日

光泽

我每天阅读,每天都希望能看到一种让人眼前一亮的出类拔萃的语言。

常想起从前那些手不释卷、秉烛夜读的古人,想起他们在雪夜里或者秋风中苦吟一些句子,墙上或者地上映出他们的孤独的影子。这样的生活,会让一个人的话越来越少,有时会精简到最少,精简到不能再少。万古长夜,差不多天天都是如此,没有电,纯粹熬油照亮又不现实,所以大部分人都是早早地就睡了,只剩下那些冥想思索的头脑还在醒着,从身边琐事一直到外面的山河,再细细地想一遍,或者跳跃着把要紧的找出来。我不喜欢苦吟,却也常有这样的时候,把一些本应该说出的话一次次湮灭在它们出笼之前,致使它们永远没有裸露没有面世的机会。每一天都有东西被湮灭,湮灭就湮灭了,从此也就永远不会再有了。

从这一年开始,我不再使用传统的稿纸写作,主要是太费事,显得既正式却又非常不适用，一页写不了几个字就完了，感觉不是在做自己的事，更像是做给谁看的。我不想再那么写了，开始使用一种或大或小的笔记本，横格，这样一来，感觉更自由多了，不再像原来那样受到方格的约束和局限，一行可以写很多字，一页可以更多字，密密麻麻，铺天盖地。这样的格式，心更能沉进去。粗略计算过，一个大三十二开的笔记本，可以容纳十七八万字。

近来，天气虽然有些春寒料峭，但街上却仍然挡不住地人流滚滚，车马喧哗。我在那种令人无比愉悦的雪白的纸页、宽阔的横格上写着草稿，它们像一些干净的空地，具有无限的可能。河水从不远处流过，山羊的图章般的蹄印印在黄白的地上，又往白杨树那边去了。

三个笔记本同时开始，轮流打开，我写下将要完成的一些篇章。

《光线》。

《小姐》。

《芬芳》。

《傍晚》。

如果不出什么意外的话，我将如期把它们写出来。

一次次地倒掉残水，重新换上新茶。卷首的那个蹲在河边洗刷猪下水的人，开始在我的眼前渐渐地清晰起来。很难说他是什么时候从家里出来的，就像很多事，一不注意就有了。我看见他的时候，他已经蹲在河边，干了整整一个下午了，身边放着水桶和箩筐一类的东西。

他看上去很高兴。不过我不准备探究他高兴的原因。

整整一个下午以来，在河流的上游地段，在那个有些发蓝的位置上，他掩饰不住内心的得意，有时边洗边哼哼，有时竟吹起尖厉的口哨。毫无疑问，他遇到了一桩让他高兴的喜事。

整条河水被他弄得一片猩红。要是光看河水，会以为天近黄昏，已经残阳如血了。

眼前不断冒泡的河水，使我想起了古人招待朋友，守候在火炉前煎茶的情形。大雪纷飞的傍晚，搁置在红泥火炉上的水壶冒出了丝丝缕缕的热气，主人正在等着它们进一步冒泡、翻滚，发出咕咚咕咚的响声。有人打着灯笼，哈着团团白气，从外面走过，雪地上传来了阵阵吱吱扭扭的踩雪的声音，那种吱扭声很像是一些人间琐事，听了令人牙根发酸、发痒。

而眼前的这个人，典型的小农意识，标准的小富即安，一点点小事就会激动得忘乎所以，不辨东西了。仅仅就是在洗刷一副猪下水，就高兴得像是在过年。整整一个下午，他蹲在河边，迟迟不肯离去，霸占着大家的河水。曾经有一名女老师来河边散步，但很快就又走了。

暮归的牛羊已经回来，扬着尘土，带着焦渴，正在往河边聚拢，可是河水依旧淡红，而且还泛着踟蹰不去的腥气，它们在往日熟悉的河边徘徊。地点还对，却不认识那些水了。

想起一个类似的人，好像是一个从前的财主，不过也有可能不是。真实的身份无关紧要，重要的只是这种性格的人，他们是很多人命里的刺或者坑洼，是一个地方的顽石或者皮癣。

不久之后，忽然又看到从村里来了一个小不点，目测可能是他的一个孩子，从诸多迹象上后来也证明了这一点。那个小东西，穿过黄昏中的石堰和树丛，拎着一个小桶，正在晃晃悠悠地朝河边走来。我怀疑那只桶里一定盛有什么东西，但是究竟是什么却很难做出判断。会不会是几件衣服和几个碗？或者需要淘洗的米？不，最不可能的就是米，首先排除的应该是米，这里的人们可从来没有在河里淘米的习俗，更何况这又不是南方，人们淘米都是在各自的家里，有很多人家甚至根本不淘。更何况，黄米和小米，本身就不怎么需要淘。

那么，究竟是什么呢？难道又是一副猪下水？

应该不是。就凭他的那种性格，如果是，如果家里还有，他早就一并拿来了，因为他恨不得排兵布阵，摆出一个十里长蛇阵。想起那年第一次见他，吆喝着，把地基一再加高。

那天下午临近结束的时候，我也结束了一阵短暂的翻阅，从他们那些自命不凡的书写里读出了什么？读出了刻意、矫作与卖弄，读出了勉为其难、千方百计与挖空心思，读出了大人模仿孩子的貌似天真烂漫的话语，读出了一位垂暮之人精心撰写的玫瑰花一样的情书……我在想那些花瓣的来历和真实性，也许那一切都是真实的，对于鲜艳的追求超过任何时候。

这种事唯一的好处可能就是引以为戒，引以为镜，看见镜中人，告诫自己不能够那样，不可以那样，永生永世都不可以那样，哪怕从此什么也不写。他人怎么做，那是他人的事。

多么不想说这些，说说另外的一些东西，写写浸泡在水里的村庄，写写杀牛人的现实与梦想，或者一个蹲在灶膛前用嘴吹火的人，一个提着箱子从很远的不知道什么地方回来的人，一个过往历史像一团乱麻一样的任谁都无法理清的人，一个凭栏远眺的女人，青丝变白，嘴唇需要加工涂抹才能重新变红……她的微微隆起的腹部，她的手指与眼神，蹲下时明显比前些年要宽大浑圆很多的臀部和腿部。一只手有残疾的医生诊断过后暗自思忖，灼热的肌肤很可能并非源于风寒引起的高烧，八成是由于情感空虚身体饥渴所致。每到初一或十五，有月亮的晚上或者没有月亮的晚上，心情分别是怎样的悲喜或无名？人前人后如何判若两人？

从秋天写到又一个春天，忘记了蔑视与耻辱，忘记了手冷与风寒，忘记了他们结伴而行、散步聊天的情景，几乎忘记了一切。

从夏天读到冬天,读出了透明的四肢与漆黑一团的生命。

也暂时忘记了那个蹲在灶膛前用嘴吹火的人。

有一段时期,河水一直猛涨,说浊浪排空多少是有些夸张,但是喧哗不息却是有的,吵吵嚷嚷的水声把河两边的其他声音作了有效的阻隔和消解,致使有些本应该过来的东西也无法过来。一竿子打死一船人,或者界限一出,泾渭分明,就是那种效应和感觉。我站在岸边,我是在很久以后才认出它的原貌的,它是我曾经描写过的一条极为普通的内陆河。曾经有过一个时期,不知触动了什么,或者引发了什么,它忽然变得繁忙而重要起来,成为一种炙手可热的被争夺和拥有的对象。它一度像一个重要的数字一样,被某些人秘密地记录在案。

而所有这一切,又仿佛都是一夜之间的事,本来不应该是这样的,本来应该有隔断,有空白的,甚至还应该有一个不算短的缓冲期,可是现在一切都没有了,一切都得重新考虑和打算。事情来得有些过于凶猛,令很多人猝不及防,晕头转向,致使许多重要的过程都被无情而又不无可惜地忽略掉了。我想说的是,其中有一些过程,其重要性或者意义,要远远地超过整个事情的结果或目的本身。按说那也都是一些精明的不能再精明的人,真不知道他们是怎么算账的。那种时候,它由一条宁静缓慢的寻常的河流摇身一变,成为一种较为模糊的数字或日期,有多少双手从明处,从暗处,以亲人的名义,以朋友的名义,甚至以故土、国家、民族、

107

子孙万代、千秋大业的名义，向它伸来，似乎谁掌握或者拥有了它，谁就能立即顺流而下一日千里，或者脱胎换骨扶摇直上。但是他们似乎从没想过自己也可能会是一缕烟。

深浅不一的误会、误解，遍布于日常之中，徽记一般给每一天都打上收讫或验证的标识，似乎永无尽头。人只要存在一天，这样的情况就永远不会根绝、消失，只会时时相随相伴。

我开始考虑后面几章的问题。

有一种隐隐约约的灰蓝色的调子让我难以漠视，粗暴而简单地把它们暴露在阳光下，似乎也并没有什么意义，只会让初次或多次看到它的人更加麻木，而麻木距离不仁确已不是太远，甚至可能本身早已重叠在一起。我在心里反复地描述着它的形态和走向。经过反复的打量，认识，拉近又推远，终于把它确定为一种背景。有它在，即使再荒僻的路也不致走样。

想起去年看到的一个故事。一个孩子，想学习一套精湛的短打武艺，然而他的父亲却对此并不赞同，奉劝他不要学什么短打，费时费力不说，还不一定真的就能精湛，不如直接学习射箭，一箭射出去，直取目标，省却了多少近身肉搏的危险和短兵相接的麻烦……类似的情况还发生在另一名秀才的身上。他十年寒窗，梦寐以求想做一位县令。他的老师，也像那位父亲一样对他说，做县令不好，县令升迁起来过于缓慢，官至二品，也足以耗尽一生，还未必能够如愿。即便如愿,也还是谈不上什么理想,不过区区二品,须知在你的上面还有几重天。最如意最稳妥的办法只有一个,不如直接做皇帝,一步到位,省去中间所有环节。

那个经纶满腹的老师就是这么对他的学生说的。去年秋天我初读此事时,曾为之惊愕。这和前面那个射箭几乎是一个道理。老师还相信凭自己多年所输出的学识,足以胜任人世间任何一个或一种品级。学生问老师,老师为什么不去做?老师说,老师老了。可是老师也曾有过年轻的时候啊?老师说,老师年轻的时候被一些事情耽搁了,比如阅读,经年累月的手不释卷,年复一年的苦心钻研。老师心怀山河家国,但究其根本,老师并非一个枕戈待旦之人。

不能不承认这种想法自有其憨直可爱的一面,它至少不那么奸邪、狡诈。那位父亲也可能是实在等不及了,老师可能也是穷怕了,长期低贱惯了,只能说出这种百步穿杨、一飞冲天的话了。而我们在平时的生活中,要想听到一段不奸狡的话,是多么的不容易和难得。许多话在出来之前,又有多少经过了长时间的浸泡、斟酌和培养,最终临出门前很可能还要被过滤一下、筛选一下。甚至像临上场之前一样换一身衣服,化化妆,看看头发是否凌乱,是否有一小撮不听话翘了起来。真诚有没有?有也可能早就被含化了。一出门已改头换面。

现在,当我坐在桌前,开始整理一些与现实揉在一起,早已看不出颜色,分不清彼此的忧思时,我倒丝毫不担心它们会像水一样从身边流走。这个时候,只担心当时的情景是否过于模糊,有关无关的当事人是否都已经到场。有一个站在廊下的人,并未引起任何人的注意。

有些东西确已碎了,当时就像水一样流在地上,现在已无迹可寻。

开始面对新的事物,应该明白,其中仍有一些不能揭穿。

希望看到反省、忏悔、原谅与被原谅。就像人在疲劳之时,目光所及之处,看什么都是软的,一切都仿佛小动物柔软的腹部。希望他深夜踏雪来访时,你正好在,不要说你不在。

我远远地注视着书中的一个骚乱场景,另外有很多人也在注视着,但是他们只能注视着和眺望着,永远无法走近,无法接近。情况也许并不是他们眼睛所看到的那样,事情另有内核,其中的因果更不为大多数人所能理解。水在眼前涌来涌去,似乎毫无出路可言,水中的足迹像是多年以前出事后的一些沉船。混乱成一团的人群,除了能勉强分辨出男女性别之外,再也找不到任何的答案。而且,仍有大量不明真相的人在不断地掺水一样地加入进去。

我想起了从前那场有关两个家族的长达数百年的恩怨或公案,官司打到后来,最初的真相早已被时间所湮没而不复存在了,双方的后人事实上都不大明白自己在干什么,更像是在按部就班、有条不紊地延续和继承一种由来已久的风俗习惯,事情像某种仪式一样进行得井然有序,几近于就要变成一种传统文化。但最早的那个原因呢,没有一个人知道是为了什么。

不过,很多迹象都无不在表明,也没必要知道那些了。

昨天晚上,我在写完那条河流以后,接着又写了距离它不远处的一条尘土飞扬的大道。在某些时候,阳光下的人影与一些晾晒之物会使它如同一种幻影,有时寂静如亘古,有时又完全是一场狂欢。牛群依次走在那条路上,从远处看完全就是一道黄色的山梁正在赶路。

在结束了对那个人的周围环境的叙述之后,时间已经很晚了,蝙蝠换上绸衣从家里出来,篇章中的某些地方已亮起了灯。我忽然听到那个人的沙哑而又缺乏耐心的声音在说:

"先是堵我的烟囱,这又掐我的葫芦,别把我惹火了……把我惹火了,惹翻了,我也让他们都活不成。"

什么意思? 这是怎么了? 他在说什么疯话,这才搬来几天?

1994 年 4 月 1 日

早期的风貌

有一天,当我也终于成为一位白发苍苍的老人时,是不是也会因为对某些问题的陌生而感到难以理解,进而表示断然的敌对? 看见一个自己从未见过的句子,一段一生也不曾梦见和想象过的描写或叙述,最终确定为异端? 野兽? 甚至垃圾? 有必要的话从屋宇深广、霉味深长的殿堂里,搬出正经的经世文章春秋笔法镇压它们,剿灭它们? 以维护和正本清源的名义。

也会摇头晃脑地写字作画、吟风弄月、呼风唤雨么?

风雨从前就在他的袖子里,现在没有了。看见他人攻城略地,心里空有前朝子民的遗恨。

不能想象那种语重心长、诲人不倦的情形,丝毫不能设想这种事情。如果真是那样,那么这一生也许不能说等于白活了,但至少过得可疑,很难想象是怎么一路颠簸下来的。人活着,许多年晕晕雾雾或机敏精致地活着,很多东西不到瓜熟蒂落的那一刻仍很难定义或命名，甚至包括是否存在都依然是一个飘忽不定的疑问。只有当某种先前并不确定的事实一旦坐实，那时候才会迅速做出判断，甚至还包括最后的结论。作为家中的独子，晓东不幸去世后，他的父亲变得异常灰暗，萎靡，涣散，除了睡觉再什么也不做，一睡就是很久，仿佛已经在一条暝晦苍茫的路上走得非常远了，早已脱离了所有人的视线，自然也就没有人知道他去了哪里。醒来后也只做一件事，坐在窗前苦思冥想，长时间地想，昏天黑地地想，没有人知道他在想什么。他人在他的眼前站着或者说话，或者过来过去，很可能在他眼里是并不存在的，被视为无物。醒来和睡着以后实际上差不多是同一种状态，不同的只是身体的姿势有了某种变化，前者是坐着的，前倾或者后仰，头低垂或者长时间朝着某一个地方，某一个东西，眼睛有时候忽然睁开；后者是躺卧着甚至趴着的，脸朝下，深深地趴在某一个地方或某一条路上。某一天，对前来看望他的晓东的两姨表兄说，你好好地活吧，姨父这一辈子是白活了。

这即是他长期苦苦思索的结果？

我想可能是。除此以外，他再也看不见别的了。

一个人在婴幼儿时期不可能知道自己以后要走多少路，过多少条江湖，有多少波诡云谲的经历和遭遇，更不可能提前六七十年看到自己晚年时的模样。如果能看到，相信任何人都很难认为那个从未见过的老者会是自己。所以一个人在二三十岁的时候

113

就开始筹划或者想象一种晚年生活图景，不仅还为时太早，也更加荒唐。现在想这些就显得可笑而无意义，这与年轻的一代人把黑头发染成白头发几乎异曲同工。他们把黑发染白，可能是因为觉得好玩，说不定还会增加一种历史感、正式感，而那正是鹤发鸡皮的长辈们努力想去掉的，千方百计都不想要的。后者可能倒并不是幻想从头开始，抱着奶瓶子，手拉着手，排着队从幼儿园重新出发，但是想用力拽住或保留住什么的心始终还是有的。那边还有什么？我们去看看。

不过，有一个现象可能自然又必然地在冥冥之中印证了以平衡为核心的自然法则和生命的秘密：你现在时常彻夜不归，到处出现，可能正是为了弥补未来的清心寡欲，深居简出。

对前人的观察与模仿，学习与思考，构成了我们现在的所谓文化、知识和常识，没有一代又一代人的活动与贡献，没有他们的影子和言传身教，我们会知道什么？很可能什么也不懂，什么也不知道。看见大人们互相辱骂，动手，发言，演讲，我们才知道嘴不仅仅是用来吃饭喝水的，还可以有别的用途；手脚也只是用来走路和干活儿的，还能挥舞着把另一个人打到。《史记》如果不写或者忘了写荆轲、项羽这些人，我们可能永远也不会知道，等于就像从来没有存在过一样。生病后，父母如果不带着你去打针吃药，你很可能不会知道世上有各种药品和治疗的存在，更不会知道这世上有一种职业叫医生或者大夫。你现在像所有的人一样，遵循着千百年来约定俗成的习惯过年过节,中秋节,旧历年,觉得一切都自然而然,顺理成章,没有任何不对的地方。可是你可曾想过,如果你从小就生活在一个既不过年又不过节的环境里,如果所有的大人老人都合计好了默不作声,也没有任何特别的举动,甚至连他们本身什么也不知道,不懂得,相信没有一个孩子会明白年底的这一天是一个什么日子,甚至连年底年初的概念也不会有,只会以为与以往任何一天一样,普通,寻常,丝毫不具有任何标识和意义,也绝不会申请要糖果、鞭炮和新衣服。如果你不知道有年节这回事,那么从你这里开始,或者从上三代人那里起,一个历史、一种传统或者习俗的长河就开始断流,干涸,或者改道,或者另一种沧海桑田。因为从来就不知道,所以也不会有丢失感。

人是这样,其他动物界也一样,大猫如果不示范爬树,小猫可能永远也不会知道那棵高大无比的东西是可以也能够爬上去的。大鸟如果不飞翔,小鸟可能会一直以为自己是一只鸡、一条蛇、一片树叶、一块石头,或者随便别的什么。看见附近水里有小鸭,它可能也会下去。

十六、十七世纪的大师们希望自己能够写得像庄子、老子、孔子、荷马一样好,十八、十九世纪的大师们则希望自己能够写得像十五、十六世纪的他们那样,并不是不想像庄子、荷马一样,只是觉得过于渺茫和遥远了一些,完全不具有可比性和可超越性,不如但丁和莎士比亚距离更近,更容易追赶一些。只有看到前方路上的背影,你才能追赶,前面什么也没有,白茫茫一片,灰蒙蒙无限,如何追赶,追赶什么? 到了二十世纪,当年那些想追赶但丁和莎士比亚的人也早已成为一代先驱,又有人想着赶上或者超越他们,成为又一个托尔斯泰、陀思妥耶夫斯基、狄更斯或雨果。到了今天,世纪初和世纪中叶的那些企图超越上世纪灯塔的后来者又成为更新一代人追赶或借鉴的目标。在他们的启示照耀下,有人开辟出了与先驱迥异的路。

陶渊明多么希望自己能赶上庄子或者屈原,但他根本不知道李白、王维、白居易、李商隐,他们却希望自己能像他一样归隐田园,寄情山水。李白、杜甫知道他们的诗如流水鸟鸣甚至越烧越近的野火和急促慌乱的拍门声一样,每天把苏轼、辛弃疾、陆游甚至朱熹等人从他们各自的梦里叫醒么? 在归有光、袁宏道、龚自珍、梁启超、鲁迅等人的眼里,苏轼是承前启后的一代巨人。看到他把酒临风,他们也为之一振,看到他在办丧事,他们也在哀泣、悲恸。

鲁迅又是谁? 是今天的人们一没办法的时候,内心如沙漠泥路之时就会想起的一个人。

一千年过去了,两千年过去了,这条远看荒草丛生的路上,每隔一段一些年就会有一些坚毅峥嵘的背影伫立在风中和时光中。当然也有走了很久四周依然寂寥暝晦的时候,但是下一个黑夜,你本已做好摸黑赶路的准备,在崎岖中摸到自带的微火,待翻过一道黑暗野荒的峻岭之后,眼前却猛然有月亮升起,大地皎洁,澄明。百年之后的又一个黎明,晨光熹微。

如果说我们或多或少地知道一些什么,我们知道的可能正是他们。他们就是我们的所谓文化与知识,传统和历史。他们醒着的时候,天地有亮光;他们沉睡之时,我们摸黑走着。

他们是不同时期的镜子、明灯和星辰。那么多的璀璨悬挂在我们的面前,虽然层层叠叠,都光芒万丈,却很少雷同,各自用自身的光芒滋养照耀着人间和历史,启迪着蒙昧的渊薮。

我们从一出生一记事以来生活在这些巨大的镜子下面,貌似长久,却也不过百年。

你能想象你会成为另一些或某一代人的知识或传统么?绝大多数都不会在有生之年做这样的梦,包括我们视为明灯星辰的他们,半夜腹内绞痛,意识到也不过是一粒人形之尘埃。

我在旅行途中,常常对那些出现在路边的标记、人为的符号和自然的风物标志充满了深切的感激与敬意。有了这样的明灯似的标志,无论再陌生的路,似乎也不再无情,后来的人会减少多少迷路的次数和可能。完全不需要指引的,可能只有两类,一类是神,一类是大地上的走兽。"横山200公里","驶入×省,祝您平安",公路上常见这样的一些指示或提示,或多或少地透着一些来自人间的暖意。看到那些,有时候如同看到了袅袅上升的炊烟,会想到一些与温暖有关的情景,甚至会感受到一种秩序或制度,还很容易联想起熟悉的家园。于是,你现在明白自己此时已经进入了某一个省份,这个此前只存在于地图上的地方,距离你首先要去往的那个地方尚有一百四十公里,或者更近一些,或者更远一些,至于到了那里以后继续乘车还是徒步,则完全取决于你的兴趣和各种客观条件。重要的并不是这些,而是此时你已经不再因旅途茫茫、首尾不见、毫无着落而焦虑不安了。你站在三省交界的路口,虽未听到鸡叫,但精力已然集中,然后决定走进前面的村庄或者城镇,是否攀上对面的庙宇或宝塔。

有一位慈祥的大智若愚的古代圣贤的石像出现在半山腰上,面含微笑地望着下面的山川和路上的行人,他在这里坐了有多少年了?他一半的脸已经风化,塌陷,无数个年头,无数个战乱,饥荒和太平年景交替轮回的年头,无数人畜车辆在他的注视下从下面的山川里走过,没有人知道他是谁,也很少有人注意到。偶尔有小孩四处顾盼,问大人,他没有家么,为啥要坐在这里?大人们回答不上来,因为他们也不知道他是谁,更不知道他为什么要坐在这里。

从小到大,甚至一直到老,我们事实上一直都在学习,模仿,接受,吐纳,比较,自省,一直都在有意无意地接受各种熟悉和不熟悉的概念、对象,在不同的时期,不断地掌握各种东西和技能。一位一生未走出过深山的北方老人,生平第一次看见南方水果,从最初的惊讶和陌生，到后来极为谦虚而不安地询问如何吃，需要剥皮还是不剥皮，需要手剥还是刀切。

事实上每个人都是一个把手指含在嘴里的孩子，不论你已经多大，不论你是谁。

回忆我们的脑子，自出生以来，曾经被灌输进那么多的东西，那中间，什么没有？高尚的所谓正面的能够拿到桌面上和书面上的，还有很多背后的桌子底下的低级的所谓下流的常识和故事，它们像荒草和民间野史一样也纷纷进入我们的视野甚至骨子里，谁没有类似的知识？在那整个过程中，有很多属于强行灌入，就像给小孩子灌药，有时需要一个人拿着小勺，另一个捏住鼻子，甚至双手反剪，控制住挣扎的身体。也有自动吸收，更有主动扑上去的，就像面对美味佳肴，还有需要按动某个开关才能进入的。黑白之间的搏斗经久不息。一个人的技术可以转让，学问可以炫耀，知识可以传授——也常被用来防御和自卫，却经常像土围子一般不堪一击，灰飞烟灭。童年的记忆有时会形同红线黑影般贯穿一生。

假如你仍然敏感而多疑，仍然很容易受到惊吓或激动，并常在噩梦中惊醒，那将证明你良知未泯，童心仍在，并未被完全钙化和社会化，春天仍会如约而至，仍会有树叶在某个地方初绿，童年的小鼓在咚咚地敲响。

人的眼睛应该是一天天地亮起来的，到达抛物线的顶端后，又一天天地暗下去，直至最后完全黑暗。刚出生的孩子好像什么都看不见，随着时间的推移和一天天地过去，随着某些近在咫尺的事物和人影不断的出现，渐渐地能看清一些什么了，比如母亲的脸。他首先看到的很有可能是父母的两个巨大的头颅，如果没有任何意外和不测，父母有幸在场在世的话（要知道有些孩子刚一出生，作为他的缔造者的亲生父母，其中一人甚至两人都并不在场，他们有可能已不在人世。如果他们双双都能在场，那个孩子就应该算是一个幸福的孩子）。再大一些的时候，孩子眼睛里开始有了某种或多种内容。随着一天天长大，随着年龄的增长，随着越来越多的丰富庞杂的见识，他成了一个多么精明、睿智的人，滴水不漏，明察秋毫……到晚年的时候，他突然发现目光又退回到了刚出生的那个时期，老眼昏花，很多东西又忽然看不清了，甚至看不见了，很多行为需要依靠摸索和试探，需要依靠从前的经验和印象，甚至需要长时间的判断和分析，不然就无法确定什么、肯定什么。原来那么多人都到哪里去了？他的眼前空空荡荡，想发火，想使使性子，却又半天找不到对象。而且，精力好像也所剩无几了，连勉强呐喊一声都成了问题，沙哑的喉咙里多出了某种很复杂的东西。是什么？多出来的那些东西到底是什么？没有人告诉他。喘息声好像离他不远，却又很难被他逮到，下过多次决心，也尝试过多次，奇怪的是一次也没有发现，更别提什么逮到。其实，这些都还在其次，真正最让人难过也不能忍受的是，

120

周围空荡而寂寞，自始至终都没有人，当然也就更不可能有人在一旁看着或者倾听着。许多年总听见有脚步声远远地过来，却始终从未有人或什么现身，渐渐地就有点怀疑可能是那边派人来了，每天提心等着。

几年前曾见到一位经验过剩的老人，从某种意义上来说，他的眼睛里没有瞳孔，只有经验，一生如山的经验，事实上已成为他沉重的包袱。他具有某种精湛的技艺，后来却常常颤抖，冒虚汗，犹豫不决。他说那一切并非纯粹由于老迈所致，而是他感到事情越做越害怕。

他说他现在早已不再读那些又厚又重的大部头的书了，而当年谈恋爱的时候，一个包里装着《史记》，另一个包里装着《神曲》。我想，书太重，本身举着阅读吃力，拿不动，可能只是一个方面，而书中的内容，对他来说显得有些巨大浩瀚的篇幅，则应该是他逃避或拒绝的另一个方面。现在他躺下后热衷于翻阅一些连环画和小册子，开本要小，内容要少，篇幅要薄。

他这是在干什么？

这难道不是婴幼儿们拿在脸前看的那种书么？更有的会把书拿颠倒，却仍然并不妨碍他哇啦哇啦地大声念着。而现在的他，能说他是在重新学习，重新获取知识，掌握经验么？他目前的阅读水准与内容，他的心境，正是一名学龄儿童甚至比那更小一些的一个阶段。

如此看来，他好像在重新开始，牙牙学语的阶段好像已经过去了，正进入看图识字的时期。只可惜的是，他早已没有妈妈了，不管白天还是晚上临睡前，再也没有人给他讲故事。

1994 年 5 月

开始

某年冬天，我去看望一位老人。

知道他患哮喘多年，一咳嗽起来就像完全进入了另外一个世界，不能说不省人事，更像是在另一个世界里已完全走远。比较害怕阴天，冬天更怕，每年深秋以后就很少出门了。不过，任何人事都永远是在变化中的，当然不存在一成不变的东西。比如，这一次见他就很是令人惊奇而出乎意料。当我见到他的时候，真的很惊讶，他的状况竟然很有起色，完全出乎来之前的预料。一路上还曾想着他说不定此刻正在炕上匍匐着，头杵在炕上，下半身高高举起，就像古人朝圣时行大礼那样，就用那样的姿势来抵御咳嗽、气短，回荡气流。也或者正在靠墙蹲着，站着，反正就是不能很好地正常地坐着或者躺着，那就会完全喘不过气来。

没有，他的情况可以说历年来最好，一路上想象中的那些受苦受难般的情景全都没有，既没有像古人行大礼那样高高地撅着,也没有五体投地般趴着,而是很快就可以谈笑风生。

在他的那间房子里,我看到了许多正在迅速消逝的东西,那些事物,恐怕以后都再也不会有了,只能是随着时间的流逝越来越少了,过一天少一些。而且,在别的地方也很难看到,博物馆的那种不能算。任何东西,只要一放进那种玻璃柜子里,就很难再有往日生活的气息。

这个老头,越到晚上越来劲,越精神,一双眼睛也明显比白天的时候亮,和别的那些精神明显涣散萎靡的老人完全不一样。他掌握着好几种不同地区的方言。包括以往在内的在与他的几次谈话中,我忽然注意到一个非常有趣的现象,他总是习惯性地把一些名词作为动词来使用,这样做的效果是,让人感觉他所说的每一件事情都非常地久远,甚至古老。

他能用几句互不连贯的断断续续的话语,甚至几个词,描述出一种场景,一种轮廓,这种能力不是一般人所能具有的,甚至很多职业写作者也很难具有。每次我都能在他的那种简约、零碎的陈述中,看到一种令人悸动或心跳的东西——皮肤白皙而又性格很好的女人,盐,灰黄两种颜色的布匹,窗外的一串脚印,风中的野草,草地男人的某些缺陷,人脸,梨木梳子,屋顶上的炊烟与积雪,姚姓的连长,黑色的水罐,火药,泉水,狐皮领子,马灯……

由于这些东西的填充与放射,致使那几个冷清的白昼和夜晚变得异常盈满而人头攒动,嘈杂声不断,甚至略显拥挤、混乱。人声鼎沸之后的荒芜,荒芜之后的又一轮人山人海,各种情形轮流坐庄,但大的方面主要是动与静的交替循环或曰轮回,其实就是岁月的正常节奏。

说起那时候的女人,尤其是他特别提到的某一个皮肤白皙而又性格很好的女人,他说她从不发火,也不莫名其妙地别扭,更不会无缘无故地生气。不发嗲,不任性,更不无理取闹。我对他说好的女人都让他们那一代人赶上了,他很肯定地说,那是。言下之意,现在的那些女人,他也觉得不怎么好,四五十岁的女人,还把自己当成任性的小姑娘、小女孩。我问他人为什么非要那样?那不是说明她们心里还觉得自己很年轻么,人,尤其是女人们,其实很需要那种建立在某种幻觉之上的精气神呢。他想了想说,就是,其实也没啥,无非就是提醒你,要重视她这个人的存在,要把她放在手心里,含在嘴里,映在脑子里,或者干脆就供在脑子里,让你明白,天下之大,天下之事,唯有她最重要,其他一切都不能与她相比,相提并论。悠悠万事,唯此为大。他甚至引用了一句七十年代广泛流行于朝野上下的话。

我对他说,感谢他的教诲,上了很好的一课。他嘿嘿地笑着,说这也能叫上课?这道理谁不懂,是个人就知道吧。又拿出一片树叶状的东西给我看,黄亮黄亮的,放在手里也有些重量。我说是金的吧?他说哪有那么多的金的,是铜的。东西本身好像关联着一件事情。

除了这些小的、个人的东西，他对于历代好几个王朝的历史似乎也比较清楚，但我相信他的知识来源和基础应该是出于或者建立在一种民间的性质上，带有更大的传奇和演义的色彩。他用一种回忆的口吻，讲述王莽的童年生活，身临其境，有情景有对话，就好像他本人就是王莽童年时期的玩伴，这在各种通史上是绝对找不到的。他讲萦绕在朱元璋胸前的一团与生俱来的红光，那就是注定要做皇帝的征兆和证明。一个人胸前先天有那么一团红光，想不做皇帝都难，也根本由不得他，他自己好像看不见那种光，但是别人能看见。深夜见到那种红光的，先是被震惊，折服，之后便铁定了一条心要永远跟着他，赌上一生一世，哪怕他此刻正在讨饭，或者牧牛，或者穷困潦倒，甚至亡命天涯。不明白个中缘由的局外人就会看不懂，困惑不解，不明白一个人为什么非要死心塌地地跟着另一个人，骂都骂不走，打都打不走，甚至连被跟随者自己都云里雾里，不知道自己到底有什么好的，竟会如此对于他人构成某种巨大的磁性。他讲赵匡胤的故事，年轻气盛，千里送京娘，送到了就完了，够了，了了眼前的一个心愿。别的当然不会多想，更不会想到连理，因为还有更多更大的事情在等待着他。他说淮南王的鸡，夏太监的黄色折扇，贾梅梅的眼睛，萧太后的头发；说萧太后小时候的家就在现在的那条"司令部街"上；还有"草上飞"的硬弓，一种能够止血的白草……

虽然他常常语无伦次，甚至颠三倒四，但那些风雨一般的讲述,仍令人能够产生某种强烈的向后回望与远眺的意愿或冲动。我有时就沉浸在他的话语里,眼前与心中的许多东西,在一段时间以来变得有些古色古香,像紫檀木箱笼一样闪烁着团团幽晕。我想,他讲述的或许并非历史,而是某种寂寞。令人宽慰和安心的是,他不会深陷其中而不能自拔,反而进出随意,来去自由,就像在自己家里一样。一分钟前还在遥远的辽国,转眼间就又回到现实中,头脑很清醒地让我把灶火上的火盖再盖严一点,防止有一氧化碳气体流泻在屋里。

这样的讲述,可以想象,重复与雷同也是显而易见和不可避免的、经常性的。同质化、套路性质的同一种模式,会出现在很多人的身上,张三的一些习惯性动作,行事方式方法,也会同样出现在李四的身上,江湖上说书人的许多特征和习惯在他身上也有。此外就是老年人的共性,一件刚见面时就已经讲过的事情,晚饭后又连着讲了两次,而他本人讲得兴致勃勃,意趣盎然,明显是以为从未讲过,期待着聆听的人爆出无比吃惊的表情和兴趣。自我进门以后,光是问我怎么来的,乘车还是别的什么,就至少问了不下三四次,每次都像第一次问。

有一天早晨,他似乎忽然心血来潮,泄露机密般地讲了一个有关男女之事的故事。

讲完之后,又一再向我强调指出,讲的其实是他自己的故事,是他以前的一段经历。这以后,他看着我,一再追问我是否相信此事，我也一再表示完全相信他的艳遇，并在表示由衷的钦佩的同时也为他的幸福而感到高兴。那个时候，我还留意到突然出现在他脸上的一种奇异的应该被称为是"青春"或者"年轻"的东西，我在想人这种生物或物种，为什么所有其他的事无论大小，无论怎样惊心动魄、不可思议，都能够让人保持平静，甚至冷静和庄重，而只有那样的事会让一个苍老的人骤然变得年轻？听到我这样说，他竟也由衷地高兴，却又有些不好意思地笑了，很是害羞地露出一排发黑的残牙。他颇为谦逊地摆了摆手，对我说：

"谈不上，谈不上厉害，哪能那么说呢。过奖了。"

那些天，村里好像死了一位老妇人。

老妇人住在河边的一间房子里，院落的位置略有些高，从某种意义上来说相当于半山腰，坐在那个院子里的石头上，可以清晰地看到下面的河流与那些开满杏花的树，尽收眼底。

据说那几棵树都是她的。

生前，她曾为此颇伤脑筋，每年夏天果实发青的时候，她便开始了日复一日的操心与防范。白天坐在院子里目不转睛地看着树下的动静，到天黑了，夜深了，她仍然坐在那里，不肯回去。平时即使吃饭的时候，也常常手里端着饭碗，一边进食，一边警觉地注视着树下的情形。一有风吹草动，立即站起身来，大声呼喊，直至咒语连天。可以想象入睡时是多么的不安。

成年人很少到那些树下转悠，没有人愿意招惹麻烦。主要是村里的一些小孩,有时也并不是真的要干什么,也是纯粹为了气她。看见她生气,一跳一跳地骂,他们就觉得非常高兴。

有传言说她从前,年轻和中年的时候,也曾风光美貌,但也只是一种传言,甚至一种推断和想象,因为并没有人亲眼见过。与她同时代的人大都死光了,剩下的也没几个了,都已老眼昏花,行动艰难,基本上过着一种有今日没明日的生活,本身已自顾不暇,更没有任何多余的兴趣和精力去谈己论人。因此,关于她和她的那些年龄相仿的知情者,他们的过往早已被深埋,或者也可以说一切都已随风而逝,流散得干干净净。很难用今天照见昨天。

不过却听说有个远道而来的老头来为她送行,也有的说是两个,两个互不相识的人,分别从两个不同的地方来,为了一个共同的目的。有人猜测他们是她昔日的朋友。我想象他们如何互相面对。我惊异的是,他们的消息何以如此灵通而神速。除了这些,还得需要对方是一个不畏任何艰难的人。这中间无疑运行着的是一种真正令人不可思议的东西,或者说精神。

那位老妇人没有子女,孤身一人,没有目睹到她的出殡过程,不过可以想象那是一个如何宁静、如何寂寞的远行情景。河水低声喧哗,似乎还有一点小雨。没有惯常的哭声,没有孝子,没有滞重而缓慢行进的队列和本该一应俱全的白衣白幡,一切都简到不能再简。最后的收场,几乎就是在一种无声无息的过程中完成的。事情结束,他们又各自回到自己的原点。

我这样说,你是否略感震惊? 是否有一种东西从你的心头轻轻掠过? 我这样说,是否有一幅情景在你的眼前展开? 还有一条河水,一直贯穿在其中。还有一种精神,在冥冥中运行。

我现在已经忘记了这是真实的生活,还是一次梦境或虚构。

我们为什么要特别地描述并揭示某些东西? 因为无论任何时候,那能在暗中触动你的,像一只看不见的隐蔽的手,露出地面一点点,有的甚至完全深埋于时间和岁月之中,正在把你叫住,牵起你的手,告诉你一段凄楚的或者不可思议的却又不为人知的往事,那正是我愿意为之献身的东西。许多东西一直都在运行,很多时候我们只是看不见而已,因目光已浑浊。

关于那位在黑夜里讲述故国历史和民间演义的老人,我只写过一点点,最多只能算是一个角落,因为未来还会有更大的篇幅需要他在场。但所有这些,无论是先期的一角,还是日后的更多,我都从来没有对他说起过。说了,他或许会当个事情挂着,与哮喘和黑夜并排。

出于对他的怀念与感激,并不打算虚写或者对于他一直引以为自豪的爱情虚晃一枪,一生几乎什么也没有剩下,只剩下那一点点仅有的回忆。不夸大不渲染也就罢了,如果再人为地缩水,如何对得起他此前一次又一次的讲述。多少个夜晚,那些遥远而又虚实不定的往事像是某种养分和力量,使他瞬间变得年轻、激情而又豪情。眼前的粗瓷碗,破旧的被褥,昏暗的灯光,倾颓的门户及房屋仿佛都已不复存在,取而代之的是另一种明艳而年轻的生活。

这几乎就是他晚年时全部的梦想与阳光。一个人心里如果想着这些,总是装着这些,就是一个晴朗而受到过滋润的人,睡梦也多少应该是甜蜜而安心的,虽然可能不乏酸楚。

与此同时,又想起了另一位在他的房屋附近常年晒太阳的老人。

有一个事实是,除了他的家人,很长时间以来,大多数人实际上早已忘记了他,谁也不再把他当回事了。对他自己来说,他当然还活着,可是对于别人来说,他好像早已不复存在了,日常的生活里也早已没有这么一个人了。他不发声,不表现,更不会去妨碍或阻挠别人,从某种意义上来说,差不多就是一个影子,有的时候连一个影子都算不上。难怪有人在无意中看到他时,会吃一惊,甚至会吓一跳:怪事,这人还活着?

这即是很多人对他的最基本的反应。确切地也说不上从什么时候开始,也可能就是从所谓的老了以后开始的吧,他不知不觉地把自己与别人,与外部的生活一直牵连着的那根线扯断了。也从某种意义上来说,这世上只剩下他一个人了,别人很难再看到他很难再找到他了。

我想,暗中的真正的实际的情形也就是这样的,当一个人无限孤独的时候,是因为别人都找不到你了,更因为没有人在认真找你,谁也不知道你去了哪里,都以为你早就走了。

就是这样一位老人,有一天,当有人在他的眼前并不是对他而是对另外几个人说了一件事情的做法后,他突然睁开眼,纠正了他的错误,并立即表演似的详细作了示范和说明,说正确的做法就应该是像他这样的。本来并没有人意识到他的存在,甚至都没人看见他。那一瞬间,分明让人听到一种呼喊或呐喊:生活——我又回来了!我还在,我其实一直都在——

那一瞬间,我仿佛看到那根此前一直以为被他扯断了的线,正握在他的手里。

我想很多人可能一直都是在一种半明半暗的生活里,拥挤,滑行,蹒跚,健步,沾沾自喜,自鸣得意。

从此我知道这个世界上的人,应该没有什么没用的人,每个人都有自己的密码或方法,有的只是不愿意拿出来,或者忘了拿出来。一个人,只要他还在呼吸,还能用一种断断续续的语言表达什么,甚至不能表达,他内心深处的那片原野仍然辽阔,一如从前,山花烂漫。

1994 年 6 月 15 日

两端:出生与死亡

多么不愿意散布这种悲观颓废的意象或者言论,而写下几行风轻云淡的鲜花般的文字,哪怕不鼓舞人心,也不振奋人心,哪怕无关痛痒,似乎也比说这些要好。但是,有些东西真实地存在着,你能装着看不见,不知道么?只要稍微回忆一下我们的出生,再目睹或者想象一下最终的结尾,人就很难再振奋或激动起来。就算你不知道也无法预测自己的结尾,他人的尾声或结局总是见过至少听说过吧。

当年,或者最初,当你闭着眼睛,携带着某种温度,第一次来到这个世界上的时候,你遇到的情况实际上可能和一只猫差不多,接生婆戴着透明的手套,也有可能什么也没戴,接住了你玩具般的身体。在这里,我说的是有一定年龄和经历的人,并不是指今天的那些小孩。今天那些小孩,他们的出生,要比过去那些人隆重得多,也幸福得多,更是不能拿小猫小狗来比的,没有可比性。后者生出来，尤其是小羊小牛，往往直接就掉在地上，身上还披挂着透明的轻纱似的胎衣，自己蜷曲成一团，在地上蠕动，挣扎。地上干净一些的还算好，更有一些迎接它们的是污泥浊水、破柴乱草。

接生婆或者护士，凭她们那双手，这辈子什么没摸过？但是她还是觉得你的身体不如她的手干净，也有的是出于职业的需要，郑重其事地戴上手套、口罩，把你接住以后，再用一块布裹起来。有护士在出口处接你，证明你出生于城市的医院。除此之外，你或者出生于乡下，或者降落在路上——迁徙或逃亡的途中。

你不谙世事地哭了几声，当然是闭着眼睛哭的，然后便睡着了。

一周过去了，满月过去了，你够硬邦，终于没有惊风，也没有发热，终于顺利地活下来了。用不了多久，你就能穿上你的小衣服，练习翻身，匍匐前进，学习说话，学习走路了。

假如你出生在乡下，出生在几十年前，或者更为遥远的年代里，某一个身穿紫花大褂的接生婆，在听到你快要出生的消息时，在你的父亲或者叔叔姑姑姐姐的焦急的注视和等待下，会丢下正在吃食的猪或者鸡，把灶膛里的火熄灭或压住，颠簸着一双小脚，风风火火地赶来。

一进门就叫喊着让准备热水。

多年的乡居生活，当然使她没有透明的手套可戴，事实上她也压根不想戴什么，她也没有那样的打算和习惯，她还嫌戴上不利索呢。接生了几乎一辈子，一切的程序和办法都早已烂熟于心，闭着眼睛也能接下来。去村里走走便知道，有不少父子两代人都是她迎接来的。

这以后，她就用她的那双露着青筋的紫红色的刚刚淘过米的手，没怎么太费劲地就把你迎接出来了。说轻而易举有点儿过，但肯定算不上很难，除非产妇本身难产。整个过程中，她几乎连眼睛都没怎么眨，就像在她家里做一顿最为熟悉的饭一样。就连剪脐带的剪子也是她自己的，平时裁剪衣服也用它，时常随身携带，一有人去叫，就先把剪子拿上。

这以后，把你托在她的手上，才开始仔细打量你，检查你的性别，看看生了个什么。还要看看有没有多了什么，少了什么，当然不是妖怪也很重要，然后把这消息告诉你的家人。

这以后，你又被放下，有的据说放在一捆铺开的干草上。金黄的干草看似散发着某种暖意，实则却很粗糙地让你通红的身体第一次尝到了人生的艰辛磨砺，迫使你响亮地哭出了声。你数次被抱起又放下，从一家人欢喜的程度，能证明你的性别。在这个没有人明确管理，却又有无数人共同参与、默默遵守的传统秩序里，你能够作为他人眼里的一支香火，在自己幸运的同时也给一家人带来了希望和某种图景。即使你出生的当天是阴天，是已经

135

淋漓了好几天的雨天,他们的脸上和心里也是晴朗的,响天晴日,艳阳高照。

但是,如果你碰巧不是他们所期待的那个孩子,而是另一个、另一种属性,你就糟了。在你初临人世之际,你遇到的可能会是另一种情形,你根本不会知道,在他们发现了你的属性之后,他们的脸色瞬间就有些阴,心情也是五颜六色的什么颜色都有。如果你是那个家里的第一个,那就不会有这些,第二个也不要紧。但是,如果你不幸成为同性别的第三个、第四个,甚至第五个、第六个,成为好几朵梅花或者杏花中的一朵,那你真的在别人的眼里就不那么值钱了,会非常地不重要,甚至是明显的累赘和多余人。这个时候,如果碰巧有人家里孩子少,或者没有孩子,提出想把你抱养过去,家里的人基本会很同意的,或许还会有一种随之而来的解脱和轻松。那条小褥子就不要再送回来了,就包着她一起去吧。

那种时候,你对这个世界当然一无所知。你完全有可能掉到一盆水里,溺水而亡。也有可能掉进火里,就算你命大、命硬,侥幸活下来了,一生也有可能只能以一副令人惊惧的面目示人,小孩子一看见你就哭,掉头就跑,大人们与你也是能少说就尽量少说。

你像一棵幼小的嫩芽,刚一露头,便被一只大脚重新踩回到土里。

你有可能再生,重来一遍,第二次露出你的头来么?

一晃好几天过去了,又一晃好几个月过去了,还是没见有人来抱养你,就知道你走不成了,哪里也去不了啦,只能成为这个家里的一分子了,家里的人不得不伸出双手接住这个他们并不太愿意接住的事实。

忽然想起,都这么些天过去了,竟然一直都还没有一个名字呢。原以为给了别人,就不需要给她起名字了,让前来抱养她的那一对爹娘给她起吧。现在看来这个懒还是不能偷,也偷不了。就开始琢磨着起一个名字。叫什么好呢?叫什么都行,只是无论如何都不能再叫什么梅什么花了,前面几个都叫梅,这个梅那个梅,到她这里,说什么也不能再那么叫了,必须改换一下了,即使还叫什么梅,也得从她这里转一下改一下了。叫招娣或者拉娣,要不就叫转梅或者改梅吧,意思就是从她这里开始,以后再有无论什么梅也不要了,如果要,就得是一个与先前完全不一样的新品种。算了,就叫转梅算了。

这种事,有时候很灵验,从招娣或者拉娣的下面,从转梅或者改梅的下面,真的换了一个让全家人高兴万分的新品种。不过,也有的时候,并不起什么作用,一点儿也不灵,再生一个出来,期待和想象中的那个弟弟并没有如期到来,依然没有出现,再次出现的依然又是一个和前面完全一样的小梅、小花,清一色的一溜姐妹。

几十年过去了。

像是一眨眼就过去的,又像是费尽千难万险地走了很久才走到今天这个时候的。

现在,你已经老了,基本不能动了,躺在床上或者病床上,脑子里空空如也,或者全是糨糊,也有可能还记着一些东西,把往事过电影一样地过着。

从少年时期到老年,你没有意外死亡,所以才能走到今天。当初有很多人都一起在路上走着呢,有的还不到二十岁就死了。继续走着走着,又有人不见了,有的三十多,有的四十多、五十多。总的来看,每过一个坎,都会有人不见了,随时都有人在掉队。

在经过了一段时间的弥留之后,你终于不再需要什么药物与安慰了,也不需要再吃什么喝什么了。你终于闭上了眼睛,像当年刚出生时那样。

有人在床前哭你。

也可能没有人哭你。

不过,对于你来说,哭与不哭,都已经不重要了,那算个啥!就算哭得再好再响,你能听见?

有人来为你做最后的收拾和整理了。

先给你整理面部,然后换一身你今生从未穿过的衣服,当然

138

要是情况特殊,或者条件不容许,也有可能什么也不换,仍然就穿你最后穿的那身衣服。你也不要计较,穿什么又能如何。

如果这中间干活儿的没有你的至亲至爱之人,只是一般的服务或者友情意义上的帮忙,我希望你能不要计较人家戴上手套,戴上口罩,就像当初为你接生的时候那样。

因为,这个时候你的确已经很脏了,就让他们随便干吧。

一生就这样结束了。

人生的早晚两头都是混沌的,只有中间那一段令你刻骨铭心。不过,要是你最终完全空白,连那一段也不存在了。

1994 年 10 月

忧伤

　　几年前,我还在看一部分自然来稿的时候,经常有一位南方的年轻人写信来,并不断地寄来他的稿子,他应该住在运河以南的那个同样古老而美丽的城市里,我对于他的容貌与身世一无所知,甚至包括性别也不大敢确定,只是那种清秀典雅的字迹给我留下了一种非常美好的感觉和印象。那种字迹,更偏向于阴柔。

　　不仅字迹阴柔,作品也带有那样的一种风格,潮湿,宁静,水气很重,属于细雨霏霏、小桥流水的那一种。有时候描写某些狭窄幽长的巷子或者一个有花有瓦的庭院,经常会含有极大的水泽之汽,让人想起戴望舒的《雨巷》。总之,一看就是多年在那种湿润的气候和季节里生活并浸淫太久的人。

　　我推荐过他的一篇小说,后来,与众多的稿件夹杂在一起在某一期的刊物上发表了。一切都相当平静,也无比地正常。从他的信中,我看出他很高兴。一个从事写作的人,一个刚开始在这条路上行走的人，一个敏感而细腻的年轻人，谁没有过那样的时候，谁没有过与他一样的心情。

但我却感到一种无情的淹没。那篇文字夹在一大堆其他的文字里一同变成了铅字，算是出了门，就像随着滚滚的人流出站、进站一样。

我以前一直以为，我在别人的眼里，可能也能算一个不太差的编辑吧，但后来遇到的一些事情使我发现那全是个人的一种错觉，别人可不那么看。

我们的某位分管刊物的领导有一次无意(?)中说走了嘴，他告诉我，这么些年，他一向对我推荐上来的任何一篇稿子都存有极大的戒心，与看别的编辑推荐上来的稿子相比，心情是大为不同的。

这事，具体地说，就是看其他人推荐上来的东西，他的心情是放松的、平常的，而看到的是我推荐上来的，就不能不打起十二分的精神，提高警惕，擦亮眼睛，看看是妖是怪，是神是鬼。

原来竟然是这样！最初听他这么一说，我感到非常吃惊，怎么会这样，这的确有些始料不及，出乎我的想象，完全没有想到我在别人的眼里竟是如此的一种色彩。我也同样没有想到，在正常的工作状态下，在正常的稿件运转过程中，我会在不知不觉中把一个无形的包袱压到了别人的身上，而自己却完全不知，浑然不觉。

当然，我也并没有更进一步地问他，看到是我推荐上来的稿子，是否脑子里首先咣当一声，嗡嗡作响，继而眼前直冒金星？当时，我并没有说什么，只是在听他说。我把事情尽量归结于他人对我的陌生和缺乏了解，所以他人才会形成那样一种印象。不过我也不是那种喜欢解释和表白的人，所以也并没有向他解释和表白什么，我不想那样做。

我所能做的就是转身走开。我一直认为，希望或者要求别人了解你、理解你，真是一种自私而又不无可鄙的行为，某种程度上甚至还有些损人利己。凭什么非得要让别人了解你、理解你，不理解你难道不成么。

正常的气氛是，一个人对另一个人能理解多少就尽量理解多少，有些时候完全不理解，也没有什么，一切可能也都是命中注定，并不以谁的意志为转移。更有些时候，你对一个人了解、理解得过于深切，结果反倒可能更糟。

不过这件事当时还是给我留下一种阴影，却既不粗也不重，都没有一条眉毛那么粗。像什么呢？很像是铅笔留下的一条短促而纤细的浅黑的细线。

我开门见山、直截了当地告诉那个年轻人，以后尽量再不要多寄稿子给我了，我只是一个小小的微不足道的看自然来稿的编辑，虽然很想做点什么，但是又难以做到什么，也无法做到什么。另外，纵使我的推荐经常能够奏效——其实完全不可能，一个平淡无奇的地区级刊物,相信用不了多久,他本人也一定会心生厌倦的。还有,作品写完以后请一个人去看,事情本身就有些不那么对劲,谁又能保证某些读后感不会导致他误入歧途?

果然,很快他就不再寄什么了,信也极少了,这一切都应在情理之中,以他在作品中时常流露出的那种细腻多愁的情感,他是一定会这样做的,否则,以往的那些对人对事以及对于整个世界的情感就都是不真实的。

从此,每当在国内一些报刊上看到他的作品,我都会由衷地为他高兴。也许他会认为我不是一个很好的人,但我依然为他的每一段行程而感到安慰和一种真正的高兴。

说来可笑,当编辑两年,经我手推荐上去而后来得以发表的稿子,只有不多的那么几篇。从这个意义上来说,我丝毫不能算是一个称职的推荐者,常感觉很是对不起那些含辛茹苦的作者。但是,除去其他原因,更多的时候,那些质量恶劣的书写,常使人一次次丧失了坐下来认真斟酌,努力发现哪怕是仅有的一丝一毫的长处的心情。也可能与年龄有关,不能容忍自己写得不好,看到别人写得不好也会很烦。也许,我不具有那种兢兢业业的工匠式的耐心与精神。一个普通的短篇小说,我花十几分钟甚至几分钟翻阅一遍,实际上已知其品质,选择也会很快做出。我不大相信我会看走了眼而致使一个亮闪闪甚至不那么亮闪闪的东西从我的手下漏走。我一直觉得作品的好坏,区别应该是很明显的,甚至就像清水与浊水那样明显而易于识别。

　　对于某些准备上路却还并没有迈出第一步的作品来说，尤其如此。

　　我不具备昔日的那种锲而不舍的斧凿精神，我无法想象让一个作者三番五次、七遍八遍甚至几十遍修改他的作品，我缺乏那样的耐心与热情，总觉得那么长时间的消耗，也许对谁都没有什么好处，真的能够修理出一座金字塔么？我不敢否认修改的重要性，但是那还得要看面对的是什么，我不相信一堆破旧的棉絮能够修改成一片云彩或者一场大雾。

　　我希望能过一种心平气和的生活，因而我也愿意充分理解每一个人、每一件事，包括某些看似莫名其妙、不可思议的东西，但是也不希望过度和无节制，过分深切的理解，以至于深陷其中而不能自拔。这世上，无论什么东西，只要太过了就会有问题。

　　如果某一个人，一旦被你完全理解、看透，理解到每一根毛细血管、每一缕末梢神经，这个人很可能在你的心目中已全部死亡，不复存在。

　　这样好么？

　　我希望每一个人都不要这样不明不白地死在别人的心目中，大家都好好地活着。

1995 年 2 月

我在盲庄

我站在庄前的那条河边,等待河对岸一位专治跌打损伤的大夫的到来。

昨天夜里,庄里一个姓孙的人在夜游的时候,突然遭到了一种来自背后的袭击,他昏死在一座黄色谷仓的附近,直到天亮之时才被潮湿的夜风吹醒,他的一条腿至少比原来肿胀了差不多一倍,脸上的情形也是姹紫嫣红,气象万千。姓孙的人对自己半夜遭受袭击的原因一无所知,因而他强烈要求别人为他赶快驱邪除妖。有人说,真的是妖么?能肯定么?他说,那么奇怪、少见,不是妖还能是啥?他记得四周一个人也没有,而他却突然倒下,败下阵来。

腿伤还未痊愈,有一天姓孙的人突然又中风,口呙眼斜,一张脸突然也随着这场戏剧般的中风变得又白又长,整天藏匿在家里,不想见人,更不敢见人。姓孙的这个人叫孙长胜。

几天前,河对面的薛本传来为他驱邪,在院子里鼓捣了三个晚上。薛本传离去之后,孙长胜看上去比往日略感平静了一些,也能勉强地与人说话、交谈了。一段时间以来,严重的腿伤逼迫他中止了几十年如一日的夜游,看上去倒像是意外地促成了另外的一件好事。不过,每到了平时要出去的那个时间,他准会准时地披衣起身,侧耳聆听着夜晚的村庄,聆听的时间与他往日出去夜游的时间大致相等。用他女人的话说就是,反正不出去到时候也得起来。不出去是因为腿不行,腿要是行,早就走了。一般情况下,他穿好衣服以后,就坐在离门口不远的地方,一副要走的样子。也有的时候,披着衣服,独自坐在窗前,眼睛看着夜半的月色将窗纸涂青、染白,又看着夜风将月色吹乱,吹散。窗外重新黑暗下来,身后妻儿老小的睡眠的轮廓常使他感到难以辨认,他们的姿势与呼吸声在某种时候如出一辙,但是更多的时候又各有各的样子,像是每个人都在去往一个不同的地方。他就在一遍遍地想那些地方,那会是些什么样的地方呢? 他想得很苦,坐在窗前,脸朝下,偶尔回头看一眼他们。

　　薛本传临走前劝他切忌生气,对方的那种平淡随意却又不无警告色彩的嘱咐历历在目。从某种意义上来说,那位手段诡异的薛本传更像是一名受过科学熏陶的医生,他在施行法术的时候,既不观天,也不念咒,脸上的神情一片迷茫,更像是丢了一个什么东西,阴影与光亮像时间的褶皱一样同时蹿上他的额头和脸颊,使他的脸上一半黯淡,另一半熠熠生辉。薛本传事实上是一位无神论者,老娘头疼,让他给制一道符。他说算了,先打上一针再说。

我在一个光线浓黄的上午,看见孙长胜的女人和另一个穿着紫花大褂的女人懒洋洋地从村外的一条大道上走来,那个女人的手臂上还挎着一个篮子。这两个女人边走边说着话,有时甚至专门停下来说,说到什么,掩口而笑,你捅我一下,我捅你一下。她们一路走着,天气有些热,可她们看上去并不怎么热,就因为她们是女人,天生属水,属于阴性之事物?

我回到庄里的时候,孙长胜正在门前练习走路,尽管一直都小心翼翼,却还是免不了跌跌撞撞,头上也出满了汗。看见我回来,对我说,快扶我一下。扶着他沿着墙走了一段后,停了下来,看到他上面喘成一团,下面则颤抖不止。谁遭逢到那种情况,情绪也会无比地低落、败坏。我还得劝他,宽慰他,让他静心休养,寄希望于时间。时间一到,自然会好的。

我告诉他说,我在路上看到他的女人了。他听了,竟像是什么也没听到一样,没有任何一点反应。这会儿,他站在墙边,不时地抬头朝远处张望着。他对我说,你听见什么声音没有?还说他的耳朵里忽然吵得很凶,人声嘈杂,嘈杂声响成一片,有点像是那年的万人大会。

可是我并没有听到什么。我对他说,可能是刚才走累了。

他说不是。接下来,他仔细地描述他听到的那种声音,从他的描述里,感觉那应该是一种很密集的声音,非常密集。各种声音互相挤压,下面的想翻上来,上面的当然不容许。

可是,那究竟应该是什么呢?一个千万人集合或者集会的场面?在场的每个人的嘴都不闲着,都在大声喧哗或者喃喃自语?每个人都有各自的记忆之境,外人很难找到并一看究竟。

那时,忽然看到不知从什么地方飞来了一群又一群的兀鹰和红嘴鸦,它们像雨前的乌云一样聚集在村西的上空,鸣叫声此起彼伏,嘹亮而又无比地沙哑。它们飞得很低,漆黑而狭长的羽翼甚至能扫到一些屋顶上的黄泥烟囱,啪的一下,就会有一块甚至几块泥皮被扫落下来。它们在低空里搅作一团、一片,看似混乱无序,却又似有某种规律存在。在兀鹰不无愤怒的叫声中,不断地有体形较小的红嘴鸦从空中坠落下来,像一朵朵黑色的花,红蕊为血。

我们一起朝西边望着,孙长胜的嘴张得很大。

看了一会儿,孙长胜忽然对我说,再麻烦你一下,把我扶回去吧,我想回家躺一会儿。

就扶着他往家里走。他的手掌心很热,甚至说灼热或滚烫也不为过,而脸上却一片青灰和灰暗,冷色调的青灰和灰暗。身上还有一种奇怪的鱼腥气。回头又望着村西边那种黑压压的景象,耳边听到几个孩子在街上狂呼乱叫。此外还有谁家开门的声音,向外泼水的声音,有碗或玻璃掉到地上摔碎的声音……那种斑驳老旧的门在开启和关闭时的叫声尤其令人惊心。

我们推开大门,走进院子里的时候,看见有两只掉下来的死鸟,我听到孙长胜自言自语地说,我知道你死了,死了就死了吧,谁又能不死?为啥还要这么兴师动众的?

谁死了?

他话里有话,当然是在说一个人,问题是他指的是谁。应该是他比较熟悉的一个人,很可能也就是这个庄里的。我想问一下孙长胜,可是他面色青灰,有如岩石。岩石能说话么?

记得以前曾经问过他几次,好像他才三十几岁,肯定还不到四十,可是要是看外表,应该四十多了。不管是三十多还是四十多,这个年龄的人总不应该是老年,可事实上,他已经在按照老年人的习惯和标准活着了。每天吃完晚饭以后,几乎就不再出去了,很早就躺下了,也能睡着。每逢那时,都好像在说,我先走一步了。不过,他和别人不一样的一点就是有着多年梦游的习惯,睡到半夜,就会准时起来,到庄里的大街小巷去转一阵,然后回来再睡。

每回也都能顺利地回来,好像从来没有迷过路,也没有错摸到别人的家里去。他的女人有一天这样对我说,你说奇怪不奇怪?按说像他那样的人,迷路那还不是正常的么?

有一天,他从外面夜游回来的时候,我还没有睡。他看见我

住的西厢房里还亮着灯,就推门走了进来,身上带进来一种属于深夜的气息。他来到我的身边,看了一下,对我说:

又在写字?

纸上的那些密密麻麻的字迹显然也不是他很感兴趣的,我写下的草稿缭乱而又难以辨认,字里行间又支棱出好多条线,每一条线又分别指向更多的缭乱和混沌。不过也难怪,因为他还是很认真地望了几眼的,那样子像是看隔壁人家正在发生的某一件事。接着又打量了我几眼,他可能在猜测纸上写的都是些什么。看过之后,他离开桌子,在一只凳子上坐了下来,来回搓着两只手。这屋里一直都有一种生石灰的味道,不过他们一家人却闻不到。

我递给他一支烟,他接过去,拿在手里,半天没有动,后来要准备点着时,却又忽然说最近不敢多抽,咳嗽得厉害。我问他街上冷不冷?他似乎没有听见,未作回答,一动不动地坐在那只凳子上,似在出神,或者沉思着什么。过了一阵,看了一眼门外,他忽然问我:

你说说,这世上到底有没有鬼?

我一惊,不知他为什么忽然想起问这个。我望着他的脸,看到了他的那两颗被蛀坏了的黑牙。正要对他说点什么,他却忽然叹了一口气,站起身出去了。在门外,听见他很响亮地咳嗽了一声。奇怪的是,那一声咳嗽,并非出于生理需要或迫不得已,一听就是专门的，而更像是对某一个人或某一件事的一种正面的回应，说态度强硬、观点明确也行，说明人不做暗事也行，甚至说是一种挑衅、一种宣战、一种粗声硬气的表达，似乎也完全都能说得过去。

他在向什么人宣战？他在向一件什么事表达或者挑衅？

这件事完全就是他个人的一个秘密，一不小心表露了出来。其中的因果，包括那个隐秘的对象，至少是我此前并不知道的，来到这里这么长时间，也从来没有听任何人说起过。不过，即使是现在，此时此刻，也仍然还是他个人的一个秘密，他也并没有多做什么，对于整个那件完全不知道真相是什么的事情来说，恐怕连掀起一角或者撕开一个小口都算不上。对于更多的人来说，它仍然是密封的，完整如初。事情像一种暗疾，日日夜夜都在折磨着他。

那时候是凌晨两三点钟，或者四五点钟的样子，我看了一下表，发现表不知什么时候早已经停了，所以也没有得到任何参考，只能从孙长胜夜间外出活动的一般规律上做出一种判断。有些事，他不说，你就只能猜测或者推断，他在黑暗中的黎明前的村庄里独自漫游的时候，不经意间遇到了一个人？遇到了一件使他费解而头脑发热的事？又或者，什么也没有遇到，什么也没有发生，使他心有戚戚，遽然发作的也许只是一件没有几个人能够明了的经年旧事，一件只有甲乙双方才能看懂或明白的个人恩怨。第二次出门的时候,他的背影有一瞬间看上去有些摇摇欲坠,甚至有点像一个弱不禁风的女人。他见到了那个人?

早晨我在院子里见到了已经早起的孙长胜,他正在窗下霍霍地磨刀,身边放着一碗已经弄脏了的水。昨夜漆黑的露水似乎一直伴随他到现在,如同一种支离破碎的遗迹。孙长胜的身上沾满了泥污——他好像在庄中的某一个地方突然跌倒了,但是此刻看上去毫无倦意。听说他们今天好像要去西边的梁上起土豆,他女人的一个侄儿来帮忙。在我起来之前,刀可能已经磨了一会儿了,他停住手里的菜刀,用一根手指头试了一下刀刃,然后抬起头对我说:

今天是个好天气,天不亮的时候太阳就出来了。

他的女人在屋里说,胡说八道,没一句人话。

孙长胜朝我笑了一下。可能刀还不是很快,往磨石上撩了些水,又开始哧哧地磨。他们的一个十来岁的小姑娘正在院子里跳绳。早晨黄色的炊烟令人想起一些与战争有关的场景。

从他们这个院子往东,还有一大片高粱在地里站着。我忽然发现对这个世代种植胡麻和黑豆,天上有鹰,山坡上有画眉鸟的村庄生出某种前所未有的好感,决定九月以后再走。

1995 年 3 月 1 日

李木匠谈创作

还是在好几年前，有人向我推荐这种莫名其妙的表达方式，也有人常命令或希望我这样做。那时候人还非常年轻，愣头愣脑，就像平时吃东西穿衣服一样，也不大能分得清好赖，甚至听话也听不出好赖，常常不能正确理解其中的含义。当面对这样的事情时，当然也就一点儿也没有看出它有什么不好。别说是一种说话方式，即使是一个活生生的人，别人都说他很糟，我有时候也不清楚他到底糟在哪里，因为不了解，便不知道他是局部突变，还是整体溃烂。他坐在你的对面，你和他握手，他的手显示他是正常的，手指间也并没有滴答什么。

你生活在一种制度下，无论什么样的制度，你都得要遵守一些相关的体例，不是这样的体例，便是那样的规定，要想不遵守，除非不活。事实上，相较于活着的人而言，死者更容易被涂抹，被摆布，被任意定性。事实上，任何人，无论生死，都始终活在一种

153

框架之内。

让你谈论写作，谈论其他一些什么问题，说起来别人也算是一种好意，一切不都是为了你好么，却完全不管有的人并不愿意这样，并且是多么的害怕和不快。其实，这样的人属于少数。大多数的人——除了干坏事的人——都很乐于让别人知道自己正在干什么，怎样干，辛苦的程度，取得的成绩或成就。很多人恨不得每天向全世界直播有关自己的一切。

最初的时候，也并不反对这种事，但是几年后便越来越不喜欢，不知道为什么那么抵触这种事。是因为没有人能谈得更好么？好像是，好像又不全是。心生厌倦乃至厌恶，不想看类似的东西，更不想写。许多人其实只是一株又一株的墙头草，却往往又很喜欢在那样的场景或者语境中表明自己也是一个有立场有观点的人，很显然那些所谓的立场或论调又是从别人那里拆迁挪移来的。就像某些树木，在别人那里的时候都是活的，甚至根深叶茂，郁郁葱葱，但是一到了他这里，就都死了。原因恐怕也只有一个，就是水土不服，无法成活。除此之外，还要表明自己如何不易，千辛万苦，孜孜以求，坎坎坷坷，却又是多么放不下文学这个梦。为什么不说真正放不下的是名利这个梦？因为后者无法堂而皇之地说。所有这些，又都要统统说与人听。不说不行么？对于很多人来说，好像还真是不行，觉得憋得难受，甚至感觉窒息，感觉被埋没、被湮灭。甚至觉得沉默是一种可怕的抹杀或掩埋，觉得自己无论做了多少，只要自己不说，那一切存在与否便值得怀疑。常听到一些所谓的过来人语重心长，忠告他人，你得说，必须说，你不说，别人怎么知道你做了什么。不仅要说，更要说好。

文学的附属物，或者说杂碎部分，我最厌恶的即是作者简介和所谓的创作谈，也不知是什么人发明的这种东西。根据种种迹象或现象来看，基本可以认定最初的始作俑者为一急火攻心之人，内心如煮如焚，太想把自己推荐出来，跳跃起来，聚光，闪亮，让人知道他是谁。

如果倾听只剩下一种纯粹的礼貌，则完全可以避免一千次，甚至有多少次就可以避免多少次。做到这一点也并非有多艰难，无非是尽量减少相遇，使邂逅的可能降到最低。

为什么要把自己从事或者正在做的某件事情以自白、宣言、诉苦、传授、讲解、示范，或者絮叨，甚至炫耀的方式说给别人？如果全部出于真诚，那也没有什么不好。问题是很多人并没有真诚，往往不忘表演，写作的人说自己最大的梦想其实在于绘画或音乐，甚至园艺，甚至一名制壶或者制砚大师。而拥有权力或财富的政客和商人又常坦言自己最大的理想在于艺术，在于清流、淡远……导致各种牌坊越来越多。某种利益的获得者，戴墨镜，穿中式衣衫，喜欢描写牧童、短笛，远山近水，画柳树，画竹子，画杏花春雨，声称最向往的生活就是牧童短笛的生活。可是，一旦当生活把他从雕花木椅上打落下去，真正把一群牛交给他，让他披着麻袋去放牧时,他感受到的只有厄运当头,人生无常,而世人看他的目光也如出一辙。

问题还在于很多人都有一种灌输别人的愿望,每个人都能或长或短地来一篇"创作谈"。李木匠就是一名最普通的木匠,他说,为了给别人赶制一副门窗,他已经两天两夜没合眼。在那叮叮当当的制作过程中,斧子曾砸破了他的一个手指,流了很多血。后来房东帮他简单地包扎了一下,血止住了,不再流了。此外,部分木头尚未完全干透,考虑到将来门窗有可能变形,等着自然晒干是不可能了,只能用火烤干。另外还有,胶不多了,钉子的质量也不怎么好,很多钉子一砸即弯……甚至抱怨说这房子本身也有很多问题,要是让他来设计……

李木匠的这篇"创作谈",时谈时新,每谈一次,都会不断地有新的东西添加进去,其中不无委屈和不屑。委屈和不屑能够并存,也着实令人惊异。我也不无促狭地对他说,干脆走人,一走了之。可是很明显,走又并非他的目的,而挣到工钱才是他最终的目的。

我困惑不解的是,既然不走,又何来那么多的表白、不满、委屈和不屑?

我倾听他,也是出于那种惯常的礼貌,谁让我们不小心相遇了呢。如果我晚来几天,就会错过这位李木匠。如果不是那场雨,我又会早于他离开这个地方。不过,我多以沉默作为刀斧,以斩断他的絮叨。我不能雪中送炭或者锦上添花,我要是虚假地附和他,顺应他,鼓励他,那无疑会助长他把这篇足够糟糕的"创作谈"越谈越长,没完没了。那样,于他于我,于那另一户人家,均没有什么好处。他带着好几种复杂的情绪干活儿,令人忧心。既想挣东家的那一笔钱,又要表现出百般的不情愿和不屑、挑剔,甚至还有一种莫名的清高和厌倦。更何况,任何一个人都有即兴发挥、添枝加叶的能力。喜欢像女人一样唠叨的李木匠,他并不知道我对他说的那些不感兴趣。我对他感兴趣,是因为我想看到他的全部技艺——那一座房子的全部的门窗,从横梁到圆柱,包括每一个细部,到处都闪烁着他灵性的光泽。

而至于写作——

完全没有必要告诉他人这是一件什么样的事情,讲清讲不清都无所谓,甚至讲不讲也无关紧要。在今天,这样的事情尤其如此。你写"月亮从山后升起",这与别人与你的邻居与你的上司有关?我们的工作是为了写出自己想写的东西,要写的东西,不需要告诉别人你做这个事情有多么的辛苦,因为如果嫌辛苦就完全可以不做,完全可以去改做其他的事,世界上还有那么多的事需要人去做。李木匠烦躁而又坚持,女邮递员告诉我说她很辛苦,我能理解,但是又能怎么办呢?很多时候也许只能这样理解,选择了活着,就意味着选择了辛苦。

说到底,这事与大多数的人关系不大,甚至完全无关。说到底,每一个人所做的事对于他人来说仅仅只是一场雾、一片烟雨,而其中更有些连一场雾、一片烟雨都不是。

1995 年 6 月

回忆

　　就这样,我白天写作,傍晚出去走一会儿,有时带着烟和火柴出现在河边。在这一带,初夏总是素色的,像僧人们的斋饭。黄昏来了,天阴了。郊外的渠沟、河水和草,还都算是洁净,因而也是冰凉的。从巨大的到最小的,从里到外,从天上到地上,一切都在移动、松动,开始返青。附近一所学校的白墙在树林里隐现,有时书声琅琅,黑尾白翎的喜鹊常常站在牛背上。走近以后才发现学校的白墙上写着红字:院内批发布鞋(懒汉鞋)、阿里山瓜子,有意者请与教务处孙主任面谈。

　　树林子的西边有一个面色苍白的人,依仗着一棵树作为屏障,正在那里一本正经地小便,面部表情非常严肃。估计那不是白墙广告上所说的孙主任。不过,不管是谁,一个人在需要排泄的时候,能够及时地找到一个合适的地方,那还是一件非常幸福的事,在某些时候,可能会胜过一切喜悦。

159

大雁排着队飞来了。

那期间,我阅读了几名妇女的作品。从前,对于焚烧的情景,我常感到吃惊。

到了四月里的最后几天,写完了第一部分内容,不是草稿,我还从来没有过草稿,以后也不一定会有。我不习惯凌乱的生活,到处都是废纸和灰尘,头发油腻,满脸倦意。至于那些密密麻麻的小字,东一张西一张的卡片什么的,也统统没有。有的人能让你记一辈子,有的人当时就忘了,靠的并不是卡片。

我没看出最先完成的这一部分内容有什么异乎寻常的地方和特点,有一阵子,甚至还觉得它把后面的路都封死了。

不久,天气渐渐地转暖,夏天开始了。那时候沿途的荒草和枯树已经不见了,满目绿色,即使闭上眼睛,也能感到明丽的绿水在眼前涌动,又婉转而妖娆地远去。我知道那不过是我的一种错觉,绿水长流不会在这里……夏日时而潮湿时而又干燥的空气使我很快就把先前的那一部分内容全都遗忘了。

在天气最炎热的时候,我认识了一个朋友,我从心里感到幸福。

八月下旬的时候,我想起了几个月前写下的那一部分内容,这以后,我重新——正式开始了《中国屏风》的写作。激动使我显得很匆忙,事后曾想,如果当时能够慢下来,再慢一点,相信要比现在出色得多。又想起从前,那种所谓的一气呵成的状态曾为多少人所看重,而现在看起来……

就在那个八月的夜里,我梦见一位比我大一两岁的朋友,我和他已经有四五年甚至八九年没有见过面了。在梦中,他的头发已经全白了,白发苍苍,让我想起童年时期的一片白色的茅草。他的头发是白的,只有眼睛,他嘴角的那种微笑还是年轻的,还是从前。因而,那是一个多少有些可怖的梦。梦的背景是一间凌乱的屋子,桌椅东倒西歪,灰尘在光线里荡漾……还有一只女人的鞋。

在那不久以后的另一个梦里,一位真正的老人在回家的途中被风吹倒在路旁。在距离他倒下的不远的一个地方长着一种奇怪的草,月光使它们看上去有点像孩子们手中的玩具。听到一个嘲讽的声音在说:他老了,他干来干去无非是想穿她们的鞋,炫耀他的从前。

什么意思? 那是在说什么?

很多年了,我还是不熟悉争斗或矛盾。

我慢慢地走着,时常听见有刺耳的刹车声在远处响起。我愿意相信驾车的人是那些插着头饰、戴着丝质手套的老寡妇和满脸倦意的退伍军人,当然还有他们的后代,他们的主要任务就是在生活中反复地来回穿梭,从甲地到乙地,再从丙地原路返回。回来的途中,伸手摸摸假胸是否还在,是否还牢固,慈善事业的喇叭已经架好。

还有他们，主要是他——刘成万，一个地方煤矿上的老会计，穿着破旧的袜子，吃着土豆蘸盐，喝着白酒，能够不连贯地回忆起1952年或1964年的某一份报纸，包括主要的标题以及一些小字。晚上不到十点钟，就躺下睡着了，除非有人鬼哭狼嗥地在外面砸门。也从来不看电影电视什么的，不管那里面爱得如何疯狂，恨得怎样深沉。

我问他睡着以后做梦不做？回答说很少，几乎就不做。

前两个梦是否具有一致性？第三个梦则时时需要激情。

依恋，寄托，守望，回忆，倾诉，传达，兴趣，勇气，批判，斟酌，沮丧，虚空……绝大多数的作品里都不可能放得下这么多东西，撑破小说的事不是没有。那些多余的焦糊的汁液四处流溢，像残留在杯口四周的糖分一样令人烦恼而不洁。

从那时候开始，我想写写兴趣和勇气。日常生活中，我是一个严重缺乏兴趣和勇气的人。我常想，如果我具有普通的正常人十分之一的兴趣和勇气，我的经历至少要比现在复杂一百倍。这个时候，我就觉得我是在研究错误，书写谬论，在一个陌生的地方行走，从最遥远的地方进入，穿过花园或者黑夜、荒原，走过草垛和月光下的空地，走上台阶，掀开幽冥。

复杂的经历也往往并不能警醒甚至提供什么，它在一些人的身上只是一种陈年的积垢，甚至都难以成为一篇有趣的小传。我相信人生的一切都是可遇而不可求的，就像梦一样，丝毫不以人的意志为转移。事情出去转了一圈,又回到了宿命上,命中注定,一切都是命中注定。经历复杂的人可能不一定愿意复杂,不一定愿意遭遇那些从来都想也没有想过的事情。倒是那些一切都简单简陋得像一杯水一样的各种新人,身上时刻充满了各种各样的欲望,每一个毛孔都代表着一种未来的理想或罪恶。就像那些刚刚来到人世不久的婴儿,无论什么时候用手去碰他的嘴,他都会立即朝你张开。稍微再大一些就更是如此,看见什么都想要,一次给他拿来一吨奶,他也敢要。

复杂的人到头来能成为最简单的人,只要他愿意,但后者不一定能成为前者。有些人一生简单,或出于无知,或出于天生的不能或不愿负载更多的东西在自己身上,甚至具有某种排异性,任何东西到了他们身上,都会即刻剥落,难以驻留,无法驻留。又像穿了一身光滑无比的外衣,又像真正的无心,百毒不侵。

我一边留意着人的变化,一边继续描述大地上昏暗或晴朗的景象。河水,山冈,器皿,农具,阴雨,狂风,大炮,流云,蔬菜,水果,军队,潮汐,古堡,书籍,窗户,回廊,麦地,烈日,烟囱,拐杖,沙枣树,玫瑰花,粮食,布匹,马车,白杨树……房间里光线的强弱程度并不对人的心情构成影响。昂贵如珍珠的粮食,在某些章节里形同粪土。

友谊,爱情……当这些虚幻如流云的东西成为彼此的负担时,那也算得上是一种真正的难言之隐。看那张涂着蜜糖的嘴,忽张忽合,评价着皇帝的新衣。注定会有人歌颂它,装扮它,也注定会有人拆穿它,摧毁它。

最后谈谈《中国屏风》。那里面不仅有我想说的话,更包含着某种梦想。更重要的是从来没有人那么写过。从这个意义上来说,它好像是唯一的,一个经过光阴漫过的永不变质的梦。

1995 年 7 月

八位作家和二十四本书

一

　　我现在最想看到的两本书,是由曹雪芹本人亲自写作《红楼梦》的后四十回和爱尔兰小说家詹姆斯·乔伊斯的《芬尼根守灵夜》,前者我以为已不大可能,但也并非不存在意外,许多令人意想不到的事情在我们的注视和不经意间都已经发生了。后者无疑应寄希望于翻译界。乔伊斯使用的是几乎要成为世界语的英语,并非另一个星球上的字母,难在哪里呢? 我自己的英语水平但凡稍强一点,我早就把它翻译过来了。靠别人办事历来都是如此,除了耐心等待,什么样的心情和手段都不起作用,一切都派不上用场。

　　使我怀有极大敬意的全世界的八位作家中不包括詹姆斯·

乔伊斯。在他的前面和上面,还有一位查尔斯·狄更斯。从本质上来说,他们是说着同一种语言的同胞。人们说,按照乔伊斯的小说,可以重建一个都柏林,但是按照狄更斯的小说,是否可以重建一个英国? 狄更斯能代表英国,就像巴尔扎克可以代表法国,托尔斯泰、陀思妥耶夫斯基照亮了黑暗漫长的俄罗斯一样。

二

美国人将《卡拉马佐夫兄弟》搬上银幕,其意义也许仅仅是让说惯了俄语的俄国地主和神甫们讲一讲英语。银幕上的《卡拉马佐夫兄弟》是轻率而简单的,显得很小,像一个被切除了四分之三的胃,许多未被理解、难以消化的内容,甚至基本的脉络都被不客气地取掉了。可恶的人们,之后又用获奖来证明他们的制作是成功的。

这个世上就有些人天生喜欢做自己做不了的事情,而类似的行为又常常总是被视为挑战或勇气,甚至英雄壮举。六十年代初,北方山区有一个小个子的男人,非说自己一顿饭可以吃掉四十二个馒头。他死后,人们在挪动他身体的时候,从他的怀里突然又掉出七八个馒头,把在场的人都吓了一跳。他留下一个儿子,1969 年开始上小学,名字叫何苦。何苦属牛,年长于我们。几年后,我们终于成为同班同学。年级经常停顿,正常的生长却从

166

未停止过,连续的留级使他的身高显得鹤立鸡群,异常突出,完全就是羊群里的一头牛。他当过组长和劳动委员,经常协助老师管理班级和同学,说是一名准老师或者副班主任也不为过。但是天有不测风云,有一年初春,由于犯了一个"不可饶恕"的错误,他被撤销了所担任的一切职务,此后再无官运可考。

三

有很长一段时间,甚至直至今天,我的眼前经常浮现出一个穿着白色亚麻布裤子的年轻人,神情亢奋而又恍惚不安地行走在一条危机四伏的街上,等待一位主教乘船前来。好多人都去码头上迎接,他也在其中。主教喜食鸡冠,而他自己——圣地亚哥·纳赛尔则总是梦见一片水蒙蒙的树林,梦见白色的鸟粪覆盖在他的脸上。根据迷信的说法,他是正在去死,临出门前朝母亲笑了一下,然后慢慢地往另一个世界里走。——这是《一件事先张扬的杀人案》,这是加西亚·马尔克斯记忆中的南美洲,那里天气炎热,尘土飞扬,火车的颜色像香蕉一样。

严重得越来越厉害的健忘症几乎使人们失去了记忆中的一切,即使给每一件物品都贴上相应的标签,也只能勉强知道其名称,而仍然想不起其用途。在无数次的实践和无数次的教训后,头脑灵活的奥雷连诺开始把标签搞得越来越复杂,一头奶牛的标签便很能说明他们是怎样跟严重的健忘症做斗争的。奶牛脖子下挂着的标签上这样写道：

"这是一头奶牛，每天早晨挤奶，可以得到牛奶；在牛奶里掺入咖啡，可以得到牛奶咖啡。"

首先认出并确定是一头奶牛，然后再注明其用途，告诉人们做法。这是奥雷连诺上校在马孔多的一个最好最有意义也最造福于人民的发明。

我已有十几年的时间没有进过任何一家电影院。有一天晚上沐浴之后，毫无睡意，打开电视，里面正在上演一部中国电影。看了几分钟后，我开始越来越吃惊，我看到马尔克斯的《一件事先张扬的杀人案》被搬上了中国的银幕。所不同的是，小说中即将被杀的圣地亚哥·纳赛尔，被一名已被提前杀死的中国北方的山村教师所代替。杀人者也是兄弟两个，都穿着中国北方的黑棉袄。圣地亚哥·纳赛尔临出门前朝自己的母亲笑了一下，可恶的是，那名中国的山村教师临出门时也做了一个同样的表情，两位母亲事后都突然回忆起了儿子的那种笑。小说中的南美洲的酒店和牛奶店到了这部中国电影里，被一个炸油条的烂摊子所取代，导演命令两名演员在那间四面漏风的破棚子里炸油条。不时地安排有人来买油条，趁机说一些模仿小说原著里的话，散布一些可怕的消息。两名杀人者就在那个破棚子里一边喝白酒，一边吃油条。他们的吃法使我感到惊异，我还从未见过喝白酒就油条的人，而且是早饭。那把杀人的刀子就放在油条的一边，他们一边喝酒，一边扬言要去杀死那个山村教师，做着与彼得罗·维卡略兄弟同样准备要做的事情。炸油条的人听到这个消息后吓得半死，立即跑去告诉山村教师的母亲。那时候，牛奶店的老板娘克罗迪尔德·阿尔门塔也正忙着要去通知圣地亚哥·纳赛尔的母亲。早晨，广场上唯一开门营业的就是教堂旁边的这个牛奶店，老板娘在晨光熹微中第一个看到了圣地亚哥·纳赛尔，她仿佛觉得他穿着一身银白色的衣服，"活像一个幽灵"。

中国北方的一个山村里当然没有教堂，也没有牛奶店，甚至连那个炸油条的破棚子也是导演临时命人搭起来的，——总得让那两名杀人者有个扬言要杀人的地方吧，关键是还必须让别人知道，光他们两人知道是不行的，所以他们就去那个破棚子里喝白酒，吃油条。

我至今不知道这部中国电影的名字，不知它制作于何时，更不知何人所为。事情无法更荒唐。

在接下来的一部美国影片里，一位教授正指责一位部长缺乏必要的道德，部长十分惊讶地说："先生何出此言？"

这也许是翻译的问题。

人口过剩了，什么人都有，事实上即使是在一个小团体小社会里，也仍然会什么人都有。在这边的山区里，一个人如果不去参加别人的丧事或婚礼，那就基本意味着一辈子都要在自己的家里吃饭。不管他一天吃几次，端起又放下的几乎都是同一个碗，动作与姿势也因经年的重复雷同而娴熟无比，有时甚至又因过于娴熟而显得笨拙、生硬。没有人敢于在一个贫穷寒冷而又偏远闭塞的村子里开设一个什么，这与"谁敢杀我？"基本属于同一个命题。也许，某一个小店就是专门为了准备杀人的人而存在的，做事之前先进去吃一顿，既可以镇定一下，又能够营造出某种氛围。通常情况下，被一条花布帘子特意遮挡住的那一部分被称为"雅座"。掀起帘子进去，会看到乡长与他的客人们正在用火柴棍猜拳，火柴棍多的时候，拳头攥得很紧，生怕掉出来；火柴棍少的时候，拳头一般都比较松散，肌肉不是绷得很紧。不过也有那种心计颇深足够狡猾的，故意把拳头握得更紧，给人一种手里握有更多火柴的感觉。这种事情，如同人世间所有的各种游戏一样，核心问题就是要把对方带入彀中，使其上当。

"几？八？"

"几？一？"

"王八蛋，还真就是个一。"

和别的游戏不一样的是，猜中的要受罚，猜不中的反而平安无事，轻松过关，有如认领灾难，选择不幸。一桌八个人，八根火柴，每人猜一个数，越到最后命中率越高。因而，排在最后的人从来都希望火柴一出门就被与庄家邻近的人猜中，使灾难戛然而止，不再延续和扩散。他们总是强烈希望并要求将事情消灭在最初,解决在萌芽状态。

四

　　蒲松龄先生曾经描写过两个山东的差役前去执行公务,走在路上,遇到从冥界来的两个鬼,也是两个差役。四个人的身份与职业完全一样,而此次前去执行的公务竟也完全一样,都是奉命前去缉拿一个人。山东的差役听到冥界的两个差役的谈话后不禁大吃一惊,他们分别要去缉捕的竟然是同一个人,那个人住在泰安城外,其住宅四周的景象与冥界差役的描述和山东差役的所见完全吻合。

　　一个人,何以活到如此境地? 被人间缉拿的同时,又被冥界造册缉捕?

　　还有豪尔赫·路易斯·博尔赫斯,他写下了一系列的梦。

　　还有威廉·福克纳。廉耻与怀疑像南方潮湿的龙舌兰一样时刻交织、攀缘在他的意识里。有时,即使面对迪尔西这样的女人时,他也不免会感到拘谨。为什么? 因为他成功地将人格与尊严赋予了她。

　　十八世纪的曹雪芹,十九世纪的巴尔扎克、狄更斯、陀思妥耶夫斯基和托尔斯泰,二十世纪的福克纳、博尔赫斯和马尔克斯,我怀着崇敬的心情写下他们光辉不朽的名字,不仅仅是因为他们每

171

个人在某一方面都空前绝后。现在,无论看谁的东西,都会不由自主地以他们为参照,看看多了什么,又少了什么。他们中的很多人至今仍像强烈而古老的光线一样照耀着、辐射着这个几经变迁、颠簸的人类和世界。

今天的人心、人性,是否比他们曾经见识过的更复杂?或者从来如此?

五

《豹》的作者兰佩杜萨是意大利的一位亲王,其名声远在后现代主义名家卡尔维诺和诺贝尔文学奖获得者皮兰德娄、夸西莫多和蒙塔莱之下。兰佩杜萨,其曾祖父也是一位亲王,但不同于巴尔扎克或托尔斯泰笔下的那些戴着假发、喷着香水、浑身散发着腥甜气息的欧洲贵族。作为一名拥有爵位的俗世中的人和一名勤勉的天文学家,他的注意力并不在因功名利禄而声嘶力竭的人间,而在于浩瀚的星空和无限的宇宙,他先后发现过两颗小行星。

《豹》是一部篇幅只有十四万字的长篇小说,却是本世纪的一部杰出巨著。《豹》出版于 1958 年,但作者已于一年前的 1957 年离开人世。

作为法国的长篇小说,《蒂博一家》的准确而干净简洁的风格令人惊讶,现实的魅力使之成为二十世纪最杰出的长河小说。作者马丹·杜伽,是纪德的挚友。他写过一部中篇小说《古老的法兰西》,从状态到语言,很像是一部中国小说。

作为长篇小说,别雷的《彼得堡》够得上好么?纳博科夫说它杰出得不得了,要胜过福克纳。我认为他这样说至少有失公允。

我们应该永远记住这些不朽的峰峦。《百年孤独》、《喧哗与骚动》、《我弥留之际》、《族长的没落》、"兔子三部曲"、《巴马修道院》、《魔山》、《赫索格》、《洪堡的礼物》、《杜宾的传记》、"三言三拍"、《太平广记》、《搜神记》、《佩德罗·巴拉莫》、《死者》、《乞力马扎罗的雪》……

什么叫爱国?我以为至少不能是一种无原则的护短行为,不能是民族主义者和民粹主义者以为的那样。一位流亡的总统,一对旅居异国的夫妇,即是《一路顺风,总统先生》主要的故事。拉美国家的总统们早已习惯于逃跑和颠沛流离,动不动就会被以上校甚至上尉为首的人推翻了。马尔克斯的《一路顺风,总统先生》讲的就是这样的一个故事,是我读过的最感人的短篇小说,却从未听人提及。有很多选本,到处都在选他的《飞机上的睡美人》,可能是他们觉得这个名字能够吸引人。一个女人在飞机上打盹有什么意思?这可能是我看过的他的最糟作品。

什么叫友谊?盖斯凯尔夫人的《夏洛蒂·勃朗特传》是我读过的最感人的传记,其成就似乎并不比《简·爱》《呼啸山庄》逊色。打开卷首,英国的紫色的荒原扑面而来。作为夏洛蒂的好友,她尽可能详尽地记录了她们的生活。看到有狗长时间地卧在门口,那是艾米莉的狗在等待它的早逝的女主人。

翻看"三言二拍",人间的烟火不断地将我们吵醒,不断地使人推开木楼上的窗户,临街眺望。

1974年,一个叫李文焕的人生平第一次听说了一本叫《金瓶梅》的书,却不知道是一本怎样的书,时常猜测、想象。想象不出是怎样的故事,只能根据书名望文生义,觉得书里至少应该有一个非常漂亮的瓶子,瓶子上描着金线,里面很可能插着梅花。

另一个叫林广生的人在看过一堆发黄的线装书之后,则开始每天饮酒,饮一元钱一斤的散白酒,自以为过着半人半仙的日子。

1850年,巴尔扎克五十一岁的时候,写完了该写的一切,离开人世。其时,他的身边只有一名仆人,还有前来看望他的维克多·雨果。雨果是看着他死去,然后才离去的,茨威格将那一个特定的时刻描写得令人身临其境。巴尔扎克的仆人和雨果站在飘摇的灯影里,看着那位举世无双的小说家做最后的呼吸。

如果写作不是一种呕心沥血的事业,按照他的身体和性情,这个人完全有可能活到九十岁,甚至一百岁。如果一位作家在写完自己要写的一切后,还继续活在世上,剩下的那些日子该如何打发和度过呢?从太多的现象和例证上来看,一百岁的巴尔扎克并不比五十岁的巴尔扎克更容易获得幸福。自从停止写作以后,列夫·托尔斯泰几乎很少再与包括家人在内的任何人说话、打招呼。他在想什么呢？

作家应该是一种什么人？真正的作家就应该是那种傍晚时分匆匆到来，黎明前又独自离去的人，带走的仅仅只是一身夜露，多数的时候，毫无世俗的风光可言。

1998 年 1 月 4 日

第二辑

盼天黑

　　从天快黑的时候开始,整整一个晚上,我们都坐在李有钱老汉的炉子前烤衣裳,主要是烤鞋和棉裤。自从河里结了冰以后,我们差不多每天都要湿一回,无数次在冰上摔倒或者直接滑进水里。一湿了就来这里烤,先不敢回家,什么时候差不多快烤干了才敢回去。黑麻麻的光线里,李有钱坐在炕上,背靠着他那卷儿早已很难看出本来面目的行李,在不停地抽旱烟,我们被他呛得又流泪又咳嗽。村里那么多人家,之所以选择来他这里烤火,也就是因为他家里清静、利索,从来都只有他一个人,没有正常家庭那么多的麻烦。而且,李有钱老汉的家里,无论谁来了都行,不光是村里的人,甚至还有根本不认识的陌生人,甚至要饭的,天黑了没地方去了,推开他的门,进来住一晚上,也是常有的事。有的生人会给他钱,一般是五角钱。

　　我们中间很有几个善于拨弄火的,为了把衣裳尽快烤干,从外面一进来就拿起火钩子噌噌地捅火，往里面加炭。那个时候，坐在炕上的李有钱就会大声地叫唤，并阻止，说费了他的炭了。有人说火不旺了，只是捅了捅，并没有往里面加炭。其实是骗他的，不往里面加炭，不增加新鲜血液，火哪能旺起来。往往就在说话的过程中，一个孩子站在炉子的一边，挡住李有钱的视线，另一个嗵嗵地往里面放上几块炭。不一会儿，屋里明显就比刚才进来的时候热多了，李有钱也很快反应过来，知道又上了这几个孩子的当，嘴里嘟嘟囔囔地骂一阵。

黑暗中，炉子里的火又红又亮，我们坐在或者站在炉子前，把身上湿了的地方朝着炉子，有性急的直接挨住炉子，慢慢地烤着。有时候觉得暖融融的，一不小心就睡着了，迷糊中又忽然被人打醒，看到衣服上的棉花冒出丝丝缕缕的火星，一闪一闪的，还冒着很难闻的烟。

湿的地方还没有烤干，现在又烧出了新的窟窿，这是我们最怕也最不想碰到的事情，因为烧了比湿了更麻烦。在那些无数个黑暗的夜晚里，湿衣服其实从来都不引人注意，更能蒙混过去，无论有多湿，也总会有它干的时候，只要你能忍住，不吭声，家里的大人也没顾上注意你，事情基本就算过去了。但是，烧出窟窿，露出里面的棉花，那就很难再遮掩了，总有被发现的那一天。锁财的爹有一天无意中发现锁财举止怪异，一只手总是贴在腿上，一副做贼心虚，却又装着若无其事的样子。拿开他的那只手一看，

180

才发现裤子上有一个窟窿,露出里面的棉花,才明白早就烧了,一回来就用手捂着。于是飞起一脚,锁财被踢到门外。

所以,谁的衣裳不小心烧了,回家,对谁来说就会成为一个实实在在的麻烦和灾难。

坐在黑洞洞的屋里,听见外面腊月里的风在叫唤,有时候叫唤出来的是一种很奇怪的声音,呜儿呜儿的,有时又像是一群人哭一阵又笑一阵。一到冬天,差不多每天都是这样的风。

李有钱老汉拒绝给我们点灯,坚决不点,说什么也不点。我们像三四个小鬼一样坐在黑暗中,仅靠炉子里的火照亮。点灯会费油,这谁都知道,就连我们都知道,更不用说活了差不多一辈子的李有钱。他说他也不做别的,无非就是吃个烟,吃烟还用得着点灯么?不点就不点,就都黑乎乎地坐着。有时候,我们中间的谁会从口袋里摸出一截不知在哪里捡到的胶皮或者一块桦皮,用炉子里的火点着了,屋里会暂时地亮一会儿。胶皮冒着黑烟,桦皮吱吱啦啦地响着。每逢那种时候,李有钱老汉也不说什么,也不在乎胶皮味难闻,有时候他还会借我们的这点亮,沾我们的光呢。比如,常常是我们一把桦皮点着,他就会直直地坐起来,也来了劲,赶紧脱下衣裳,趁亮捉个虱子什么的,或者趁机没头没脑地在炕上翻腾,找个什么东西。有一次竟然让景顺打开他的那个又破又旧的黑柜子,帮他从里面拿一个什么东西。

每当他借我们的亮,脱下衣裳捉虱子的时候,别的人不说他,只看他那个瘦骨嶙峋的老身体,只有景顺说他。景顺说我们不点,你也不捉,我们一把桦皮点着了,你就开始捉呀。

李有钱埋头在衣裳的那些缝隙里,嘿嘿地笑着。

一块桦皮烧完了的时候,屋里重新黑暗了下来,这么一折腾,一对比,反倒比没点桦皮以前还要黑暗,只有一股浓浓的桦皮味飘散在屋里,证明不久前刚刚点过。亮光没了,李有钱两眼一抹黑,没法再继续捉虱子了,一边往身上穿衣裳,一边很是惋惜地说,唉,本来想着捉够一盘,炒一盘菜给你们,慰劳慰劳你们,这也捉不成了,也请不成了,等以后再说哇。

我们就笑,黑暗中看见他重新半躺在他那卷儿黑乎乎的破行李上。

我们来烤火,烤衣裳,从来就没有指望过李有钱能把屋里点亮,点得亮堂堂的,能让你随便进来烤已经不错了,不然穿着一身有冰碴子的湿衣裳又能到哪里去?事实上,我们更主要的还是怕他厚颜无耻地跟我们要糖吃。因为快要过年了,他理所当然地觉得每个孩子的身上都应该有糖,事实上他这种感觉并不对,不到真正过年的那一天,很多孩子的身上并没有糖,即使有,最多也就三五块,也不愿意给他。有胆小的,进门之前就已经提前吃光了。

我们当中年龄最大的景顺对他说,你这老汉,总是动不动就跟我们要糖吃,一来就要,我们又不是供销社的,又不是要结婚的新女婿,身上哪能经常有糖? 我们自己还吃不上呢。

李有钱不信,说,我就不信,快过年了,谁家没有几块糖呢?

景顺就说,快过年了,你咋不买呢? 留着钱要孵蛋呀?

李有钱说,我一个人,不值得买。我要是也有一大家子人,肯定买,不买也不行。

大约是景顺触到了他的痛处,所以,他有些仇恨景顺。坐在黑暗中,胡子一翘一翘的,对景顺说,这里面数你最大,也数你最不要脸,每天都来,别人来的时候你也来,你肯定来;别人不来的时候,换一拨人,你还来,里面还有你。你以为我这里是店么? 就算是住店,也没有白住的。通过住店,又说到一个叫老傅的人,说在他这儿住了五天,走时给他留了两块钱。

说完景顺,李有钱又盯上了外号叫"小炉匠"的王富仁,问王富仁:

小雪那天,你们家杀羊了吧? 别说没杀,我可是看见了,一堆人吵吵闹闹的,光是那个羊尾巴,最少就有五斤。

王富仁哭丧着脸说,杀是杀了,放在缸里,让人偷走了。

李有钱照例不信,我们一齐出来做证,这才把王富仁洗刷干净。

又说,大雪的时候,猪肯定也要杀吧? 总不能猪也让偷了哇?

王富仁说,我们家没猪。

后来,烤干衣裳,回去的路上,景顺对我们说,这个死老汉,实在是操蛋!

这个明显的带着外来色彩的骂人的词,不是我们的词,我们从来没有说过,我们根本就不知道世上有那么一个词,那是矿务局那些子弟嘴里常说的一个词,也是更早几年前外面来的那些知识青年常说的一个词。景顺比我们大两三岁,他知道的比我们知道的多得多。矿务局的那些子弟,写作文的时候,都说自己是革命事业的接班人,根正苗红,可是实际上基本都是小偷,十个里面有六七个是小偷,还有打架斗殴的、抢钱抢物的。从他们平时的穿着就能一眼认出来,的确良黄军帽,黄裤子蓝上衣,或者蓝裤子黄上衣,脚下是一双白塑料底的布鞋,就是为了逃跑的时候能够更快捷,更方便。穿上那种鞋,真的就如同脚底抹了油一样,转眼就不见了。夏天的时候手里拿一卷报纸或杂志,冬天胸前挂一副大棉手套,都是为了作案时方便遮掩。用报纸或者大棉手套挡在你的脸前,底下就开始下手了。更有厉害的,三五个、七八个一伙,专拣发工资的日子,在某一座桥下,或者某一个偏僻的拐弯处,堵截那些刚刚领了工资的家在外地的工人。他们的父母,都是老工人,很多还是老党员。

不过,不管家里有没有猪,我们都要去看别人杀猪。杀猪的时候,很多人都在,很多人都在说话,说什么的都有,却又听上去都说得差不多。有时候,说的又都是另外的一些话,与眼前的杀猪完全没有任何关系，只是杀猪这个情景本身把一些人聚集到了一起，眼睛看着眼前的场景，说的却是一些其他的话。被绑住的猪尖厉地嚎叫着，它的脖子下面已经放好了一只空盆，盆子里面已经撒了盐，还有一根棍子，准备接它的血，边接血边用那根棍子搅动。不过，它只顾嚎叫，并没有看见它脖子下面的那个放了盐和棍子的空盆，也没有人在意它。离猪最近的两个人，说的却是一个人深夜回家遇到的一件怪事。还有人说着干草和炭的价格，生铁一斤已经变成四分，铜还是两块多，和原先一样。一斤干草三分，一斤白菜二分。

虽然猪还在嚎叫，但是它的脖子那里已经破了一大块，血汩汩出来了，染红了一部分猪毛，哗哗地往那个空盆子里流着。有人用棍子在盆里搅动，有人拿着秤盘过来，秤砣晃荡着，悠起来，差一点儿砸到一个人的脸上。高音喇叭里唱着"我爹爹……像松柏……意志坚强……"。

王富仁忧愁而又愤怒地说，他长大以后也要去偷羊。

杀好的羊让人偷走了，这就预示着他们一家人这个年别想吃肉了。

很多年后的又一个冬天，又到年关了，见到王富仁的妻子带着两个孩子在郭宏伟他奶奶从前的那个旧磨坊里推磨，磨豆腐。问起王富仁时，女人的脸红了，话说一半剩一半，支支吾吾，期期艾艾，有时候完全就是一两个最简单的词、一个表情，但是也足以把所有的意思表达清楚了:王富仁像是在实践小时候的那个诺言一样,竟真的偷了羊,一次偷了四只,被报了案。王富仁跑到土默川一带躲了一些日子,前后差不多有一年的时间。后来以为没事了,就回来了,却没想到事情并没有完,案子还在那里等着他,就像一个空笼头在等待一匹马或者一头牛一样,一回来就把他牢牢地套上了。被判了四年,等于是一只羊一年。

不一会儿,王富仁的爹也来了,提着两只桶,是预备取豆腐的。豆腐却还没有做好,一锅冒着热气的白沫子还在漂荡。说起儿子的事,他也明白判得有些重了,说主要是因为上面没人,又没钱,人家说几年就是几年。要是有人,或者再花点钱,可能一两年、两三年就行了。

我问了一个技术层面上的问题:他一个人怎么能拿得了四只羊?

老汉半天没有说话,一只手在铁丝挽成的桶梁上来回摩挲着。后来竟然说,这是咱们自己说,没有外人,要说拼了命拿,也能拿得了。人很多时候其实并不知道自己有多大力气。

几年了? 快出来了吧?

快了,还有一年多。

想起了王富仁,想起了多年以前的那个爱流鼻涕的“小炉匠”,一年四季,几乎任何时候都会有两条鼻涕始终在上嘴唇上挂着、趴着。每年冬天,都戴着他那顶旧棉帽子,两个软软的帽耳不住地在他的耳边呼扇着。每天上第一节课的时候总是在睡觉,上最后一节课的时候也在睡,他本人的解释是,最后一节课主要是因为饿的。老师叫醒他的办法只有一个,抓起他头上的帽子,一顿猛抽,直到把教室里抽得灰尘滚滚,直到把他彻底抽醒为止。

清扫完家,母亲往窗户上贴窗花的时候,住在不远处的一个叫牡丹的女人来了。牡丹穿了一身新衣服,红袄,头发有些黄。牡丹已经是订了婚的人,已经有了人家,只是还没有正式出嫁。不过从这个时候起,已经开始穿男方那边给买的衣服了。除了衣服,还有手表,她撸起袖子,让外人看她的手表。又说,等过了年,身上就完全不再有原来家里的一根线了,她现在穿的这身衣服,也要从里到外都留给她的妹妹。她走的时候,一根线也不带走。母亲问她一共有多少衣服,牡丹就靠在门框上,一件一件地数,一件一件地回想、检点。

我们快要吃饭的时候,牡丹心满意足地离去,却并没有回她自己的家,而是又把手插在裤兜里,闲逛着到了周围别的人家里。肯定又是让别人看她的新衣裳和手表去了。

空气里飘满了明显的过年的味道,凡是有人住的地方,院子里都垒起了旺火,都准备了炮竹。只有极个别的人不买炮竹,比如孤身一人的李有钱,他说就他一个人,放给谁听?说是那么说的,等到别人真正放炮的时候,他其实也很想有点动静,于是就放雷管,因为雷管用不着花钱买,找人要几个就行了。西山和东山上常年有人起石头,雷管炸药一类的有的是。

那时候,我们就盼着天黑,黑吧,快黑吧,黑夜快来吧!

因为,在我们的印象和意识里,只有天黑了,才像是过年,才算是真正在过年,白天根本不能算是。除了吃的饭不太一样,气氛和人们的样子有些特别,白天其实和别的白天一样。

在一遍又一遍的期盼中,后来,天真的就黑了,终于黑了。

没有人指挥,也没有人下命令,前后差不了一个钟头,所有在腊月里沉睡了好些天的炮竹突然咚咚地都响了,所有垒成塔形的炭也都由黑变红了,红黄色的火苗呼呼地往上蹿,黑烟和黄烟像妖精一样在夜晚里摇晃,扭动,从众多的院子里蹿向黑暗的空中。整整一年,家家户户只有这一个夜晚是开着门的,每一个院子里都有灯火,就像黑色的山上开出了红色和黄色的花。

单纯的一枚雷管,响声其实很干,很瘪,啪的一声就完了,还不如一个普通的炮竹。为了能收到更好的效果,为了动静更大一些,李有钱的一个本家侄儿帮他搞到了两管硝胺。配上硝胺,再放雷管,那效果就完全不一样了,也许那才叫真正的放炮,煤矿的井下,山上的岩石间,平时放的就是那种炮。不过,却不能在院子里放,因为很可能会把周围别的人家的房子都震塌了,即使不塌,玻璃肯定有危险,只能到黑乎乎的山下,到结了冰的河面上去放。

带着硝胺的雷管点着了,轰的一声巨响,果然惊天动地,地动

188

山摇,整个山区都在摇晃,窗户纸都在哗啦哗啦地响。比部队演习时大炮发出的那种声音还要大,还要耳朵发麻。

夜空黑蓝,星星又多又碎。望着清冽的夜空,李有钱的胡子在颤抖,他披着他的破棉袄,手里破例拿着一根纸烟,激动不已地说,日他妈的,这可真叫个响,比他们谁家的都亮。

吃过一年中最好的一顿饭以后,成年人开始互相走动,串门,聊天。黑暗中的街上到处都是小孩,家里富裕的打着手电,提着灯笼,最不济的也点着一块熊熊燃烧的桦皮,或者一条烧得正旺的废旧轮胎,到处挥舞,甚至还有的跑到山上,一直到后半夜以后还有人在奔跑。

有很多人,活着活着就没有了,不见了,没有人知道他们都去了哪里。走在狭窄陈旧的街上和拥挤颓败的房屋之间,常感到脚下有动静,有时一脚下去,又虚又软,似乎踩到了从前那些活蹦乱跳的灵魂,恍惚中看见有人正在下面闭眼,躲闪,揉耳朵,把一只手缩回去。

2003 年 2 月 13 日

他们

——最近写过的一些人

常常是稍一迷糊或者迟疑,就会有人从外面冲进来,带着他们各自的往事或遭遇,有时候甚至是一群人拥挤着进来的,纷乱的脚步声和刮风般的喘息声纠缠着累加在一起。有人站在地上,脖子里流着血,手上也黏糊糊湿漉漉的,顺着几个手指不断地滴答到脚下,不一会儿就把他站着的那个地方弄脏了。有人帮着介绍,说他是从口外回来的,半路上曾经娶过一个蒙古女人,不过也有可能是一个汉族女人,因为他本人已经不能说话了,已经变成了一个真正的哑巴。介绍人三下五除二地把他的事情简单说完,开始述说自己的那些事情。

那个时候,门窗也早已被他们挤坏,有的歪到一边,有的扭曲变形,一些长方形的和菱形的格子变成三角形或者多边形。凳子也坏了,吱吱扭扭地响着,叫唤着,有的修一修还能用,有的却彻底不行了,只能扔到门外,等下雪的时候,让雪把它们盖住,或者被谁拿走。经常有一些面目和身形都极其模糊不清的人在别人家的门外转来转去。

帘子一挑，一个神情凄楚的女人从外面走了进来，一进来就说，我是从白蝴蝶村来的。

（《草青》）

《翩翩》里的那个拿着一把二胡，到处给人说唱故事的老汉，被夜里的热情得过了头的人们挤得连弓都拉不开，人们拥挤着压在他的身上，让他连腰都直不起来。他的背后也趴满了人，一个压着一个，山一样，使他根本就坐不直，也完全没法给他们说唱。那时候，窗户上也有人，有的蹲着，有的弯曲着。桌子上面也有人，除了人还有椅子，椅子上面也站着人，多亏了桌子结实，是解放以前的一个东西，又大又厚，虽然这些年被磨损得斑驳而难看，但是要论结实的程度，还是很让人放心的。地上那么多人，炕上就不用说了，就连炕上的行李上也坐着人，一个叫丑文的人就坐在最高处，两条腿还在不停地晃荡着，一双松鼠一样的眼睛却越过乱哄哄的众人，瞟着站在外面的两个女的。突然，行李塌了，坐在最高处的丑文也跟着塌了下来，压在另一个人的头上。很快，一堆人就全都塌了，到处都是乱七八糟的胳膊和头，有声音也被压住，像是在另一个世界里说话。一个后背刚想拱起来，从旁边忽然伸出来的一只手就又把它摁下去了，因为那只手的主人更想

191

让自己冲出来,坐起来。

那个说唱故事的老汉,早已被众多的身体埋得不见了踪影,胡琴好像也坏了。

经常走村串户的人,最善于自我调节,自我安慰,也更善于自我解嘲,把自己涂黑,那老汉就是这样的一个人,经常把自己降到最低、最小,随便一个什么人都比他强。不过也有例外的时候,以为自己可以和至少是公社一级的那些干部画等号,甚至比他们更逍遥、更省心。那是在什么样的时候呢,是在他喝了两盅酒,脑袋变得晕晕乎乎的时候。

对于有些人,甚至很多人来说,想问题就得这么想,不然怎么活呢。

石灰窑听说也还在,但是人肯定早已不再是原来的那些人了,都到哪儿去了? 有的老了,有的死了,有的到了别的地方,还有的虽然活着,却已不再像从前那样活蹦乱跳,只剩下细细幽幽的一口气。日常的生活在这个荒凉的岗上运转得诡异而深不可测,有些东西或者现象,是用什么也不能解释的,往往还会越解释越复杂,永远也解释不清楚。从远处看那些白烟、白雾,非常相似一个战场,有人的影子和样子在其间出没,有的弯曲,有的直立,像是一些打扫战场的人,也像是一些幸存者,没有人管,自己就起来了,在弥漫的烟雾中吃力地辨别着方向。守夜的人坐在泥墙边的门口,看着一本发黄的书,掏耳朵,拔胡子,才一两个月大的小驴像个孩子一样站在他的旁边,它的妈妈出去干活儿了,很可能就在那些白烟里。

(《石灰窑》)

一件事情结束了,胜利者一般都会露出得意的嘴脸。但是,也有的时候,事情过后,一片死寂,许久看不见有人站起来,那是因为这件事情里没有胜利者。

一个村里最有权力的人像是中了毒一样,出了这个门,又进了那个门,心里反复回荡着一种喑哑无边的喊杀声,巨大而又持久的回声让他无法安宁,身体内部如同一片坟地,言语像黎明时分冷了的蜡。恐惧一步不离地跟着他,他走它也走,他停它也停,停在黑暗中。

到处都没有能够解毒的良方,他突然开始变得谦逊,礼貌,低下,甚至善良,像是重新找回了一件多年前曾经穿过的贴身小褂,也重新回到了从前的清苦之中。开始把一些早已廓出其视野的人重新召唤回来,让他们以人的样子活动,活着,甚至甘愿作践自己,甘愿降低身份与自尊,与一名多年在其视野之外奔走蠕动的似乎并不存在的木匠称兄道弟。

木匠后来一个人坐在门口,低着头,谁也看不见他的脸,谁也不知道他在想什么。那时候时间正值一个多少有些姹紫嫣红的晚上,尽管总体上是黑暗的,但在有些地方却好像正开着碗大的红花,开在无边无际的黑暗中,开在一些平时很少有人去的角落里,白色的枝干,紫色的枝干,越看越觉得可怕而令人头目森然。木匠有时候会像一只喝水的羊一样抬一下头,有人以为他是在看月亮,实际上并不是在看月亮,因为那天晚上天上并没有月亮。还因为,其实不管有没有月亮,对他来说都非常地不重要了,也没有多少作用和意义。

漆黑的夜,几个女人走在回家的路上,笑一会儿,又说一会儿话,有时声音很大,有时则只有她们几个才能听见。她们的身体,从内到外也都像夜露一样湿漉漉的。

她们在黑暗中走着,曾经有两次从他的菜园子外面经过。

她们高兴么?她们自己也说不上来。但是迷乱却是有的,属于女人本身的迷乱和狭窄,好几次走错了路也没有发现,总觉得暗中有人在看着她们,更说不定还在后面跟着她们。

整个事情里,好像没有一个人的心里是完全高兴的。什么原因?好像同样也没有人能说得清楚。要是能说得清楚,他们的心里可能也早就晴朗了。

(《米黄色的朱红》)

姓万的校长说,感谢你们带来了毛主席的书。

在他说这话的时候,兽医的女人正在河滩上一遍又一遍地搬石头,从东搬到西,又从西搬到东……没有人知道这个女人在干什么,只有她自己心里最清楚,她的目的也只有一个。

　　兽医本人对这些一无所知,那时候他正在乡间的某一户人家的院子里,低矮的屋檐还不及他的身高,他从屋顶上揪了一根草,放进嘴里,一多半露在外面。小猪看见他吓得大哭。

　　昔日的芦苇和大河都不见了,供销社也已显出颓废之相,几个人没事就在他们那个后院里下棋,别人炒辣椒的烟雾时常在他们的棋盘上盘旋,飘舞,像是阵地上的硝烟,把他们呛得眼泪汪汪,又咳嗽又打喷嚏。东墙上小门外的那口井边,草木幽深,井水清冷,小虫子在草丛里面吱吱地叫着,白蝴蝶和黄蝴蝶轮番上阵,或者同时出现,在井台四周翩翩起舞。

　　孩子王穿着一件破棉袄,背上背着筐子,一声不吭一动不动地趴在铁丝网下,像一名等待穿越封锁线的交通员,在探照灯耀眼的光芒缓慢旋转的过程中,等待自己和周围重新迎来黑暗,时刻准备一跃而起。不知从哪一年起,不知从哪一件事情开始,他的心思就早已不在课堂上,也不在教书育人上了,而只固定在一家人的生计上。从女人抽泣、孩子们号啕的某一个晚上? 从被饿醒的某一个半夜? 他在黑暗中起来,到处搜寻,却没有找到任何一个能吃的东西。他看到孤独的菜刀和立在门后的斧子,菜刀和斧子要是能吃,他早就把它们嚼碎了。今年这一年里,他先后被保卫科的人捉住过四次,其中有两次是因为棉袄被铁丝网钩住,完全无法脱身;一次是因为背着筐子奔跑时忽然崴了脚,一下就被从后面追上来的人搋住了。

梁赞美，一个看上去多少有些像月亮一样的女人，整个公社也只有一个她那样的人。村里的女人们看见她，比看见月亮本身还要感到陌生而遥远，一看就不知是从哪里来的，一看就知道和她们不是一回事。至于她真正属于哪里，当初从哪里来，以后又要到哪里去，她们不知道，也从没有去想过。男人们在赤日炎炎的地里看见她，看见的是一种幽静、清冷和高远，明明看着距离并不远，甚至只有十来步，却又总是觉得离他们何止十万八千里。

（《瓦蓝》）

世上什么人活得最得意，最如鱼得水？年轻憨直的王家峪回答说，坏人。

一场混乱而又无比迷乱的婚礼好像已经结束，人们像一团一团的烟、一股一股的黑水和红水一样散去，流走，消失，只剩下满地狼藉。他听见有人说，所有的人都醉了。

谁能用普通的糨糊把一个大木箱子粘到墙上去？没有人认为能粘上去，谁都知道那是不可能办到的。亲戚中的几个女人疲倦而安静地坐着，还在用一些红纸剪着什么。

但是，还是年轻憨直的王家峪，他说我能。

新婚之夜，他完全不理会别人的劝阻，一心一意地抱起一个大木箱子，一遍又一遍用糨糊往墙上粘。此前，他被锁在一间

196

房子里,好半天打不开门,他是从窗户里跳出来的。

包括他的父亲在内,包括前来帮忙和祝贺的亲戚朋友,不断地有人过来劝阻他,让他不要胡闹,他不想听他们的,甚至都不想多看他们一眼。只有当他们不断地出现在他的视线之内,像讨厌的苍蝇蚊子,甚至狗熊猪猡一样,妨碍到他的所作所为时,他才会把他们推开。

他们都说用糨糊不可能把一个木箱子粘到墙上去,让他不要白费工夫,那只是他们的一个说法。有人上来拉拽他的胳膊,说他喝醉了,还有人说他这些天也许是真的太累了,让他回去睡一会儿,他觉得实在是可笑,这和累不累有什么关系。更何况,他不累,更觉得没醉。

他觉得应该能粘上去。怎么可能粘不上去呢。

(《王家峪》)

"老金,赌一把!"

墙头上忽然冒出几个小脑袋。

"去他妈的! 拿着一角钱也想来占便宜,不和你们耍。"

进门之前,他先把帽子摘下来,拍了拍上面的土,听见那个老太婆又在咳嗽。不用看也知道,随着一波接一波的咳嗽,那一头白茇茇一样的头发肯定又在乱纷纷地摇晃,飘来飘去。他想,也是怪了,早就觉得她不行了,就连棺材都已经给她打问好了,可是没想到她却开始和他捉迷藏了，而且还不是一回两回三五回，却是一年一年地和他捉。好几年捉下来，终于把他也捉怕了，更捉累了。他想起有一年，好像是一个黑夜，他叫了她好几声，没有一点儿反应。当时就脸上一麻，麻酥酥的，觉得她很可能是过去了，一切全都结束了。就又上去试探性地摇晃了她几下，果然还是一点儿反应也没有，就认定是完了，想这一回她可能是真的完了。接下来，又是一个让他没想到，刚拿出她的装老衣裳，想趁她身上还热，赶快给她穿好最后一身衣裳，要是等到身上完全凉了、硬了，就不再好穿了。可就是在那个时候，就在他展开一件衣裳要往她的身上比画的时候，她却忽然睁开了眼睛，差一点儿没把他吓死。"扶我起来，"她说，"我想起来坐一会儿。"

躺在那里，完全就是一张死人的脸，看着他。

"啥人？"他说。非常的生气，既害怕又生气，还有一种被捉弄的恼怒。"叫半天也不吭气，成心吓人？"

她说，我就是想看看你会不会下手，去拿绳子或刀。

这么一个极为平常却又有些不那么平常的晚上，好像所有的人都不在了，整个世界只剩下他们这一对母子，而世界本身也缩小到不能再小，只剩下他们周围那一点点地方，屋后的山，山下的黄芥地、萝卜地和树木，一团一团的黑暗，其余的都不知道到了哪里。

下面的杏花开了，风把杏花的香气送上来，又白又香。又隔了没几天,李子树上也开了花,也是白的。到了夜里,都变得雾茫茫的,和马大有家的房子院子搅和在一起,又像水一样把那些房子和院子浸着、泡着。这些东西,或者说景色,他早就看惯了,都已经看了那么多年了,早就觉得既平常又自然,平时看见也就当没看见。有人常蝎蝎螫螫,他觉得那也应该算是一种少见多怪,他就从来不会因为那样的一些事情去蝎蝎螫螫,大惊小怪。

（《深红的农事》）

这对父子,很多年前就见过他们,从一个极为崎岖偏僻的村里过来,带着一点简单的行李和锅碗,借住在煤窑边上的一间小土房里,一天三顿饭,有两顿是面条,早上是莜面糊糊,或者玉米面糊糊。没有菜,他们也不吃菜,就没那习惯,喝糊糊只有一罐黑红色的酱,喝几口,便用筷子从罐子里挑一点酱,嘴里顿时便丰富多彩,不再寡淡。面条的佐料则为酱油、醋和盐,几个月都不变一下。问他们,则回答说,这已经比还在村里的人们吃得好多了,每天面条、糊糊,纯粹就是两个败家子的做法呢,村里的人们才不会这么浪费,瞎吃呢。

答话的是那个孩子的爹,吃完一碗糊糊,点着一根艾条,开始噗噗地吃水烟。

水烟属于旧物,除烟丝本身,还需要器具,一根疏通了的羊腿骨,属于至少三十年前的东西,如今已经很难买到了,他带来的是

199

他家里的一点存货。问他吃完那些存货以后怎么办，他很是无奈地笑笑，说到时候再说吧。又说，人只能过一天算一天，想得太多太远也没用。

总觉得他还有话没说出来，那应该是一种既遥远模糊，又环绕在身边，日夜挥之不去的东西，一种切身而又模糊的忧虑和担心。在煤窑的井下干活儿的人大都这样，总觉得每一天都是意外地赚来的，过一天赚一天，太阳升起了，赚了一天，星星出来了，又赚了一天。确也难以想得太多太远，因为意外时刻存在，却又很难说到底是哪一天，很可能就在未来的某一天，很近或者很远，也很可能几十年都平安无事，直到终老，永远也不会有那一天。

他们那个崎岖偏僻的村子，到处都是红胶泥，村里村外，无论走到哪儿，都一律红艳艳的。尤其是下了雨以后，路上就不能再走，要走也得脱了鞋走，如果穿着鞋，一定会把鞋吸到那红胶泥里拔不出来。所以，最初刚一来到这个算得上平坦的地方，看见黑色的煤，那个孩子很是欢呼了一些天，一切都是因为新鲜、陌生，比他们那个封闭的村子有意思多了。

在这个新鲜而陌生的地方，他们当然不会知道有什么在等待着他们，也从来没有认真地想过这事。这对父子，他们就像一老一小两只鸟，过于远大宏伟的计划没有，但是一些小的盘算、目标，还是有的。如果一切顺利，既能挣到钱，而这里也非常地适合他们，他们还打算就在这个地方重新筑巢安家呢。从他们住了很多年的那个崎岖偏僻的红胶泥的村子里搬出来，搬到这个比较平坦发达的地方，到时候，不知会有多少人羡慕呢。

（《我们》）

夜色沉重，可是说山又不像是山，因为无形、广大，很难准确地给那种沉重找出一个最恰当的概念或者名称，稍微比较相似比较接近一点地来说，就如同一张无比沉重的网，铺天盖地地降临下来，既把你罩得牢牢的、严严实实的，没有任何走脱的机会和可能，又沉沉地把你压得站不起来，腰弯曲着，腿蜷着，膝盖冲在最前面，人被压迫到几近窒息。自然界的小动物，卑微的人群，由于自身的力量过于微弱渺小，几乎什么样的羁绊或压迫都难以挣脱，哪怕是一根最细的绳子、一根线，也无法挣脱，挣脱的结果也常常会使得绳子或线越勒越紧，甚至完全进入皮肉里。头顶上面的一片颜色深重的云彩，也会让他们喘不过气来。即使是暗夜里的用尽全身力气的呼喊、呐喊，也没有人会听见，因为那同样是微弱的，甚至无声的。

这样的一种生命如何活？得意、张扬和骄横几乎是不可能的，那永远都是他人的事，永远只能像传说一样听听，只能匍匐在地上，残疾人一般，一点一点地往前挪动。地点也会有所限制，不能到人多、繁华、发达的地方去，只适宜于人少的地方，有能力的人们不愿意去和看不上的地方，只适宜于偏远和崎岖，当然还有贫穷，从一出生就紧紧地相伴着的贫穷。

这样慢慢地匍匐着挪动下去，将来会有什么起色么？很难，回答也只能是悲观的，能这么不出意外地匍匐着挪动下去就已算是好的。因为不可能有多乐观，人谁不愿意让自己乐观，问题是无法乐观，也难以乐观。要是给出一个乐观的回答，那就只能是罔顾事实地胡说八道，自欺欺人。多少年下来，能混到温饱，不至于随便被人打骂，有一个简单的家，已属不易。

常听见一些年老的人在墙根下一边晒太阳一边聊一些闲话：你这一辈子行啦，三个儿子都成家了，再没有不放心的了。剩下的就只是随时听候阎王爷的召唤了，人家什么时候叫，你就什么时候去。被称赞者眯着眼，觉得也是那么回事，一半的灵魂已开始起舞，飘离肉身。

对生活的要求和希望从来没有超出过自身的身高，一路活下来，越活越低，越没脾气。如果一切都不顺利，做什么什么不成，还只能在原有的标准上一降再降，不然你能怎么办？

（《在十二月漫长的黑夜里》）

这个叫刘芝的女人喜欢用白头绳扎头发，这使她看上去好像永远都处于一种戴孝的状态，尤其是对于不熟悉她的人来说就更是如此，以为她刚刚经历过什么，或者正在经历什么。不过，对于老葛来说却又是另一种情况,他对于这个女人不是不熟悉,而是很多年来从未注意过她用什么扎头发,所以猛一看见她,才会无比吃惊。她刚一出现,就把他吓了一跳。

在徐有志的家里坐着,和徐有志说着话,在那个过程中,挂在徐有志家墙上的包括筛子、雨衣在内的一些东西不时地掉下来,很是怪异。不过他没有说什么,而徐有志也没有说什么,看他那样子,就好像什么也没有发生过一样。雨衣掉下来两三次,捡起来,重新挂上去,可是过了一会儿就又掉下来了,软软地瘫在墙边的地上。两个人互相看看,谁也没说话。

扎着白头绳的刘芝真的神色悲戚地来找过他么?慢慢地,老葛也开始怀疑起这件事情的真实性,是一个梦里的情景么?好像又不是。作为联区校长,作为她丈夫的领导,他记得他劝慰过她,并且还对她这么快就扎上了白头绳提出过批评,并建议她回去后赶快把那根看上去很是不祥的白头绳解下来,因为一切都还不清楚,事情也许并不像她想象或者以为的那样。什么都还没有眉目呢,先着急急地扎上个白头绳干什么,是希望他有事么?

刘芝的丈夫邱亮,在那两个警察的宿舍里,在他们那种不无急功近利而又有一搭没一搭的审讯过程中,竟然得空也多少迷糊了一会儿。也像是在一个梦里,他看见了来找他的刘芝,头上扎着他熟悉的白头绳。那时候,他好像正坐在一片水边,四周没有人,背景很开阔,很空旷。一开始是他一个人坐着,后来坐着坐着,就忽然看见水在动,他的刘芝过来了。

审讯中,无意中听说他还入过团,那个年轻的警察顿时惊异得一双眼睛快要掉出来了,嘴也张得很大,万分不相信地问他,你还入过团?邱亮想,这还用得着那么吃惊么,差不多的年轻人谁没有入过,我怎么就不能入个团,难道看上去不像么?我又不是坏人。

他想起了从前的一个寂静的下午。

再后来,他就忽然看见了那场多年以前的大雪。

（《我把十八年前的那场鹅毛大雪想出来了》）

这片山梁,已经寂静了很多年。平时,只有几个种庄稼的人,但也都各干各的,分别在各自的地里忙活着。由于每个人从家里出来和回去的时间并不一样,这样,相互之间碰面说话的机会也并不多,只是在干活儿的间隙,抬起头朝四周看看,能看到不远处地里的某个身影,有时甚至仅仅只是一个头,知道除了自己,这梁上还有别的人,感觉上已不那么孤单。

种在地里的也大都是一些耐旱的作物,高寒地区才会特有的果实,谷子、黍子、土豆、黑豆之类的,一句话,全是所谓的粗粮。除了庄稼地,还有一些坟,里面也全是熟人。

从地里出来,不远处就是一条路,路上行人不多,有步行的,多是中年以后的,更多的是骑车的,甚至开着摩托、汽车,只是早

204

没有从前那些骑驴骑马的了，都像是心里装着事情，匆匆地过来了，又匆匆地过去了，很少有停留的，好像也没有什么停留的理由。

路另一边的偏西南方向的石灰窑也冷清了许多，至少没那么多人了，是不是早已熄火、废弃？有的时候甚至一个人都看不见。记忆中的某一个夜晚，人声鼎沸，万头攒动。

从前的那些人都哪儿去了？从前的那么多人都去了哪里？

死是肯定的，确有一些人已经不在了，永远地离开了这片土地，离开了这个世界，每一年都会有这样的事情发生，每一年都会有一个或几个人从不同的地方悄悄地走掉，永远地消失。可那毕竟是少数人，并不是大多数，大多数的人都还在，只是没有人知道他们都去了哪里，他们相互之间也不知道别人都去了哪里。这样的一种状况，像不像另一种意义上的死亡呢？某种程度上来说，完全像——不是像，完全就是。相互之间音讯不通，难得一见，对于这种关系来说，就是一种死亡。而对于单个的某一个人来说，却又并不是，因为他们分明都还活着，各有各的生活，很多人甚至生活得很好，物质上远胜于从前，超乎他们的想象。

问题可能就出在时空上。

时光滚滚，流淌不息，没有人能拽得住。人可以把一条河、一条江拦住，加上闸门、堤坝，建立各种编制、组织，围起来，圈起来，不让走，什么时候走由他们说了算，却永远无法给时间安上闸门。

时间就是人世间最大的隔绝。空间也是隔绝,不过这样的隔绝却可以拆除。

昔日的这片山梁上,可不是如今这副模样,至少三十年前,红旗招展,人声鼎沸。随着季节的不同,人们手里的工具也时常发生着变化,春天时是犁、牛犋,穿行在杏花下和广阔的山梁上。夏天是锄,秋天为镰刀,到了冬天,铁锹开始上下翻飞,在风中闪亮。

政治,农事,日常生活,构成了那既有喧嚣、简单,同时也并不缺少宁静和复杂的一切。那些要素,贯穿于每个人的一生,存在于各个时期,并非某一个时期特有。有时候感觉不太明显,只是由于其改头换面,换了装束,让人猛一下不太容易识别而已,事实上它时刻存在,决定并左右着你的一切,决定并左右着每个人的一切。你现在离开熟悉的村庄,远赴他乡,去过与以往不同的另一种生活,那也不过是政治的一句话,它让你出去,你才能出去,它要是不发话,你哪里也去不成,还得老老实实地去那片山梁上锄地或者挖土。让你唱歌你就得唱,让你放下铁锹,去捆一个人,你也得去捆。让你把夜晚看成白天,你也得承认并遵循。

现在,即便是夏日的夜晚,村里也一片黑暗、寂静,甚至阴森,早些年那些坐在街门口乘凉的人都到哪里去了?抬起头看看天上的星星,星星好像也越来越少了。凉爽的夏日晚上尚且如此,那些刮风下雪、滴水成冰的冬天的日子,便可想而知了。

（《成为往事》）

2006 年 1 月

一辆独轮车能搬什么

不写短篇已有很多年了,最主要的原因可能就是不再像当初那样喜欢。现在忽然再提起这事,有一种深夜被叫醒的感觉,更有一种他乡遇故人的恍惚和感慨。

至今也没有太去深究当初的热情是怎样凉下来的,到今天已经十分的模糊和寒冷。这事有点像是生活中两个人之间的那种问题,其间也好像并没有发生什么不可饶恕甚至鲜血淋漓的事情,但彼此确已不再挂念,这就够严重的了。冷,模糊,好像是这中间的最主要的色调和程度,当然还有距离,那即是遥远,像是一个多年以前的人或一件事。

从前一直对写作其他文体的人感到困惑和好奇,很想知道他们经常在想什么,有事情的时候又怎样做。后来,某一天忽然发现这种感觉迁移到了短篇小说上,就知道坏了,已经不再亲密,中间出现了很生分的东西。

后来好像也曾想过,为什么不再喜欢这种文体? 至少可能有一多半的原因与这种文体的从业者有关。那些嗡嗡嘤嘤的从业者,有认识的,更多是不认识的,他们把短篇小说当作一种可以炫耀的手艺。

　　这个世上,无论任何时候,都不会缺少那种大包大揽、无所不能的人,他们往往都自觉是一些真理的掌握者或某种秘籍的持有者,经常批发真理,出售所谓的秘籍,告诉大多数人,应该怎样,不能怎样;你如果不听他的话,非要怎样,那你就只有完蛋。而在世上所有的事情或行当中,只有他本人做的那个事情才是最高级、最困难的。在那个"最高级"的领域里,又只有他才是做得最好的,他的那些朋友次之。

　　这种人还经常是某种道德或流行标准的绑架者、霸权者,自以为古今中外天地之间第一人,第一等的豪放洒脱之人,第一等的正义与真理的化身,第一等的明白人、高级人,第一等的艺术感觉,第一等的绝顶头脑,时常大声疾呼,你为什么不像我那么写?你为什么不站出来,为什么不愤怒? 一瞬间,所有人皆为犬儒或畜生,只有他独自屹立于天地之间。

　　有人把短篇作为珍宝来把玩,带着那种典型的中国式的眼光和心理,就像古人用女人的三寸金莲饮酒,品茗。但是,有几年,我发现它很像是一辆独轮车。

　　有些时候,写作犹如搬家。一辆独轮车能搬什么? 一个大的绒毛玩具就装满了。

我不太想一趟一趟地倒腾了,没有那个闲情逸致。更不会像王孝仁、关美琳夫妇那样用手提包和小花篮搬家,有时他们甚至一人抱一个绣花枕头,兴致盎然地走在从旧家到新居的路上,像是在出演一部长长的剧,用频繁的出现和招摇证明着什么。

我需要一个更为辽阔一些的东西,载重性能强,适宜于长途跋涉,甚至连独轮车也在被搬运之列,一次搬走,永不再回来。

即使日后偶尔回来,也绝不是回来拿东西的,只是为了看一眼昔日的废墟,再看看某一张饱受摧残的容颜。

不知道我以后还会不会重新开始,只知道岁月流逝,世事艰难莫测,教会人任何时候都不能把话说绝了。

(补记:最初,这篇短文的题目叫《题外话》,发表时不知编者为什么把它改成了现在这样。)

2015 年 3 月

十年一梦:1966—1976

1966 年,我三岁。

现在三岁的孩子们既认识字,又会背诗,甚至外语,但我们那时候却什么也不会,什么也不懂,似乎只知道吃。其实小孩子对于吃远没有对于玩的兴趣大,一切只是因为动不动就饿了,所以你不愿意想也得想。我现在完全想不起我上小学一年级的时候认不认识字,应该是不认识的,或者认识简单的一些。但是字肯定不会写,隐约记得刚上学的最初的一些日子里,不会写字,笔画无论如何也收拢不到一起,很难组织起来成为一个字。老师和家里的大人手把手地教过,但只要他们的手一放开,马上就又不行了,就像那些不会走路的孩子。

不会写字,却并不影响看书,尤其是小人书,和那个时代的大多数孩子一样,我也看过太多的小人书。《钢铁是怎样炼成的》,这本书我至今没看过,之所以熟悉,就是因为小人书,知道了保尔、冬妮娅,知道苏联红军穿着大衣、戴着那种尖顶的帽子。知道苏联有的孩子从小脸上就有雀斑(觉得很奇怪),长着亚麻色的头发,至于亚麻色是什么色,则完全不知道。

《智取威虎山》《白毛女》《红色娘子军》看过好几个版本的,既有连环画的,又有电影版的。直到今天,我现在最怀念的一本小人书叫《沸腾的群山》,当时因为书撕扯得太厉害,就没大看懂,至今不知道是一个怎样的故事,只记得好像是东北,只记得有特务。如果现在还能见到一本,我会认真地从头至尾再看一遍。小人书对一个孩子的童年非常重要。

1971年,我八岁,开始上小学。周围那些同龄的孩子都是在这一年上小学,甚至还有好几个比我大的。后来有的老师说,八岁恰恰是一个最糊涂的年龄,上学,要么七岁,要么九岁。其实,我们当时都认为自己是九岁,因为我们那地方,人人都是按虚岁论的。

上学,渐渐地认识了字,就能够看书了。

在1976年之前看过的最厚的几本书,应该包括《水浒传》《三侠五义》《艳阳天》,其他的都没那么厚。《林海雪原》《桥隆飙》《万年青》《万山红遍》《连心锁》,还有《海岛女民兵》(也可能是《海霞》),等等,看起来更轻松得多。《保卫延安》《欧阳海之歌》《红岩》《铜墙铁壁》都是竖排版的,当然也就意味着是繁体字,竟然也能够连蒙带猜地看懂整个故事。要知道,在我的整个小学和初中期间，课本里一篇古文也没有，一首古诗也没有。还有一本是写黄继光和邱少云，还有另外几个人的书，也是竖排版的。《红岩》当时并不知道叫《红岩》，因为既没有封面，也没有封底，还缺少了好多页，我是从最前面最烂的那一页开始看的。很多年以后才觉得那书可能应该是《红岩》。不过，我现在仍然不能确定它就是《红岩》，只记得从我一开始看，就是一段监狱生活，几个人在牢房里说话，有一个叫丁长发，还有一个似叫冒子仁。真正的《红岩》里有这两个人么？我也不再记得。现在也无法确定那是一本什么书。

《水浒传》里的生字和难字，主要来自那些诗词，动不动就"有分教""有诗为证"，每当有一个新的人物出场，尤其是要打仗的时候，接下去便要来一段诗词，那些生字和难字往往就出现在那里。我后来就会跳过去不看，直接看下文。晁盖的那个"晁"字，按照字面本身，本来应该不认识，但是听大人们说，就知道了，也认识了。人识字也真是有很多种途径和办法。

《水浒传》应该是上中下三部，也可能是两部，书的主人是住在我家前面院子里的一个叫石泉的人，他当时可能有二十六七岁，是一名矿工，早已结婚生子，他的妻子身高有一米七，人很豪爽、热情，我们管她叫姑姑。他把书拿来我家，让我父亲看。这样，父亲看的时候，我就不能看，只能等他不在家的时候，才能抓紧时间看上一会儿。有一段时间，他竟然把书藏到了门框上面，不过还是被我找到了。每次看的时候，都要搬着凳子从门框上面取下来，估计他要回来的时候，再搬着凳子把书重新放上去，尽量恢复原样，不能让他发觉被动过。因为你完全不能确定如果不按照原样放好，会有什么样的后果，那时候家长对子女真不像现在这样。那时候最盼望他出远门，去教育局的学习班上学习。就那样零零散散地看，竟然把三本都看完了，从此我再没有看过《水浒传》。不过，直到现在，对全书记忆犹新。

人生第一次醉酒也是在小学三四年级的时候，吃饭的时候看《艳阳天》，书里的两个地主好像在喝酒，受到感染，看见家里柜子上面有一个酒壶，以为里面没什么酒，拿起来往嘴里一倒，却不料是满满一壶，差一点呛死，打嗝打了很长时间，后来昏睡了一天。

我认为描写解放战争期间农村斗争和生活的最好的一本书是《迎春花》，它超过那两本已被写入现当代文学史并获得过斯大林奖的小说。事实上，名声很大的所谓的"三红一创"也不如它。当然这只是我个人的一种看法，并不能说明什么，也丝毫无损于那些书的影响。

但是，《迎春花》在读者中的影响几乎没有，更不在所谓的文学史中，从没见有人谈论过这本书。人，物，都有各自的命运，这可能也是一本书的命运，很难说遭遇了什么。

小时候记忆中最痛苦的两本书，一个是《红楼梦》，一个是《聊斋志异》。

《红楼梦》在亲戚家里，每年都会去，每年都能看到，有时候拿起来翻一下，最长的一次读到第六回，再也看不下去了，主要是觉得无聊，没有一点点意思，全是家长里短，像一群女人一群老太太在说闲话，越看越没意思，发誓再不看。这一搁就是将近二十年。

《聊斋志异》是爷爷的，每次去他那里吃饭，也都会看到那本书，是爷爷常看的，书褐黄色，纸又酥又脆，简直就不敢硬翻，怕那些纸掉下来。这还不是最可怕的，最可怕的是书的里面，竖排版，黑压压一片，密密麻麻一片，好像连标点符号都找不到，大字的旁边还紧跟着无数的小字，完全不能看。奇怪的是，没看里面的故事，却把作者写的那个序看完了。

现在我家里那套《聊斋志异》，虽然也是老版的，却不像爷爷那几本可怕。

一本书，从最初写出来，再到印行，再到最后的流传，真是一个无比复杂的过程，它能流传多久，最终它流落到哪里，到了什么人的手里，就更加复杂混沌，有时候比很多人的人生更加复杂诡异。比如《迎春花》那样的书，比如很多默默无闻不为人知的写作者。

上世纪八十年代初，在一个食堂里吃饭，电视里正好在播放《射雕英雄传》，看见郭靖背后绑着一扇门板，正在山顶上练习飞翔，要飞进下面的辽军大营里，一下就想起了小的时候。

我们也曾站在高处往下面飞过。

站在很高的土崖上,往下面密集的玉米地和胡麻地里跳跃,站在很高的坝上往水里跳,身体呈飞翔状——要的就是那种能飞的样子,最多把头碰破,把脸上和身上擦伤,别的都没什么。只有一次,跳跃的过程中没有把握好姿势,一条胳膊弯曲着被压到了下面,疼痛无比,以为断了,结果完好,只是肿了几天。还有从树上往下飞的,那就比较危险了。

有必要说一说《三侠五义》对小孩子的影响。

少年时期的英雄梦和侠义梦,在阅读《三侠五义》的过程中达到最盛,每天做梦都在飞檐走壁,除暴安良。没有刀,我们就自己制作,制作展昭式的刀和《水浒传》里青面兽杨志式的刀,当然大多数都是木刀,再贴上锡箔纸,挥舞起来的时候,竟然也寒光闪闪。我们大多数人从来也没有得到和拥有过一把真正的刀,指望铁匠给打造一把,无异于白日做梦。匕首倒是差不多人人都有一把,也不知是从哪儿来的,但是它真的实在太小了,根本满足不了内心的需要,哪一位侠客会使用匕首呢,从来没有过。不过,尽管如此,时间长了,也还是会在磨刀石上把自己的匕首磨得雪亮,有时去煤矿的砂轮上正经打磨一番。经过打磨以后的匕首会明显焕然一新,白亮。电钮一开,砂轮转得飞快,一个叫老孩子的孩子就在一次打磨匕首的时候,被飞速转动的砂轮打断两根手指,啪的一声,鲜血四溅,从此我们也再不敢去砂轮上打磨了。

还制作枪，岳飞和张飞使用的那种长矛，枪头上扎有红缨，当然也只能都是木头的。史云龙他们家的库房里确有一杆真正的熟铁的长矛，非常长，有我们的手臂那么粗，可惜的是没有人能拿得动，五六个人都抬不起来。就羡慕古人，他们竟然能挥舞着这样的东西打仗。

　　也见过一个有武之人，中等偏下身材，却能把几个人打得七零八落。那时，一位兄长也正在习武，他年长几岁，却看上去已经知道很多东西。看完《三侠五义》，正值暑假，便去往仿佛天边的更北的地方，找他学习武艺。在地广人稀的旷野上，跟着他在无边的草木和庄稼中穿行。他说，一步能跨越六垄庄稼，那才能叫作飞，能算是初步的起飞，不然就只能叫跑。

　　有一天夜里，跟着他在房顶上练习飞檐走壁，练习在瓦上行走，如何不发出响声。从一个房顶跳到另一个房顶上。第二天白天一看，不禁吓得腿软，目测两房之间的距离，根本不可能过去。人身上藏匿着什么，会迸发出什么，很多时候他本人都并不清楚。

　　兄长说他习武并不是一个人瞎鼓捣，他是有师父的。当时并没有觉得怎样，后来才慢慢明白，所谓有师父，也就是说一切都是有来历的，并不是从野路子上来的，也不是从石头缝里蹦出来的。他的师父是一个老头，但我从来没有见过，就想象他的师父可能是一个白胡子老头，每一寸皮肤骨骼都不同于常人。他每天早上不到五点就起来，去村外的树林子里练武。

我也想早上起来跟他去，一开始没有得到同意，后来经过磨缠，他网开一面，还给我讲了规章和要领，首先就是要求早上起来不能尿，得一直憋着，不管憋得多厉害，也不能去尿，什么时候练完了，什么时候才能去尿，这样练出来的功夫才真正顶用。否则，练也是白练。

　　可悲的是，第一次跟着他去练武，就忘了规矩，早上一起来，看见天上还有星星，什么也不记得，就迷迷糊糊地先去尿了，尿的过程中突然被自己的行为彻底吓醒，知道坏了。

　　果然，等我出来后，就看见他正用一种几乎是绝望的愤怒和无奈看着我，又叹气又跺脚，然后对我说，起得早有啥用，起得再早也没用。你完了，你今天是不能练了，练也是白练。

　　只能站在一边看他练了。

　　他平常练功用的武器是一根不到两米长的木棒，打磨得十分光滑，又白又亮，还上了蜡，说先得把这个练好才能再练别的。到了平时他常练功的那片树林子以后，只见他把那根白亮的木棒往地上一插，整个人就腾空飞了起来，真是令人羡慕极了。但是他说这不行，这根本不算啥，他的师父，那才叫厉害，同样的一个动作，他师父嗖的一下就到了房顶上或者树上。

　　又说，你以为只是一般的房顶？要是那样，就还是个一般人，那也就不能给人当师父了。

　　我不知道他师父上的是什么样的房顶，我只觉得他说话的方式和口气很像是《水浒传》里的人说话的口气和声音，甚至身上穿的衣服也有一种水浒的味道。眼前浮现出一道高大的城墙，有人飞了上去。又想起《水浒传》里那些地名和人物：东平府、登州，穿着兽皮坎肩的解珍、解宝。

…………

英雄梦，侠客梦，所有那一切，随着后来继续上学，都永远地结束了。

小学五年级后，接着继续上六年级、七年级，实际上六年级、七年级已进入初中了，但完全不知道，也没有人告诉过，至少我从来没有听说过那样的宣布，还以为是继续在上小学。

活得真是混沌啊。

（奇怪的是，成年以后，却再也读不进任何一本武侠小说，连一两页都坚持不下去。）

直到成年以后，甚至直到现在，不能飞檐走壁，没有排山倒海般的绝世功夫，对我来说依然是一个隐约的遗恨。小时候听说神仙们其实并不住在天上，而是都住在山洞里。

现在，只能用文字，去消灭或者抵抗我所认为的黑暗和丑恶。

2016 年 4 月

三十年流水

一

　　写作三十多年,只有这是一个事实,至于什么写作风格或者特色,则完全不清楚,我真的不知道我是什么风格或者特色。每一个东西,都按照自己的意愿去写,别的问题则从不多想。

　　年轻时热情、冲动,一个普通的意象,一个题目,甚至一个表情,一个眼神,就可以生成一篇小说。现在,事情没那么简单了,写作之前,首先要追问、解决一个意义的问题,这个问题不解决,就不会开始。

二

首先要说的是,这个词足够不好。

我不希望被冠之以任何定语或前缀词。不过,你的脸上长了一个粉刺,而别人非认定那不是粉刺,而是一个瘤子,你也没办法。十个人,有九个人,甚至六七个人这么看,这事情就基本定了。不过,这中间最重要的是你本人的态度,你要是也跟着认为不是粉刺了,你就被裹挟着走了。所以,别人怎么看不重要,要自己知道自己是什么。

再比如,你姓王,但是有一个人非坚持说你姓李,你有什么办法?没办法,你总不能因此与他展开一场旷日持久的论争吧,甚至搬出你们家的族谱或者家谱来证明你真的姓王吧,那样一来,倒显得你对于你自己到底姓什么其实也是心里没底的,非常地心虚,所以才要急赤白脸地证明或者拼命地洗刷自己。有必要那样么?完全没必要。

而那个坚持认为你姓李而不姓王的人,说不定在他的眼里,你就是姓李,他也许真是那么想那么看的,也并没有胡搅蛮缠,人世间存在着这样的事情。

一个人写作,会时常想到他所在省份的文学传统或者别的情况么?这个问题真的有点不可思议。我不知道别人会不会这么想,至少我不会,从来也没有想过这一类的问题。写一个小说,难道不是要全力以赴地把这个东西尽量写好么,怎么可能去想与这个东西完全无关的一些内容?如果真的不小心与某些东西暗合了,那也很可能是一种宿命。这中间,你所在的地域,气候,以及长期的生活习惯和环境起着至关重要的作用。

三

确确实实,没有想过任何有关继承的问题。开始动手写作一个东西,首先要解决一个前面说过的意义的问题。把第一个问题解决了,开始解决第二个问题,即说话的方式或者腔调问题,用什么样的方式说话,大声地说,还是小声地说,或者声音不大不小地说。

前面已经说过,我真的不知道我是什么风格、什么特色,我平时也从来不想这种问题。唯一想的就是如何把一个东西尽可能地写好。我觉得别的都不重要,只有这个问题才是最重要的。

不是么?你上下五千年、天文地理、传统创新、国际国内、东南西北地弄上一大堆,最终还是要落实到一个具体的作品上,语言,结构,内容,如果这些东西都一塌糊涂,你之前想了那么多东西有什么用?

四

《白杨木的春天》可以被看作一次变化，从语言到内容，与以往完全不同，但是这样的变化也并非突然转身，没有之前的一系列的路途和铺垫，也不会有这样的改变。

我觉得不管如何，一切还是和人的年龄与阅历有关，一个中老年人平时想的问题，永远也不可能和一个年轻人想的一样，不可能一样，也不应该一样。

五

绝大多数的人，甚至几乎所有的人，每个人的内心深处都有一些挥之不去的东西，有的是梦魇般的故事，有的是一些难以消化的疙瘩般的坚硬顽固的情结。这些东西，有的有幸得以转化，成为各种物质的或精神层面上的东西，比如各种方式和各种意义上的劳动，种地，做工；比如成为建筑，成为各种设计、各种艺术。但是，仍然还有很多坚硬的疙瘩，得不到任何形式或意义上的转化，经年累月地存在于人的内心深处，一生与生命相伴，直至最终完全老死，或者中途与生命一起消亡。

这些挥之不去的东西，有的只是个体意义上的，属于一些个人的块垒,有的则是对于过往历史、现实,对于客观世界的病痛般的缠绕。

那些早已烟消云散的历史,那些嘈杂龌龊的现实,和一个寻常普通的生命有什么关系? 基本无关,确也没有什么意义。但是,对于另一些嶙峋峥嵘的睡觉很轻的人来说,许多东西并未烟消云散,随便翻动一下,低头一看,就有血仍然还在无声地滴答,汹涌地流淌。

狭义地来说,无论黏稠还是浅淡,也不管鲜红还是暗黑,那血也不可能是他本人的血,更不是经他的手催生出来的他人的血,它们滴答它们的,它们流它们的,关他什么事? 为什么他会如此惊心,成为他一生翻山越岭、独走夜路的理由?

迷雾一年年地在加厚,尽管有时呈现出的是一种迷人的乳白色,甚至间或还有些许透明、绯红,但是你真的确定你能看清什么吗?

而与此同时,记忆也在飞速地大片大片地剥落,塌陷……终有一天,地平线像完满的下巴,上面只剩下嬉戏和媚笑。

那在暗夜里不断滴答的、飞溅的,真的不是他的血?

六

乘着热情的翅膀写作的那些年,多少在意修辞,在意起飞和凌空后所划出的身影是否优美,也曾亲自跑过去,观察投射在地上的倒影是否同样优美。从不问原因,疑问也总是一闪而逝。手里摊着一些湿漉漉的词语,眼前的地上也是,有的上过油,有的还没有擦亮。在时间的笼子里飞快地走着,跑着,路过江河,似乎连蹲下来洗一把脸的空隙都没有。

挥汗如雨地行走,挥汗如雨地播种和收割。

值得庆幸和安慰的是,尽管懵懂无知,尽管也曾饥寒交迫,看见窗口里冒着热气的食物,看见屏风后面一张虚席以待的床,却并不曾对店家有过一丝媚笑。有时候蹲下,只是为了把松了的鞋带重新系紧;有时候茫然远眺,只是为了辨别方向。

不远处的另一些路上,有人指鹿为马,有人歌声嘹亮,曲项向天,手里的口袋却大张着虎口,同时还携带有磁铁和指南针,一路走来,一路哗啦哗啦地吸着。

还有花,藏在他们的怀里或腋下,随时都可以拿出来。

就像演员从家里前往剧场的途中,把演出服架鹰一般架在手上;一路上一再地提醒和告诫自己要小心,千万不要弄出不必要的褶皱来,弄皱了就没法上台了。

因为已购了票,无法再观看他们的始于午间或晚间的任何形式任何意义上的聚会,我只想把一部分语言从透明调至微暗、微黑,直至完全漆黑,再把另一部分重新点亮。

深秋回到最初的出生地,金黄的树叶在风中雨点般坠落。乌鸦成群,分成不同派系。打着白领结,穿着黑色礼服的喜鹊站满了整个打谷场,有的只能站在沟沿上,或者野枸杞枝上。到处都有穿着白布孝衣的人在走动、出没。

高亢嘹亮的悲音回荡在整个山区。

又有人永远地走了,有的认识,有的不认识,带着他们的一些一生都没有解开的疙瘩和冰冷的肉身,前往另一个世界。

深夜,天上的那根眉毛逐渐变粗,变宽,在第三日的时候形成一把细小的弯刀。

我开始触及那些并不在眼前的疙瘩,不知道会从里面流出什么来。

2016 年 5 月

钟声传来，我们被惊醒

尽管很多时候肚子里空得咕咕地响，可仍然会去关心一些与吃饱无关的寡淡问题。

我们知道这个世界上有外国人存在，却不知道它们住在哪里，知道一些国家的名字，但同样不知道它们在什么地方，这事有一半以上相当于一个传说或谣言。对于我来说，只有位于我们北边的苏联，才算是一个模模糊糊的比较真实的国家。

十二三岁之前，我以为外国人的身体构造和我们有不一样的地方，尤其是他们的两条腿，以为他们没有膝盖，不能弯曲，永远是直的。

十岁之前，我以为外国没有白天，尤其是一些所谓的资本主义和帝国主义国家，永远是黑夜。没有植物，有花也是黑色的花。黑暗的街上污水横流，水里跑着老鼠，到处都是血和尸体，天色比《雾都孤儿》里的天色还要更黑暗一些。

这样的一种印象或见识,百分之八十以上来自客观世界的作用,书上图片上的外国人,就是那种感觉没有膝盖,腿永远不能弯曲的人。甚至觉得他们裤子或者大衣里面的腿不是由骨肉组成的,而是一种介于钢铁和塑料之间的材料。曾经问一个成年人,外国人能不能像我们一样把腿盘起来,他说,真能瞎想,那哪能盘,一盘就断了。

说的人轻松、平淡,听的人却无比惊心,还有一种替别人疼痛的感觉,耳边似乎还伴随着嘎巴嘎巴的断裂声。

看过一本法国人和越南人打仗的小人书,有一页是一个法国指挥官的后脑勺,感觉他的后面不是正常的头发,而是由岩石、石灰、麦秸组成的一片乱七八糟的东西,顿时就觉得法国人很可怕,很像是扑克牌里从 J 到 K 的那几个人。小时候,我们经常一边打牌,一边讨论他们是不是人,有的说是,有的说不是,意见从来没有统一过。

看到画像上那些大胡子的外国人,经常杞人忧天,替古人担忧,想他们吃饭或者喝水的时候,得专门腾出一只手,把胡子撩起来,然后把东西放进去。想他们吃馅饼或油饼的时候,一定会有油流到胡子上。吃完饭,首先要做的一件事,就是得洗脸,洗胡子。

春天或冬天的夜里,听人讲故事,知道薛仁贵的主要对手是一个叫盖苏文的朝鲜人。讲故事的人说盖苏文,黄头发,绿眼睛,粉红色的脸。故事继续往下进行,我却停留在盖苏文的相貌问题上。黄头发,绿眼睛,粉红色的脸,我在想,一个朝鲜人,怎么能长成那样。有很长一个时期,我把盖苏文的相貌与苏联领导人勃列日涅夫的相貌重叠起来,很多年后见到后者的照片,发现完全不是,并在心里惊呼,这不是东六台的吴守文么?他更像是一个离我们不远的人,尤其像极了我认识的一个叫吴守文的人,比吴守文实际的兄弟更像他兄弟。

我们想象外国人每天怎样睡觉,一定是直挺挺地倒下,再直挺挺地起来。在张宝他们家里做过试验,发现腿要是不能弯曲,人很难让自己躺下或者起来,要躺下,就只能把自己朝前或者朝后摔倒,不摔倒就无法躺下。至于起来,就更困难了,没有人帮助,几乎就不可能起来。这就是说,一个人每天要起来,必须有人帮助,可是,谁又是第一个起来的人呢?他难道不睡觉?既然他也要睡,那又是谁把他扶起来的呢?这个问题让人非常头疼。可就在那时候,我们中间年龄最大的王焕珍突然又提出一个更让人麻烦无比的问题:家里人多还好说,要是家里只有一个人呢?那怎么睡?王焕珍的意思是那将面临躺下去起不来的危险。

最终,大家讨论的结果是,如果家里只有一个人,那就只能站着睡,把头趴在柜子上迷糊一会儿,因为你已没有资格和条件躺着睡。

张宝的爹是一个铁匠,平时打得最多的东西就是马掌和锄头。那天他没有去铁匠铺子,在家里用绳子穿马掌。听到我们的议论,在一旁说,闹了半天,洋人们活得也麻烦呢,还不如咱们呢。咱们吃好吃赖先不说,最起码能自由活动,想躺就能躺,想起就能起来,不用人扶。

洋人!是的,那时候我们周围的人们管外国人不叫外国人,就叫洋人。与这个词相关的还有一连串兄弟般的词,洋火,洋布,洋灰,洋烟,镐叫洋镐,大号的铁锹叫大洋锹,高大的马叫大洋马,自行车叫洋车,搪瓷叫洋瓷。有一些更加苦寒的地方,甚至把白面叫作洋面。而洋葱,却多少年来一直被我们叫作葱头,直至现在,直至将来。

我曾经问过一个喜欢鼓捣无线电的人,是我小学同学的哥哥,我问他外国人里面有没有罗圈腿。他很肯定地说,肯定没有,他们那种腿,能断了,也罗圈不了。你能让一双筷子罗圈了么?

好像是高尔基还是谁,有一个故事里面有一个罗圈腿的人,我看了以后惊呆了。谁说外国人里面没有罗圈腿?从那以后,开始怀疑以前听到过的很多东西。

人,很多所谓的见识或者知识,其实只不过是一些谬误和谣传。就像生活中的很多人,看上去踌躇满志,肚子也圆滚滚的,其实里面装着的基本都是废物。

我不再记得第一次看外国故事是什么时候,现在能想起来的就是几本小人书,《钢铁是怎样炼成的》,也可能不叫"钢铁",就叫《保尔·柯察金》,还有高尔基的"童年三部曲"。高尔基的书是中学时候开始看的,此前看的都是小人书,印象极深。《钢铁是怎样炼成的》只看过小人书,所有的记忆也都停留在那两本小人书里,真正的书从未见过。

这两位作家的小人书,让我认识了苏联的小孩,他们脸上长着雀斑,头发是亚麻色的,至于亚麻色是什么色,则完全不知道,感觉就是白头发。我周围没有白头发的小孩,只有脸上有雀斑的,住在我们隔壁的与我同龄的广昌就是一个脸上有雀斑的孩子。

外出上学以后,图书馆取代了昔日的那些伙伴,我开始读那些历史的清单。借阅的第一本书好像就是《忏悔录》,却读得很夹生,看完了也不知道到底在忏悔什么。这中间,读得最混乱的就是《悲惨世界》,好像是四本,感觉如临大海,人完全被淹没在其中,不得不把一些段落抄录下来。我用省下来的钱自己买过《少年维特之烦恼》《双城记》《死屋手记》,与《死屋手记》同时买的还有同一作者的另一本很薄的书,忘了叫什么名字。

曾经抄录过从图书馆借回来的普希金的《叶甫盖尼·奥涅金》,还有一本波兰的民间史诗,好像叫什么瓦,现在全忘了。

上世纪八十年代中期,因为出差,曾经在一个月内两次光顾同一家县城的新华书店，两次都有所获，买到了对我来说非常重要的两本书。第一次买到了《喧哗与骚动》，第二次买到了《博尔赫斯短篇小说选》，都是上海译文出版社出的，相信很多人都有这两本书。

这么多年，看书一直都是躺着看。在我迄今为止的阅读生涯中，那本黄皮的《博尔赫斯短篇小说选》是我唯一的一次使用红蓝铅笔，在上面留有标记，画过红线、蓝线，只是因为有太多的感觉。很多年以后又买过三卷本的文集，却好像没怎么看。

九十年代初，跟随一群人去过一家译文出版社，还去了他们卖书的地方，却一本也没有买。这事给我的感觉就像一个人天天买肉，等真正到了屠宰场，参观完以后，却一斤也没有买。

人真是这个世界上最奇怪最难捉摸的一种东西。

一位曾经在国营书店工作过的朋友领我去他们书店的库房，我在灰尘里发现了那本七毛九分钱(0.79 元)的《胡安·鲁尔弗中短篇小说集》。迄今为止，我也只有这一本。

谁能以十万字成为杰出的伟大作家？全世界只有这个孤独无援的来自贫穷乡村的墨西哥人做到了。

很多人动不动就炫耀自己著作等身，写了多少多少，却从来不提他前前后后糟蹋了多少纸。美丽的纸，洁净的纸，一旦印刷了那些垃圾文字，也即刻沦为废品，只能以公斤论价。

九十年代初,在阴雨蒙蒙的巫山县,我们从新华书店买书出来,然后在泥泞的街上吃饭,吃巫山县的饺子、素炒白菜。晚上七点多,步行到码头,船舱里的灯光像火车上的灯光。就在那种不太明亮的灯光下,翻阅着上面盖有"巫山县新华书店"戳印的《洪堡的礼物》《兔子跑吧》《白鲸》,是何等的快乐。贝娄至今仍是我喜欢的作家。《白鲸》则越读越感觉像儿童文学。

与我同行的是两位河南兄长,田中禾、张宇,他俩一路上照顾着我,我们的友谊也就此缔结。时至今日,无论何时何地相见,都会无比亲切。在我来说,感觉已不再仅仅是友情,而是一种亲情。

人世间,存在着这样一种情感,总有那么一些人,无论同性还是异性,即使一百年不见,也永远不会生分。

2000 年之后,读小说的数量和耐心明显下降,只选择少数自己有兴趣的看一下。我早已不在意别人使用了什么手法或者何种形式,在意的是书里写了什么。

与很多丑陋的叠印出作者利欲嘴脸的文字相比,我更愿意看一些传记、日记,以及书信。

别的我在这里先不说,只想说说冻土带上的一些事。

读陀思妥耶夫斯基的书信,夜深人静的时候,合上书,就像从海面上升起来的一样,眼前慢慢地会浮现出金黄或银白的六个字:"借钱",以及"预支稿酬"。六个字蹦上蹦下。

这个人写作,通常不是以字数计算,而是以印张来计算。"今天又写了一个半印张。"根据这一个半印张,很快就能计算出可以得到多少钱。再加上此前已经写出的七个印张,他心里已有了数。"亲爱的尼古拉·尼古拉耶维奇,请汇二百卢布给我,我有急用……"

尽是些这种信。

有时候,为了能尽快得到钱,会把对方猛烈地夸奖一番,用上"世界上""全世界""最慷慨,最善良"等字眼。

二百卢布到手,就会升起相关的梦想或者幻想,拿它去碰碰运气,谁又能保证一个小时以后它不会变成一千甚至两千,完全有可能。轮盘面前人人平等,凭什么别人能够满载而归,他就不能?上帝总是为他这样的人设置一些难以逾越的壕沟,壕沟里有模糊的脸在看着他,他不得不一次一次地跳过去。两千卢布?能做不少事呢。于是就去轮盘前坐下,忽略任何一张脸,只注意前面的颜色,那即是世界的颜色。轮盘优美地转着,转啊转,就像流逝的时间,别人的一杯咖啡还没有喝完,他刚到手的二百卢布就被永远地转走了,再也不会回来了。

有时候我想,如果他不贫穷,如果他也像托尔斯泰或者屠格涅夫一样富有、健康,也是衣食无忧,是否还会写出他的那些作品?或许写不出,或许更好,或许很差?这种事无法假设,对于一个具体的人而言,尤其如此,因为一个人在这个世上只能活一次,只能沿着属于自己的命运的小路走下去。我相信命运的专属性,一个人只能怀抱或者披挂着属于他本人的那些东西混世界,其余的迟早都会脱落或丢失。尽管后来的人们还在读他的书,还在研究他,甚至说他还活着,但是对于他费奥多尔·米哈伊洛维奇本人来说,他确实早已死了,因为他的颜面不再抽搐,胃也永远不再感到饥饿。与此同时,他也一起埋葬了生前一直对他纠缠不休的贫穷和种种屈辱以及忧思。

再看托尔斯泰的书信,从来不谈钱物,全部都是对于形而上的表述:宗教,社会,哲学,教育,人生,艺术,道德,救赎。

钱对于前面的那个人来说很重要,但是对于后面的这个人,确如粪土。

尽管他本人不吃肉,每天扛着枪出去打猎,但后面的这个人本身却像一块散发着强烈气味的肉,每天都会招来那么多来自四面八方的人——圣方济各会会员,天主教徒,青年教师,龙骑兵军官,文学爱好者,教育改良者,身无分文者,肺病或结核病患者,还有大量身份不明的面目模糊者。托尔斯泰有时单独与某一个人面谈,还有的时候把他们召集起来一锅烩,谈话中既有制度建设,又有宗教改良,当然还少不了艺术与教育。作为女主人的索菲娅·安德烈耶芙娜简直要被烦死了,家里永远住着生面孔,餐桌前永远坐着数量不等的不认识的人。

她记日记已有半个世纪,所记均为她本人所见所想,就像一个故事,由几个不同的人分别讲述,每个人讲的只是自己看到的那一部分。随着时间的流逝,索菲娅能看到的东西已越来越少,家里很多事情都瞒着她,她只能看到事情的一长条或者一个角落,一件事情的三分之一甚至六分之一,另外的那些部分对她遮蔽着。托尔斯泰出走的第二天,她还像平时一样去叫他吃饭,却没有人在,她找遍了整个雅斯纳雅·波良纳,也没有他的人影。

她想着,或许应该再去为他重抄一遍《克莱采奏鸣曲》或者《哈吉·穆拉特》。

也有欢乐。她和女儿们朗诵俄国某个作家的一篇拙劣的短篇小说,边读边哈哈大笑,托尔斯泰正在和别人下棋。索菲娅写道:听到我们朗读,听到我们哈哈大笑,列夫也笑了。

1918年,列宁下令,由苏维埃政府每年提供给列夫·托尔斯泰的遗孀八千卢布。

孤独的老太太在日记里郑重地记下了这一笔。

中年时也曾有过一丝短暂的爱情,不过也只是在心田上打马走了两个来回。因为,她最爱的还是她的廖瓦。就算把所有的人整合成一个人,也还是不如她的廖瓦。尽管他很多时候冷漠,粗暴,自私,甚至不可理喻。

附近村里的一个农妇得了重病,快要死了。托尔斯泰说他要去观察生活，每天一吃过晚饭就去那个农妇家里坐着，观察她如何与病魔做斗争。如是好几个月，一直看到农妇去世。

繁文缛节的十九世纪终于远去，消失。

不管过程，只看结果的二十世纪赤膊到来，世界明显有了诸多的小变化，但是大的方面并未更改，天空还是从前的那个苍穹，只是比原来更脏了一些，金钱的巨爪仍然在有力地搅动着这个世界和人心，所不同的是，搅动的力度比原来更快速更剧烈了一些。

我有三种《莫斯科日记》，它们的作者分别是：罗曼·罗兰，安德烈·纪德，瓦尔特·本雅明。纪德的那本又叫《访苏归来》。

前两位的苏联之行，极尽奢华与荣耀，苏共领导人几乎集体出动。

罗曼·罗兰离开苏联之时，高尔基前往白俄罗斯车站送别。书中有一幅照片，照片上的高尔基苍老，慈祥，无力，痛苦而又无限迷茫，他站在月台上，望着即将离去的罗兰夫妇，显得怅然若失，双方都没有意识到那将是他们之间的永别。

一年以后的 1936 年，当纪德到达莫斯科的时候，正赶上了高尔基的葬礼。

没有见到高尔基，纪德还专程赶往南方著名的国家疗养地索契，看望了长期住在那里的功勋级作家、小说《钢铁是怎样炼成的》的作者尼古拉·奥斯特洛夫斯基,后者虽然双目失明,看不见来访者,但彼此相谈甚欢。纪德被诅咒,那是后来的事。

距此十年前,作为一名囊中羞涩的旅行者,瓦尔特·本雅明深一脚浅一脚地踏上了莫斯科的土地,他的背影看上去更像是一名拘谨而又茫然的流浪者。一家杂志社付给他路费,条件是他为杂志社提供关于苏联方面的文章。前女友已患有轻度精神病,正在一边治疗,一边筹划拍摄一部电影,期望能够得到最高领导的赏识。在此之前,苏联方面决定编辑出版一套大百科全书,其中关于歌德的词条,原定由本雅明撰写。但是,在他到达莫斯科以后,才发现事情其实已经黄了。关于大百科全书中歌德的词条,已另由他人撰写,他了解到这是总负责人卢那察尔斯基的命令。这样,原本想就此事得到一笔收入的计划也就此破灭。

踯躅在异国的街头,饿了就在街上随便吃一点,晚上回去还要考虑给前女友带什么礼物,如果没有,她就会向他发飙。他常在她住院的精神病院附近的一家小吃店吃东西。女友安排本雅明和她的现任男友住在一起,两个陌生男人很少交流,互相看不顺眼。不过,也有的时候会就艺术、文化,甚至风俗和玩具方面的问题,简单地交谈一会儿。

本雅明的莫斯科之行,从一开始就注定又是一次灰暗沮丧的无意义之旅。

这个世界好像不需要他这样的人。过去不需要,现在仍然不需要。他被人说成是:学识渊博,却不是学者;研究文本及注释,却不是语言学家;翻译普鲁斯特、圣－琼·佩斯和波德莱尔,却不是翻译家;研究神学,却不是神学家;写文学评论,却不是文学评论家。也没有资格当教授,就像年轻时的叔本华。

那他究竟是一个什么样的人?什么也不是?翻译成中国话,那不就是一个所谓的"四不像"么?是的,一个没有身份的人,一个多余而又无用的人。凡·高的遗物能为他人带来巨额利润和体面,所以人人谈凡·高。而他的遗物,至今还是不行,很可能将来也仍然与利益无关。

二十年后,又有一个人来到莫斯科,以赛亚·伯林,那时他还不是一位杰出的人文主义思想家,而只是一个满怀良知的年轻人,见到自己想见的人,还很羞怯。在雕像兼蒙难大姐般的阿赫玛托娃面前,尤其拘谨。

整个苏联时代,最具有现代意识的作家就是很早便遭遇不测的皮里尼亚克。约瑟夫·布罗茨基能够超越国家与民族,超越个人情感与记忆,那也是他离开苏联以后的事。而在那片冻土上的时候,他还是一个需要人关心的毛头小子。

而莉季娅关于茨维塔耶娃生命中最后几天的记述,是我看到的最令人动容的散文。

感谢《世界文学》主编高兴先生盛情相约。在这篇短文行将结束的时候,请让我以最真挚的情感向翻译家们致敬!

特别向狄更斯、雨果、巴尔扎克的译者,向普希金、果戈理、陀思妥耶夫斯基、托尔斯泰、契诃夫的译者,向卡夫卡、乔伊斯、普鲁斯特的译者,向海明威、福克纳、索尔·贝娄的译者,向胡安·鲁尔弗、博尔赫斯、马尔克斯的译者,向《蒂博一家》的译者、《日瓦戈医生》的译者,向《古拉格群岛》《癌病房》《第一圈》《牛犊顶橡树》的译者——致敬!

向一百年来所有的翻译家致敬,感谢他们!

他们就像一些站在路上传递空气的人,站在接缝处传递木板的人,他们像是困难年代里的采购员,广阔民间的媒人、信使,如果没有他们多年来的艰辛工作,很难想象几十年来的文学是何面貌。很多人或许至今还在蒙昧中徘徊,狼奔豕突;又或者站在自家的菜园子里,在墙头上插满碎玻璃的辉煌中摇头晃脑,自以为是。

2016 年 6 月 11 日

冬夜看到月亮，
唯一的作用是能证明自己尚在人间

你回来不？今年喂了八个羊，你要是回来就杀一个给你。

和我说话的是一个类似于《下弦月》中黄奇月那样的人。

我没能回去，我倒不是怕他给我杀羊，因为我相信我能说动他，也相信某一个羊不会因我而死，我只是一时被一些云絮或树桩般的事情所羁绊。

遍地露水，天空青蓝，地广人稀，那是什么？那就是我曾经生长的地方。

写作《下弦月》之前和之中，我其实很想回到塞外，回到那些有着深涧和辽阔原野的地方，住下来，每天写一点，每天去一个附近的地方，因为那也是这本书主要的背景和地域。回到那里，对我来说，就相当于鱼归大海、树叶回到了森林。我能辨认出曾经拽着启明舅舅的衣襟和他共同走过的那些人烟稀少的路，黄色的金盏花把他的几个手指染得像是镀了金。后来，快到水泉一带时,月亮升起来了,又黄又圆。他说,月亮上面又开饭了,正在搬凳子摆桌子呢。我看看月亮,里面雾腾腾的,一个人也没有。我问他,哪有饭,哪有桌子?他说,快快地长吧,等长大了你就看见了。我后来才知道,他说那话,其实是他自己饿了,一天走了四五十里路。

当然,也更能辨认出跟着某一位表姐去看她相亲的那些路,遍地野花,蜜蜂和牛蜂嗡嗡地飞着。肥头大耳的家伙穿着毛蓝色的中山装,说他很快就要提干了,最迟不超过今年年底。有好几年,我一直不知道他说那话是什么意思。回来的路上,两个兜里装满了水果糖,感觉自己已富得流油,快要走不动了。兜毕竟太小,两个兜加起来也不过二十块糖,令人惊喜的是,竟然有三五块牛奶糖和高粱饴混迹其中。那时候,我们把高粱饴叫作软糖。

但是,因为种种原因,却未能回去。这样一来,那些陡峭的深涧在我的记忆里变得更加陡峭,原野也更加辽阔,各种颜色的野花哑哑地怒放,我在桌子前写着四十多年前的往事,能看见它们在千里之外的原野上摇晃。有一种被我们叫作"头疼花"的野花,又叫"鬼辣椒",我在不同的小说里多次写到它们。

文学真的是一种自由的表达么?我的回答是否定的。很多时候,我们不过是在一个围着栅栏的菜园子里挖土,锄草,上面飞着鸟,下面卧着狗,不远处还有猥琐的嘴、浮肿的脸和阴鸷的眼睛在闪映。有许多的话和许多的事,可以说与人听,也可以写出来。另有一些话和事,只能说与最亲近的人。有些话只能说给手,有些话只能说给风,有些话只能说给漫天的大雪或者蒙蒙细雨,但还有另一些话和事,却永远也不能对任何人讲,更无法诉诸文字,其命运只能随着人一起腐烂、消失,永远不会有抛头露面的那一天。纵使这样,写作者仍然比大多数不写作者拥有了足够广阔的时空和自由。

四十多年前,我们住在一个异常崎岖的村子里,母亲一个人带着一至五年级全部的学生,好在人数不是很多,有的年级还不到十个人。吃水要到深涧里去提,深涧里长满了柳树,各种鸟吵成一片。三年级的马三员是一个捕鸟的高手,家里养着鹰,还有两只红嘴鸦。马三员来上学的时候,两只红嘴鸦就在外面的树上等着他。下课以后,打一声呼哨,两只鸟就一起飞过来,落到他的肩膀上,然后跟他回家。马三员穿着一件很脏的黄色上衣,胸前有两个口袋,口袋永远黏黏糊糊,里面装着熟小米、熟土豆,都是用来喂鸟的。

猫头鹰都住在悬崖上的那些小洞里,马三员送给我的一只小猫头鹰只养了半天,因为他说母猫头鹰很可能会闻着它孩子的气味找过来。果然,天快黑的时候,母猫头鹰就来了,一声接一声地在外面叫,圆形的眼睛里放着黄澄澄的光。马三员指着小猫头鹰说,它妈来了,在叫它呢。把小猫头鹰放到门口以后,它们很快就飞走了。

还有一个叫糜桂香的姑娘,父亲是瞎子,家里只有他们两个人。糜桂香每天割草,每天出没于灌木和青草之间,身上全是草味。你站在她身旁,就像站在一片青草前。

考试的时候,公社联校派人徒步给我们送卷子来。我们看见他斜挎着挎包,挎包里装着我们的期末考试卷,精神抖擞地行走在夏天的原野上,头发被风吹乱,衣服呼啦呼啦地飘舞着,像一只身材敦实的鸟,慢慢地朝我们飞来。

当然,还有那个匍匐在塞外荒原上的青灰色的小城,她是我最早见识到的"城",也是《下弦月》一书的主要生活场景。无论任何时候,只要一拿起笔,她就会首先悄无声息地浮上来。南市街,鼓楼街,西关,东门……北门外的原野上最早长着水曲柳,后来都没有了。

写到第四章的时候,多出了一种期待,因为黄奇月很快就要上场了,而他一出来,那一带的山区就会敞开,哪怕只是微微地敞开,哪怕只能容纳一个人,原先的秘密也就不再是秘密,会被更多的人看见。

林教头风雪山神庙。

我也是在除夕傍晚的那场漫天大雪里获得新生的,从此对一些人事也不再畏惧。山下的平原上亮起了星星点点的灯火,炮竹声传来,许多人家正在团圆。我站在岭上,身上披着旧年的最后一场大雪。

老黄,不要杀羊,小羊羔自出生以来还没有正经过过一个年,还没有听到过人间的炮竹声。记得你曾说过,人活着有多种方式,但无论哪种方式,都不过百年,满打满算也不过三万多天,怎么活不是个活。那么,一碗面糊糊就不能过年么?完全没有问题。

走路怕留下脚印,转身担心露出背影,老黄,对不起,倒好像你也成了一个怕见人的人,你本来不是那样的。

2016 年 7 月

一件事情的后半夜

毛有有的一个舅舅来了,一个他们从来都没见过的人,穿着一双锃亮的皮鞋,坐在上午尘埃翻滚的光线里。光线呈圆柱形,比桶粗,穿过窗户,从外面斜插进来,直挺挺地横在他们的中间。毛有有他们兄弟姐妹几个呈阶梯形,一字排开,站在那个陌生人的面前。此前,就传说这个人是一名八级工人,一个月至少能挣一百块钱。八级工人是一个什么概念,没有人知道,更没有人懂得。不过这中间最辛苦的还是毛有有他妈,她焦急得都有些上火了,嘴唇上起了一层一层的白皮,到处给人解释,说并不是传说,真的是一名八级工人。为了更加铁证如山,她建议她的这位兄弟把他的工作证拿出来,再由她拿着,去给那些心存疑惑的人看看,相信他们一看就都明白了。不料八级工人却说工作证并没有随身带着,而是放在家里了。八级工人说,来自己姐姐的家里,还要带啥工作证,实在是可笑。又对毛有有他妈说,你也别跟他们费

246

劲,他们爱信不信。

别人信不信,那是他们的事,不过毛有有他们兄弟几个都信,因为他们的这个八级工的舅舅很快就要给他们发钱了,要给他们见面礼了。在这之前,他们兄弟姐妹几个呈阶梯状站在他的面前,已经接受过这位八级工舅舅的几番检阅了,尽管那目光多少有些漫不经心,却也是很认真地从大看到小,又从小看到大。毛有有最小的弟弟末有才四岁,却也是一脸严肃地站着,就像他的名字一样,排在队列的末尾,鼻子下的两股鼻涕停留在嘴唇上面,也忘了吸回去。

八级工舅舅掏出一个很好看的有太阳图案的塑料钱包,从里面一张一张地往外掏钱,站在他面前的这几个外甥,一人一块钱。轮到最小的末有,没有一块钱的了,却得到了两张五角的。末有把钱握在手里,死死地攥住,从此再没有松开过一下。

在八级工舅舅往外掏钱的过程中,有几张短小的花花绿绿的小纸片也跟着从里面掉了出来,毛有有弯腰帮八级工舅舅从地上捡了起来,却看到并不是一些随随便便的小纸片,而是一些粮票和布票,布票上面写着一寸,粮票写着一两,甚至还有 0.01 两。还有一张牛皮纸做的和粮票一样大的票据,上面写着“窝头一个”。

给外甥们发完钱以后,八级工舅舅对毛有有他妈说,姐姐,现在形势一派大好,可你们的这几个孩子,唉……

姐姐家的情形让这位八级工隐隐地萌生出一种微微的拯救的意愿，尽管那意愿很像是一丛尚未伸腿的豆芽，却也是专门针对姐姐和她的这些孩子的。至于别的人，他们是怎样活的，活得好赖，那真的与他无关。

　　听见兄弟这样说，姐姐什么也没说，只是十分羞愧地低下了头。

　　那年冬天，我们在一个车马店里等着看电影，从前半夜一直等到后半夜，仍然没有开演的一点点迹象。就寒冷程度来说，后半夜明显要比前半夜冷多了，月亮西斜，大地漆黑，寂静，人又冷又迷糊。

　　班里的一个女生，平时觉得挺好看，可那天夜里她戴着她父亲的一顶狗皮帽子，突然发现她其实并不怎么好看，甚至还有一点丑，从此再没有正经看过她。

　　我们把一捆干草铺开，躺在上面，身下不断传来窸窸窣窣的响声。毛有有又开始炫他那位八级工舅舅的日常生活，说吃山药（土豆）每回都要去皮，萝卜也要去皮。四股问，吃饺子和馒头的时候也去皮么？毛有有说，你这纯粹是在抬杠。又说起牛奶。那时候我们完全不知道还有一种叫牛奶的东西存在，因为我们只见过耕地的黄牛，并不知道这个世界上还有一种专门产奶的牛。一个黄牛就那么一点点奶，人喝了，小牛咋办？这个问题很快就把毛有有也难住了,张口结舌,因为他也一样没见过。四股说他们家里买回一块肉,有一块砖头那么厚,却没说啥时候吃,直接就放进缸里冻上了。

很多年,我们一直把一种美好生活当成想象中的一个怪物,有时候好像听见怪物的脚步声过来了,最终却又走远了。

走远了也没关系,它走它的,我们照样快乐。

比较长的一段时间内,我将专注于一种相对真实的生活的挖掘与表现。人像千层饼,你在做一件事情,或者面对某一个人的时候,身上其他的那些层面也都是张开着的,各行其是。

临终前,毛有有他妈对已经长大成人的毛有有说,也不知道你将来能找个啥样的媳妇,多想见她一面。

临终前,已趋于温和的尼采对他的妹妹说,为什么哭呢?难道我们不幸福么?

很多年,不知道毛有有他妈在另一个世界里是否还惦记着她儿子的婚事。事实是,毛有有早就想离,却又一直忍着。

很多年,不知道尼采临终前是否已间歇性地恢复正常,不知道他的这句话是肯定疑问句还是否定疑问句。

2017 年 1 月 4 日

烟已熄灭，怀表还在走

——记忆中的阴雨天或穿堂风

穿堂风，表面浩荡，坦荡，豪放，貌似摧枯拉朽，实则常带有阴风性质。至于屋檐下的那种歪着头脸的风，则更为邪异，阴森，波诡云谲，其阴鸷不祥的程度甚于某些平地而起的旋风。民间有言，针尖大的窟窿，椽头大的风。

从前人家的窗户，特别是那种四方形的木格窗户，最下面一排的某一个小格，既不糊纸，也不安装玻璃，只在外面挂一个小帘，以供猫进出，因此又称猫道或猫洞。耿精神的爹，某一天夏日午饭后觉得很热，把一只脚从猫洞里伸出去凉快，很快就睡着了。据耿精神的母亲事后斑驳回忆，就在他睡着后不久，她恍惚看到屋檐下来了一张面带狞笑的阴阳脸，一张风的脸。小小地作法般地忙碌了一阵后，熟睡中的那个人的身体已悄悄地发生了某种变化。等后来睡醒以后，已全面瘫痪，能出气，会说话，却再也无法行动,从此沦为一具真正的废材。

——题记

一个喜欢吃硬米饭和油炸食品的人

穿着毛背心照相的人,我只见过两个,一个是鲁迅,一个是焦裕禄。

一定还有别的人也照过那种相,但是没见过,可能都在他们的相框或相册里。

毛背心,能一定程度地象征或折射家庭的气息,证明他们都是有家室的人,后面有一个女人在管理和照顾着他们的生活。那些没有人管的,很少穿那种衣服,东西再小,再简单,那也是一针一针地织出来的,谁给他们织,没有人给他们织。

这两个人,听说一个肺不太好,一个肝不太好,所以他们都穿着那种背心,是想让自己能尽量暖和一点吧。

小时候,每次看到他们穿着毛背心的那种照片,常这样想。

还想象当时照相时的情景,看到他们很随意地穿着一件毛背心就出来了,周围的人,也许还包括照相师在内,都建议他们再换一件看上去更好一点的衣服。而他们则说,不用麻烦了,就这样吧。

（罗五，一直孤身一人生活，吃饭尤其简单、马虎，有时候连碗也不用，直接就在锅里吃完了。不过，偶尔也想稍微复杂一下。怎么复杂呢？他觉得吃饺子就足够复杂，从一开始准备，直到最终把饺子煮熟捞到盘子里，本身就是一个无比复杂而麻烦的过程。所以，每次吃饺子，去买肉的时候，事先拿两棵葱、一块姜，让卖肉的帮他把葱姜和肉绞在一起。这件事情一做完，就等于帮他省去了至少四分之一甚至三分之一的工序。问他为什么不去饭店里直接要一盘，岂不更省事？回答说，唉，愣孩子，那能一样么，不一样哩。自己在家里包一包，煮一煮，感觉就是在过年，过节，觉得也是个人家。去饭店要一盘，三两口吃完，那算啥，逃犯？又问他有没有穿过毛背心，说年轻的时候穿过一件，是姐姐给他织的。后来，姐姐老了，他的那件也彻底穿烂了，就再没有穿过。那么，有没有穿着毛背心照过相呢？罗五的嘴里咝咝地响了两声，说尽瞎问。秉霖说有人就穿着毛背心照过相呢，并说了一个罗五知道的名字。罗五说，人和人能一样么，人家是谁，咱又是谁，人家就算啥也不穿也没问题呢。）

深夜，从低矮绛色的老城区出来，街上已没有行人，深蓝色的天上，东南方向有一片席子那么大的地方，像是开着红花。秉霖说，那是什么？

此前的又一个夜晚，天空低垂，锈红，状如一个红瓦的锅盖，七峰山的头和肩膀已经不见，甚至包括上半身。路上有人过来，不需要借助手电筒或者灯笼的照耀，也能大致看清来人的容颜。

这座曾经的契丹旧城，像她以往任何时候一样，夜一深，家家户户便都关门闭户，街上也稀有人迹。我们走着，秉霖又说起他的爷爷，三十七八岁的时候，好像也是这样的一个天气，看见一位菩萨骑着一头金毛狮子样的东西，打天上经过，从东往西去了，云彩不时地把他遮住又显露出来。从那以后，爷爷的话就越来越少。

看见那个卖馄饨的南方人还在旧衙门旁边的一条巷子口站着，一缕热气弯弯曲曲地向上冒着，秉霖欢呼了一声，我们在小火炉前坐下。所有的人都睡了，只有他还没有回去。馄饨皮也不知是怎么擀出来的，薄得像纸，常常让这边的女人们看了很是无奈而又不得要领。

秉霖常自称"契丹狗"，而把那些卖馄饨的、给女人们烫头发的叫作南蛮子。

这边的人们，把所有平时活动在他们周围的从长江以南来的人统称为南蛮子、侉子，具体细分，还可以划分出诸如浙江南蛮子、四川南蛮子、广东南蛮子等等。这个词包括如下含义：聪明，精明，脑子灵光，心思活泛，能吃苦，极富开拓精神，敢于尝试一切，坚硬，坚韧……这个词不是褒大于贬、褒多少贬多少的问题，而是几乎就没有什么贬义。

聪明、灵秀、坚韧，这应该是南方人区别于北方人的三个最关键的词。男人就不说他们了，已有无数的过往和事实作了证明。南方的女人们，在她们纤弱的外表下，其间运行着的是一种足够坚韧的心性和精神。第一次看见莺声燕语的苏州女人吃那种里面有小鸡的毛蛋，吃得从容自然而又不无幸福，震惊之余，不能不感到她们内里的"硬"和一种凌厉而又开阔的"泼"。这固然与她们从小的习惯和继承有关，但那中间仅仅只是习惯和熟悉么？那种早就铸好的内坯，再加上后来的反复浸染与打磨，确与容貌和外表无关。看见身材单薄瘦小的四川姑娘背着大于她身体一倍甚至几倍的两三麻袋辣椒来到船上，头发被汗水粘在脸上，除了感动，就只有敬重。

贵州人小莲，一到春天就挑着茶叶来了，像一只瘦麻雀一样，用贵州普通话打电话。脸上全是风霜，可能一次粉也没有抹过。

往北再远一点，我们那个地方的女人，愿意干活儿的不多，那同样也不能归咎于时常狂风大作，因为不刮风的时候，天气青蓝明黄的时候也一样。早年间她们喜欢抱着孩子互相串门，聊天，在一些容易聚集人的地方，总能看见一堆一堆的女人，在那里坐着，说笑。天气好的时候在外面，天气不好的时候就在家里。一屋子的女人，要是突然爆发出合唱般的笑声，整个门窗都会被震出阵阵呼嗵声，外面的麻雀乌鸦之类也会悉数被惊走。以前感觉像是水库放水,其实比那还要猛烈、脆响。虽然政治及其簇新的麻绳和绿毛的大手也曾把她们从屋里逼到地里,遭受风吹日晒,但在任何间隙或夹缝中,她们也都能找到欢乐的方式。有的女人说,一听见吹哨子就忍不住想尿。从树后面出来,一边系裤子,一边抬头,发现天更蓝,土更黄。后来,更年轻的一茬儿,也与时俱进地喜欢上了打麻将和跳舞,这茬儿人比从前的那几茬儿更不喜欢干活儿。她们很多人的丈夫是矿工,在地层深处工作满八个或者十个小时后,有的回来还要做饭,甚至哄孩子。女人打牌或者跳舞,激战正酣,他们就穿着各种颜色的毛裤,抱着孩子在一边看,或者再抱着孩子去别的地方转悠一阵。有的女人打着打着,忽然想起什么,还会吩咐自己的男人回去取一个什么东西,然后火速给她送来。

尽管本身没有什么贬义,但是这个词好像又具有很大的专属性或狭义性,似乎专指那些被称为老百姓的普通的劳动者,即使已经赚得了足够多的钱,也仍然难以改头换面的那种人。比如做工程的,承包砖窑或者煤矿的,弹棉花的,理发的,卖馄饨的,卖电子表的,卖茶叶的,裁缝……一类的人,当然也包括那些形形色色的骗子。而稍微具有一定身份和地位的人,便很难被贴上这个标签。有谁说过王羲之、李煜、苏东坡是南蛮子么?曾国藩、李鸿章是侉子么?王国维、蔡元培、鲁迅……还有那么多一手握笔一手拿枪的,都是,但是从来没有人那么称呼过他们,哪怕是在背后。

什么原因？一来可能是太过遥远，无关，又从未在他们的生活中出现过，无从说起；再有可能就是身份问题了，因为在身处田舍的他们眼里，那些人并不是最普通的劳动者，不是像他们一样被称为老百姓或者劳苦大众的那一种人。而整个从南到北这片土地上的人心，三六九等从来又都是分得很清楚的，等级在哪里？首先是一种真实的存在，其次也铺陈或者说焊接在人的心里。一个人，基本上从二十岁以后，就开始渐渐地看见或者懂得那种东西了，千百年来始终就在这片国土上巍然屹立，一级一级地，拔地而起，层层叠叠，森严壁垒——那座庞大到无形的罪恶的建筑，它也只能世代繁殖和延续罪恶。

有人发现自己站在最下面一级，就开始往上拱或者往上挤。

普通人的攀登史或曰奋斗史，不过那已经是另外一种故事了。

其实，要是在一个皇帝的眼里，很可能所有的人都是一样的，细微的差别可能仅在于有的肥些，有的瘦些，有的需要庇护，有的可以使用。他们成天瞎折腾，制造划分出那么多的等级，有的有形，有的无形，他们的一生就是在不断地跨越那些栅栏，从六十努力到三十，或者在八十上觊觎一百。人活一世，九成的人是在打攻坚战、游击战，一成左右的人打的是防御战、保卫战。平时他们也都是一个个的人，尽管有的气度非凡，有的举止猥琐，却也都有各自的名姓。不过，当他们需要弯腰下跪的时候，所有的人都自称奴才或者小人。他就纳闷了，那么多的词，那么浩瀚广大的辞海语林，怎么就单单挑选出这么一个词给自己命名呢？要知道，那可并不是他的旨意，而是他们自己千挑万选之后最终定下来的。他猜测，他分析，他思忖，或许那才最准确、最能说明问题？于冥冥之中、有意无意之中，严丝合缝地做到了一种暗合，做到了一种精准的复位和名副其实。

小寒过后的第二天，秉霖冒着大雪，忽然到来，站在门口，先是咳嗽，之后又像狗一样抖掉身上和头上的雪，头一句话便是，鲁迅原来也是一个南蛮子呢，这事你想过没有？

走了二十七里半是山道半是平地的路，把自己走得挂满风霜，像个白雪皑皑的圣诞老人，就为了说这个事？想是没有想过，此前，确实从未想过，不过，不久前也猛然发现了。

我们平时说起鲁迅先生，想起鲁迅先生，想起他那张代表沉默或反抗精神的脸，谁会把他和这个词联系到一起？相信没有人会。想上一千种头衔或概念，也不会想到那上面去。说徐志摩是，那还差不多，长得也比较像。

是偶然才意识到的。

有一天看一篇同时代人回忆鲁迅的文章，他说鲁迅在北京的那几年，也就是写作《狂人日记》前后的那几年，冬天，从来都是只穿一条单裤……就是看到这句话以后，才猛然想起这个词的。我在心里说，老天，原来鲁迅也是一个南蛮子啊！而且还是一个正宗的浙江南蛮子。要是他来这边做一次演讲，或者在谁家说一会儿话，周围的女人们一定会说，来了一个侉子老头，头发一直都是站着的，喜欢吃咱们这边的糕和荞面。

黄米和荞面，都属于硬东西，均为真正的高寒作物。荞麦开花，黍子不开花，除了蓬松的头，只长一种叫作"酶"的东西，外白内黑，状如粉笔，很好吃，当地人管那叫"美"。掐一把放在兜里，边走边吃，可以战胜饥饿。尤其黄米做成的糕，很多没吃过的人在嘴里囫囵半天，也很难咽下去。不过按照他的性格和习惯，应该会喜欢的，至少不讨厌。

为什么看到冬天只穿一条裤子，就会想起南蛮子？因为在这边，南方人都这样。

还是那个同时代的人，他说他有一天去八道湾串门兼拜访，刚一进前面的院子，就看见一个东西从鲁迅住的房子里飞了出来。定睛一看，原来是一条棉裤，是朱安给鲁迅做的一条棉裤，鲁迅不穿，坚决不穿，不仅不穿，而且还不要，所以就从房子里扔了出来。

多半还是那个同时代的人，也有可能是另一个人，有一天又去八道湾串门兼拜访，刚一进院子，就碰到兄弟二人正在吵架，周作人骂鲁迅是"破脚骨"。同时代的人解释说，"破脚骨"是一句绍兴话，只有懂得绍兴话的人才能理解这个词的真正含义，外人很难懂得,好像是一句比较恶毒的骂人的话。

在这边的南方人,冬天都只穿一条裤子,就像鲁迅当年在北京一样。

上世纪七十年代初,我们那里开始修筑铁路专用线,终点分别是天津和秦皇岛的两个港口,第一批来动土方的就是一群浙江人。一群人住在一个大院子里,每天吃着同样的饭——大米,紫菜汤。劳动之余,就嚼着水果糖到处闲逛。他们的到来,使得供销社的水果糖时常处于短缺的状态。从他们的身边路过,会隐约闻到一种甜腻的气息。都穿着蓝色的中山装,一条裤子。清一色的男性,只有一个人带了家属。为什么他能带家属?据说那是一个花了两万多块钱娶的女人,因为本身过于值钱,所以才带上了。就像某些过于值钱的东西,无论放在哪里都觉得不合适不踏实一样。那么,按照这样的逻辑,那些花钱少,或者没花钱娶的女人,根本就不需要带着,随便把她们放在哪里都行?七十年代初,两万多块钱,那是什么概念?当地的人们都去看,两万块钱娶的女人,那是什么女人?有一点大家觉得毫无疑问,那就是,那个女人,绝对是个值钱货。娶她的钱,盖一百间房子也没有问题。住在我们房前的云龙的爹说,浙江人真他妈有钱,舍得花那么多钱娶女人。云龙的二叔说,我也舍得,关键是拿不出来。去看了,发现她除了说话的声音,别的方面倒更像是北方人,长得人高马大。他们有一个一岁多一点的孩子,感觉好像马瘦毛长的样子,每天蘑菇一样到处乱走,女人就用浙江话喊那个孩子。孩子的名字好像只有一个字,叫弟或者地。云龙说,就叫地。他说的是土地的地。有一天,两个五六岁的孩子把"地"按倒,又在他的身上压上干草。没想到那个叫地的孩子十分顽强,小猫一样拱了几下,就忽然顶开身上的干草,又摇摇晃晃地站了起来。

有一年冬天回塞外,一下火车,冰天雪地,寒风怒号,当地人都戴着皮帽子,穿着炮弹一样的羽绒服,最少也是一件棉大衣。天气足够冷,就连我这样从小在寒冷中长大,平时不怎么怕冷的人,也感到了一种彻骨的寒意。下车的人流中,突然看见几个瘦小的身影正在又蹦又跳地奔跑、奔窜,尖声叫喊,痛苦地呼号,一看就是几个南方人,像几只从天上刮下来的鸟一样,穿着瘦小贴身的西服,下面只有一条裤子,上面可能也就是多了一件衬衫。零下二十多摄氏度的天气,绝对给他们一个下马威。

三十多岁的鲁迅,住在北京,冬天只穿一条裤子,他不怕冷么?很可能不怕。

小时候上学,学他的《一件小事》就只记住有一种感觉,感觉那里面的天气很冷。后来看到胡适的白话诗《人力车夫》,发现二者之间犹如孪生,看到《人力车夫》就会想起《一件小事》,看见《一件小事》,就会想起《人力车夫》,是什么地方一样呢?意境,情景,背景,心境?终于发现最一样的是两个人都坐着黄包车,走在北京阴沉沉的天底下,风把路上刮得很干净。唯一不同的是,胡适乘坐的那辆黄包车,车夫拉车的技术比较好,人也不窝囊,敢和任何人理论。而鲁迅乘坐的那辆黄包车,拐弯的时候,则撞了一个人,一个可怜人。作者就从那件小事上发现了自己的问题。

与他的其他文章相比,与别人写他的那些枯燥乏味的长篇大论相比,更喜欢看他的书信和日记。一翻开他的书信和日记,就看见他在忙碌,或者在从书店回来的路上,或者在灯下写回信,或者给自己或别人设计一个封面,或者因为牙疼,不能吃东西,嘴里吸吸溜溜的。

刚到北京的那几年,似乎有太多的时间用不完,完全不像后来把别人喝咖啡的时间都用在工作上那样。时常替人作保,时常忘记对方姓名。领了薪水,经常去逛琉璃厂、火神庙、先农坛。去瑞蚨祥买斗篷、马褂,很难想象他穿上马褂、披上斗篷是什么样子。除了买书,买的最多的是各种碑帖,回来后仔细研究。还爱吃北京的各种点心。在街上走着走着,迎面就会碰到朋友,然后一起去喝茶、吃饭或者理发,与现在在京的一些南方的年轻人并没有多少区别,只是经济上、时间上比他们更宽裕一些。在街上行走常常没有明确的目标,碰上谁算谁,就像猫走路,不知它要去哪儿,看着朝你走来,把它捉住换个方向,它真的就朝那个方向走了。"午后赴琉璃厂,途中遇杨仲和,导余游花(火)神庙,列肆甚多,均售古玩,间有书画,然大抵新品及伪品耳,览一周别去。"和许季士去看中南海,被守门的拦住。返回的路上,路过一家古董

261

店,用一块钱买得一个道光年间的胆瓶。头疼,找齐寿山聊天,长聊之后,不治而愈。"下午同夏司长、戴芦舲、胡梓方赴历史博物馆观所购明器土偶,约八十余事。途次过钟楼,停车游焉。""晚黄元生来,对坐良久,甚苦。"又一个晚上,一个人吃了两只鸡、一碗面,第二天,"胃小痛"。次长与美国人聊天,命其作陪,"同坐甚倦"。上午寄二弟信。下午往青云阁理发,次游琉璃厂,复至宣武门外,由大街步归,见地摊有"崇宁折五"钱一枚,"乃以铜圆五枚易之"。住在某会馆,隔壁两个福建人深更半夜还不睡觉,还在呱呱地说话,声音极其响亮,尖锐聒噪,使他不胜其烦。听见外面鸣炮,知道袁大总统正在登基。

对于自己的两个兄弟,也足够尽责,完全是兄长兼父亲式的关心与爱护。作为家里的老大,还要定期不定期地寄钱回去,补贴家用。三弟从老家来看他,他带他去洗澡,理发,看电影看戏,吃北京的各种东西。不断地买各种书刊,寄回故乡,寄给他的二弟,使之开阔眼界。有一段时间,几乎每天都要寄,一得到一些新的东西,便会寄回去。甚至连养鸡方面的书也要寄给他的二弟,如《养鸡学》《养鸡全书》,难道要让他的二弟在老家学习养鸡?在他们反目之前,周作人在他的日记里就代表一个词:二弟。那几年,"二弟"一词频繁出现。

后来,"二弟"消失了,"启明"出现了。

"启明"——一个在他来说绝对够得上无奈而又绝望的称谓!

在世上所有的词语里面,这很可能是他最不愿意写到的一个专有名词。因为地上的这个"启明"毕竟与天上的启明星是两回事,估计他在写启明星三个字的时候,内心也会抖动一下,甚至不无痉挛。

他把"二弟"推荐给蔡元培,自己则甘愿做一个代课的。

那几年,他确也就像艺人赶场子一样,夹着个布包,穿着一条单裤,这个学校讲完,再去那个学校。《一件小事》里坐黄包车的经历,应该就在那个时候。

几年后,他们兄弟永远不再来往以后,他的二弟对别人说,我容易么,除了要养活一大家子,还得要照顾鲁迅的母亲。

大学有大学的规制,即使和蔡校长再熟也没用。

比如,蔡校长就对刘半农说,你别再成天搜罗那些无聊的民间故事了,想办法出去搞一张文凭回来,关于你的闲话也会少些,我也在人前好说话。刘半农对蔡校长说,放心吧您,这事绝不会让您为难,已经预备好下半年就要走了。

蔡校长说,如此甚好。

下半年,刘半农真的走了,去了法国,且一去就是六年。等再回来的时候,已经是一个真正的刘博士了,在校园里行走,不用再担心身后那条被人指点的尾巴,老刘已经没有那个东西了,彻底完成了进化。

再回到鲁迅。

他说，放开我，我要搬家，把家从绍兴搬到北京，谁也别拦我。

火车，船，一路摇晃，灯火忽明忽暗的京沪线，周围的人如影子般消散，又嗡嗡嘤嘤地重新聚拢，蠕动，伸缩，有死硬的仿佛甲壳或石头般的膝盖顶在他的腰上，有茫然而又觊觎的目光望着他的皮箱，有枯黑和红白的手在他的脸前举起或落下。那都是些谁，都是些什么人？那即是与他同时代的——让他操碎了心的——民众，又或曰国民。青年阿Q的膝盖，中年闰土的脸，一边顶着他的腰，另一边烤着他的脸。他千里迢迢回绍兴去搬家，一路并非寡淡、无语，无悲亦无喜，却是满怀着对于即将到来的新生活、新画卷的希望和精心绘制。直到快到故乡时，才看见那熟悉的黑咸菜般的乌篷船，漂在水上。北京没有那东西，也没有能够使之漂浮和行走的水，北京只有汽车和黄包车，还有一种被世人认定为"前途"的特产。不是绿豆糕、茯苓饼，也不叫"驴打滚"，就叫"前途"。为什么那里特产"前途"？只因为在天子脚下，只因为是一国之都，权力呈放射状辐射。人们日夜呼吸着天子及其僚属的脚气、宫廷檀香和龙涎香，以及权力中枢的复杂气息，人人都有机会摇身一变。从忽必烈的中统元年开始，从那时起至今，无数的事实都无不在证明，人不去北京，几乎没有什么"前途"可言。他人姑且不论，即以孑民先生为例，他若一直居于绍兴不动，你可能在故乡的水上或者岸边时常能看到他，但是在绍兴之外那个更广阔的世界却无法再看到他。现在，会稽地方的小鬼、青年，乃至壮暮之年的人，几乎没有人近距离地见过他们的这位同乡，但是天下的人却没有不知道元培先生的，天下谁人不识君？当然，他与子民先生不同，从来都背朝并远离着权力，一直都避免被吸附与浸染，走的是另外一条路。山阴道上，过往与现实水光树影般交叉闪现，似在轮换，似在交接。老家的东西，能卖则卖，能送人的送人，以为这一搬很可能就一劳永逸了。搬家的经历和见闻，已泅出《故乡》的轮廓和一些影子。就要走了，不再回来了。以为北京很行，能够长住，却没想到完全不行。

母亲也来了，全家人住进八道湾，日常的开销骤然增加，以前是他常借钱给别人，现在则轮到他向别人开口。自觉而主动地当起了家里的大总管，从内到外，事无巨细。正欲建设一个欢乐和谐的大家庭，却没想到很快就出了问题，不得不自己先搬出来，到处去看房，最终在阜成门外的西三条觅得一个住处，重新修缮、装裱。瓦匠李德海最后完工之时，从他手里共挣得工钱近一千元，还不包括油漆和裱糊的费用。

北京不行，厦门也不行，广州好像更不行。那么，上海行么？初看起来，好像要强过此前的那几个地方。

其实也不行，尽管这里有别处没有的内山书店。

海婴已经四岁了，还迟迟没有上幼儿园，只得整天一个人在家里舞枪弄棒，楼上楼下地到处乱跑。为什么不去幼儿园？似乎什么也不为，只有一个原因，就是担心他和别的小朋友混熟了，学会苏州话。

苏州话，吴侬软语，难道不好听么？很多人认为像是音乐一样呢，但是作为家长的他，作为头发永远直立着的他，作为同是南方人的他，却非常不喜欢，生怕染上，学会了。

（日记看到这里，不免假设，假如你是一个苏州人，你的心里和眼里也有他这样一座丰碑，看到他这样拒绝、这样不喜欢你的家乡话，你会略有戚戚吧，会想他为什么不喜欢？在乎他这个人，也就会在乎他的态度，要是纯粹不在乎他这个人，那也就无所谓了。事情也许很简单，也许他并不是冲着什么苏州话、杭州话来的，而是从骨子里排斥一切柔软、柔媚的东西。）

后来也终于去了一个幼儿园，不过去了两三天又不去了，小孩不喜欢老师，作为家长的他也不喜欢，说那个老师虽然每天描眉画眼，却仍然还是难看得很。

上海这个地方，对他来说，只能是一种勉强的将就，他可不像后来的那些上海人一样那么地热爱上海，热爱到离不开的地步，俨然不是上海的生活就不叫生活、不是生活。却没想到一将就就是十年，而且是人生最后的十年。无论是先期的景云里廿三号，还是后来的大陆新村，都并非他的理想，都远不及当初对于八道湾所寄予的一腔心血和厚望。闷热的夏夜，他睡不着，一个人在黑暗中乱想。

去世前最后几个月,他的心终于动了,希望能在上海之外,再找到一个新的地方,能够去那里养病,看书,写作,生活。但是,事情终究也还是没有办成,哪里也没有去成。

那就继续在上海苟且最后的几个月吧。

他是 1936 年 10 月 19 日去世的,日记记到 18 日,终于不需要再记什么了。最后一天,也就是 18 日的日记只有两个字:星期。

前一天,17 日的日记,最后几个字是:夜三弟来。

此前的很长一段时间,他每天的体温都在三十八摄氏度以上。

有一年夏天,在绍兴吃过一顿很咸的中午饭,菜是咸的,汤好像比菜更咸,完全没办法喝。看周围别的人,却都喝得吱吱的。坐在桌子前,看着那碗海水般的咸汤,一瞬间恍惚感觉全浙江的盐似乎全部运抵绍兴,导致其他一些地方只能用白糖甚至冰糖做菜。忽然想起二十多年前,一个雨夹雪的晚上,在那个世代捏弄茶壶的地方吃汤圆的情景:咬开以后,突然看见里面的肉馅,顿时惊呆!完全就是一种上错车的感觉。

这个外表很像是吃素念佛,清淡到接近于工笔的地方,内里却是绚烂到差不多极致的浓墨重彩,浓油赤酱。就像那些外在纤弱单薄的人,却总是怀抱着风雨山河。我在想,鲁迅他们兄弟小的时候,当地人吃的饭也都是这么咸么?他们的饭似乎比我们小时候吃过的饭还要咸。在我们那里，记忆中的那些年，很多人家的饭都足够咸。他母亲去世得早，我们都没有见过，他爹给他们兄弟三人做饭，从来不洗手。从外面尿完回来，从黑罐子里抓一把那种石头子一样的大颗粒的盐，站在锅前，嘴唇翕动，嘴里嗫嚅，像是在数数或者念经，石头子一样的盐粒三颗五颗成组地掉进锅里。掉到后来，看见手里还有五六颗，就说，去他妈的哇，都放进去算了。手一松，哗啦一下都掉进了锅里。饭咸得有时候连猪都不想吃，低头嗒嗒嗒地猛吃两口，然后抬起头愣上半天，一看就是遇到了问题，一看就是在琢磨。

午后，在那条很短的像一个短篇小说一样的街上，在百草园和三味书屋，停留了一两个小时。整整一个下午，嘴里都充满了苦涩。想起年轻的天真无邪的周氏兄弟，从这里走向外面的那个世界。以后，事情越来越复杂，不再由任何人控制，他们也不再天真幼稚，各自身上的颜色也越来越重，越来越斑驳，不禁无限感慨。后来发生的所有的一切，他们当初出发时都没有想到过，更没有想到过自己会变成一个怎样的人。

没有人能在年轻的时候看见自己三十年、四十年以后的模样，因为你今早醒来刚刚有了一个大致的轮廓，时间还没有开始对你进行描绘、刻画和一轮又一轮的打磨。

还因为天机不可泄露。

他的日记，就是半部甚至三分之二部中国现代文学史的沙盘，不过很多人都是以一种挟带着理想主义和日常生活烟火气的形态出现的，而并非教科书里的一个僵死的名字。某一页里的某人，大步流星地来找他，一手拎着火腿，一手拿着茶叶。另一页里的某人，拿着翻译稿和插图，戴着深厚的近视眼镜，进门时险些被放在门口的一筐枇杷和几种玩具绊倒。有时候，好几拨人在他的寓所里不期而遇。志趣迥异的一群人在一个桌子上吃饭，有人高声，有人戚戚。每个人都有各自的容颜和气息，但是后来，他们分别被大致归类为两种人。更有一些时常在远处蠕动，或者低声鸣叫，起伏，不知道或者还没有想好自己到底属于哪个山头，感觉像一些既有一层硬壳又有软乎乎腹部的灰绿色的虫子。有人来了，他出来相迎相见，拿出瓜子、纸烟。又有人来了，他不想见，就躲在上面。时光在彼时尤其变得漫长而难熬，双方各怀心事，都在等待。坐在楼下的那个期待楼上的那个突然下来，而楼上的那个却时刻希望听到门响，被告知来人已走。最终，楼下的那个先输了，败下阵来，怏怏离去。外面的街道上如果有灯，会映照出一个忽长忽短的影子，以及一阵沉重的脚步声。

　　在一个灰蓝色，不过也有可能是棕黄色的笔记本里，秉霖这样写道：临出门前，孙抬起头，朝着楼上的方向最后看了一眼，之后脖子向上，伸长，像是咽下了一口自成人以来的气。一面在心里说着话，深浅不一地画着一些蝌蚪似的东西，一面走了出去。

269

很多人写信给他,写得勤,回得也不慢。有时候,信和人会同时抵达,共同出现在收信人的面前。不过也有人的抵达属于无功而返,信里的内容大概才是他们怏怏离去的主要原因,不知道他们都写了些什么。因为按照楼上那个人的习惯和态度,每天给人回信,是一件最日常的工作。每天与各种熟悉的或陌生的人见面,也是一件最日常的行为。

胡兰成也给鲁迅写过信,信是从广西寄出的,鲁迅照例没有回。

日记里的胡兰成也像一只远方的虫子,吱吱地叫了两声。现在他在一些人的眼里似乎也会站了,可在那个人来人往的沙盘上,就是一只虫子。好像有很多那样的虫子,吱吱地叫上一两声后,或者自己蜷成一团死了,或者被别的东西吃了,或者又蹦跶到了另外的地方。

他的那些浙江同乡,与他的关系也远近各不相同。比较好的,比如住在离他不远处的沈雁冰,还有时常拎着酒来找他的郁达夫。"达夫",他总是这样叫他,感觉那更像是他的一个热情率真的永远也不会和他闹翻的兄弟。只是他们谁也没有想到,仅仅在他去世几年后,他的这个一生追求自由浪漫的兄弟,因为做着自己并不擅长做的事,便也魂销异国。只是那样的死法太过窒息,没有人知道他已经死了,当然也没有人再见过他。

不好的究竟有多少,他也说不清楚。

有时候，完全是在无意中，甚至仅仅只是因为陌生、怠慢或者冷落了某一个人，而招致对方就此埋下仇恨的种子，一遇适宜的温度便会破土而出。

一些人蹲伏在暗处，仿佛就是在等待某种时机，听到他这边一闭眼，那边便立即发作，射出一支又一支事先抹了药的复仇之箭。不过这样的人是属于极少数的。

很多年前看过一集电视剧，李富春由陕北赶赴上海，秘密召集上海文化界人士开会，代表中央，宣布纪律，明确告诉他们，不准与鲁迅先生论战，不准围攻他。

（一边看一边想，陕北那边千头万绪，一切都还没有着落，用《长征组歌》的一句歌词"长途跋涉足未稳"形容，可谓准确，却先派出一位要员，千里迢迢来解决这事。这个人为什么会如此重要？）

不过，他倒是未必多么怕他们围攻，有时候兴趣来了，反倒有一种抡圆了的一夫当关、愈战愈勇的快感。那种态度，像极了他那些永远站立着的头发。

更有的时候，发现他们那边没动静，像死人一样，走肉一样，活神仙一样，他倒要主动捅一捅他们，或者伸一只脚过去，踹两下，让他们醒过来。

比起论战，比起被围攻，比起身上被泼脏水脸上被吐唾沫，另

271

有一些事其实更让他感到烦乱。

不错,法国的巴尔扎克、雨果,俄国的果戈理、托尔斯泰、陀思妥耶夫斯基,在他眼里均属于高峰,但他们是他们,他是他,怎么能经常长枪短剑地放到一起做比较?他不喜欢别人这样说,尤其不想听他们说,让他向他们学习,像他们一样,摒弃掉那些乱七八糟的事情,少写杂文,专心写作一些大部头的东西。谁这样说,他听了都会烦,会迅速上火,哪怕是朋友!钱玄同就和他说过那种话,让他少写杂文,多作小说,最好是长篇小说。还自认为说得语重心长,苦口婆心。一听这话,他当时就轰的一下,火光冲天,当面给了他一个不客气,让他在灼热中黯然离去。不是他不想对朋友客气,遇到这种事,他实在是觉得无法控制自己的情绪。关于有些东西,他隐约觉得自己好像在幽冥与混沌之中设置了一个封锁区,或者说一条红线,他希望人们尤其是朋友们不要随意触碰甚至靠近,但有些人就是不听。

问题是很多人并没有看见他拉起在门口的那条红线,甚至根本就不知道有那么一个东西。不小心碰住的还在其次,常常是一脚就把他的那根线踢断了。

钱玄同就碰得生疼,眼前直冒金星。回到住处,躺在床上,很生气地对陈西滢和刘半农说:"这个人实在是没意思!"

这好像是他身上最为敏感也最为脆弱之处,无论谁触动了这些,都会让他感到不快,感到痛或者痒。痛自不必说,就算是痒,痒到不能忍受,人也会骤然变脸变色。别人劝他少写那些杂文,多作小说,特别是长篇小说,他尤其反感,尤其不喜欢听,他何尝不想写。早年在北京时,和几个朋友一起去西安,至少有一多半的原因是想写一个关于唐朝的小说,去了以后才发现,"连天空也不是唐朝的天空"。

一些东西尤其让他敏感,比如写作长篇小说,比如年龄问题。看见谁的文章里出现了"老头子"三个字,他有时会立即走上前去,主动认领。人,谁没有最隐秘的痛痒?

不过,有些人也确有所指,就是在说他。很多年,他们在很多方面都试图把他掀翻,有时候不能正面进攻,就从侧面迂回、包抄。《社会新闻》上还曾经有人撰文,说他名为文人、作家,实为日本派往中国之侦探、间谍。

(一名《礼拜六》派系的作家说,有一天早上他去四马路一带买早点,回来后才发现用来包油条的纸竟然是从《小说月报》上撕下来的两页,这事本身就已经够让他恶心的了。更让他没想到的是,那两张油乎乎的纸上面还刊登着一篇署名"茅盾"的小说,顿时就觉得连油条也被污染了,完全不能再吃,只好连油条带纸一并扔了出去。)

很少有人听到别人说自己不好时，会高兴得心花怒放。在中国，可能只有春秋战国时代才有那样的人。听到别人说自己不好，历数自己的毛病和不是，甚至辱骂，甚至加害，高兴得手舞足蹈，欢天喜地，立即宰猪杀羊，请你这个说他不好的人和周围的人大吃一顿。

至少快有一个世纪了，举国上下，一直都说是反对造神，反对迷信，但是后世的人们其实始终都是在以神的标准看待他，要求他，也看待和要求所有那些在他们眼里看上去神一样的人，不能有一点点的毛病和问题。很多人时刻举着放大镜和显微镜，不过只照他人和外面的世界，从来不照自己，甚至连他们的亲戚朋友都不曾照过一下。

除了神化，还夸大他的斗争，妖魔他每天手执投枪与匕首，与各种人进行战斗，尤其喜欢看他与一些重要人物势同水火，闹得越厉害越有看头。

粗略感觉，后世的人们对于他的态度，大致可以分为三种人。第一种当然是为他重塑金身的，直接放在神坛上观赏。第二种不是研究者，而是过路者、围观者，从他们一懂事起，便听说那是一个特别能战斗的人，是一个真正的战士。我们就认定你是一个战士了，你自己不承认也没用，我们任命你为战士。什么？我们是谁？还能是谁，当然是人民，我们就是你的人民。

第三种人是那些对他不以为然的，或者认为还有比他更伟大的,比如胡适。他们也知道,要把这个不喜欢的人弄成一个寂寂无名的一般意义上的写作者,也不大可能。但是,按照传统意义上的排名、列队、排座次,只要把鲁迅排在胡适的后面,他们也就平衡和满意了。至于排在郭沫若的前面还是老舍的前面,那就不重要了,那也不是他们所关心和计较的。

时至今日,那么多的人,现代化武装到牙齿、腑脏,以及所有的时空,自以为拥有最新最民主的思想和最普世的价值观,骨子里却流淌着锈得发绿的恶臭的血,就喜欢排名、列队、排座次,凡人凡事,不决出个一二三来,决不罢休,事情永远就不算完。嘴里高喊着反封建反专制民主自由的高调,一双黑手却在黑暗中贼一样地忙碌着,给活着的人排队,也给早已故去的人重新设置上面铺有兽皮或合金材料的雕花的交椅。表面蔑视草莽,鄙薄水泊梁山,转过身却做着比宋江更为不堪之事。一听说排名排行排座次,顿时两眼发亮发绿,神经高度亢奋,污秽的内心通过丑恶的嘴脸呈现出来,给排座次引入股份制、分封制。有些所谓的学人,在鲁迅那里翻腾一阵,没有找到太想要的东西,就又去胡适那里翻腾,还没有什么太过刺激的东西,就开始断句,就开始"截图",把"有用的"单独截出来,斩断一切因果,剔除掉前后左右所有的关联,使劲揉搓某一个地方,使之发红、发肿,直至流脓、出血。

如果真的有灵,看到那一切,他们或许会相视一笑。

你放心,鲁迅是我们的人……

胡适晚年时这样说，只这一句话，即使近百年来关于他二人的种种描述、想象和推断悉数归于灰烬——人世间最世俗的灰烬，没有崇高，没有辽阔，只有最世俗的油乎乎的人心。

他死得早，不知道后来又发生了什么，不知道胡适之还说过那样的话，更不知道后来的人们怎样摆弄他。在世的时候，每天记一点当天的事，二十几年的日记，清晰地映照出的恰恰是一个最想过平静生活的人，不知道那些"斗争"的油彩是如何一步步地涂到他的身上的。他在一封信里说，听说幼儿园要放假两周，一家人就提前愁上了。（更早的时候，带他去福民医院打针，种牛痘。）给那不懂事的孩子讲故事，念童书，组装玩具，领出去看花，看汽车，串门，倒还在其次。最可怕的还是门庭若市，轰隆一拨人来了，轰隆又一拨，这还不包括那些零星的单独行动的。天黑了，夜里也仍然有人来，啪啪一阵响，进来一个。还没有寒暄完，吱溜又一个。都还没吃饭呢，大家一起去，悦宾楼或者中有天，万云楼或者快活林。东亚食堂今天就不去了，光这个月就已去过不下十次，没准有二十次。功德林也是几天前才去过。饭后又去北冰洋吃冰淇淋，之后大家坐在灯光暗下来的明星戏院的椅子上，他思忖着，散戏后回到家里至少得将近子夜，先服两片阿司匹林，还有几封信，今天得必回。

月亮西斜，以一种自然坠落的弧度，已从黑暗的海上滑向渐渐灰白的陆上。昨晚睡得太迟了，以至于有人进来都不知道，"晨被窃去皮袍一件"。

时间像是皮匠坊里的皮子,注定不能以大宗的整张的形式存在,必须被裁成无数块,多为巴掌大小,有的甚至只能作为补丁,镶嵌,有些是别人裁的,有些则出自自己之手。没有平静,没有更多面积的自由,只剩下一些坚硬或潮湿的罅隙,供他钻挤。

在那样的一种狭窄黑暗的罅隙里,连腿都伸不开,一个人还能干什么? 只能做一些要多零碎就有多零碎的修修补补的事情。别人要他向托尔斯泰和陀思妥耶夫斯基学习,写出类似《战争与和平》《卡拉马佐夫兄弟》那般的小说,他如何能不生气,他心里还涌动着一团又一团的虚火呢。自从那年来到上海,那火就从来不曾下去过。可事到如今,好像什么都做不成了。虽然须藤每次诊视完毕,都说问题不大,但是他总觉得他没有说实话。后来这些日子他几乎更是天天来,来了也都是做一些最常规的检查,他感觉到也看出来了,明显是已没有更好的办法。其实,类似安娜·卡列尼娜、老卡拉马佐夫那样的人,中国也有,并非俄国专有。

感觉世界正值黄昏,却猛然又朝着黑暗和冰冷的深处紧走了几步。

在我们的印象里,他是一个没有中年的人,青少年时期也越来越淡冥,像是一抹遥远的天际或地平线,灰白,淡到几乎乌有。总之,一上来就老了,一出现在世人面前,就是后来的那副形象,一幅黑白的木刻,线条苍劲凛冽,坚硬,枯瘦,黑多白少,恰恰白的那些部分又更令人惊心,像野草,像女人的白发。一看就属于前朝,并不与我们在同一个时间里呼吸。你弄一个光眉滑眼的鲁迅上来,没有人会认为那是鲁迅。

也不大能够用来帮你疏通关系,扫除你路上的暗沟或火山。也不能助你求职,升迁。不是么？你说你喜欢鲁迅,捎带着也研究一下胡适,或者喜欢胡适,捎带着也研究一下鲁迅,你的期望值是从副处变成正处。什么也不说还好,说了这话以后,很可能连原来的那个位置也开始松动、不保。过去的人,可以到处说,逢人就说"我的朋友胡适之""我的朋友郁达夫",你能说"我的朋友鲁迅"么？说了也没人信,就知道你是在瞎说,甚至一看就是骗子。

八九个朋友一起吃饭,来了一个陪酒女,其间也不怎么说话。走时,别人都坐着没动,他给了她一块钱。

第二天,胡风夫妇抱着他们刚满月不久的孩子来看他,他围着孩子端详、研究了半天,忽然说:"幼稚得很。"

以后,无论是专门去回访,或者是临时路过,他都会特意带玩具和饼干给那个孩子。

东北那两个年轻人又来家里吃饭了。

来的次数多了,竟注意到了他喜欢吃什么,不喜欢吃什么。

当然是女的注意到了,女的毕竟心细。男的心粗,粗得像断开的渔网,什么都挂不住,来了只知道埋头猛吃,从来不知道他喜欢吃什么,不喜欢吃什么。

喜欢吃很硬的米饭,喜欢油炸食品。这是萧红的发现。

后来又发现他竟然也很喜欢吃东北饭,譬如酸菜馅饺子。萧红一来了,他们就包饺子。上海竟然也有人腌制东北酸菜,并出售,应该是东北人所为。每次吃完规定的数量以后,都要举着筷子,问许广平:"我能再吃两个么?"

吃完饭,点着一支烟,即和萧红开始谈天。

这个黑龙江丫头,她和上海本地的那些女人,是多么的格格不入啊!可能除了性别一样,很难再有什么共同之处,穿衣服,经常也是瞎穿一气,乱穿一气。他告诉她,红色和咖啡色一定不能搭配着穿,两种颜色同时出现在一个人的身上,会让这个人显得很暗,很老,甚至还会有一种浊气。所以,咖啡色的上衣,一定不能同时配红裙子。

紫色和粉红色也不能同时穿。

还有什么呢?

黄色和绿色?

哦,想起来了,前些日子,竟然看见她脚上穿了一双军队里士兵们穿的那种低靿的靴子!用她老家的话说,真是胡整。

…………

就那么坐着,手里的烟燃烧着,很少起来活动。其实虹口公园并不远,就在附近,但是他从来都没有进去过,一次也没有去过。

问他为什么不去,他说,公园嘛,不就是有一些树、几朵花,还有几排供人坐在上面的椅子么。

黑龙江丫头闭上眼睛一想,说得对呀!公园里还真的就是他说的那些,除了那些,别的好像也真的再没有什么了。

上海有公园,哈尔滨也有公园,不过,他们呼兰可没有那种地方。

呼兰只有旷野,有祖父,有有二伯,有金的蜻蜓、绿的蚂蚱、青蓝的天。

让他同样没有想到的是,仅仅在他去世五六年以后,这个黑龙江丫头也离开了人世,年仅三十一岁。他死于十月,当年七月她走时,他们还在家里为她设宴饯行。

当然,他也更没有想到,在他去世的头一两年,她无论在哪儿,每次写了新的东西,都会专门誊抄出一份,作为祭奠的烧纸,在夜深人静的时候,在地上画一个圈,烧给他。请他当面提意见好像已经不可能了,只是希望他能看看,看看他不在的这两年,她又长进了没有。

人虽然不在北京了,但至少一半的心还在那里,因为母亲还

280

在那里。

母亲喜欢看张恨水的书,每次市面上一有张的新书出来,他立即买来,仔细包好,寄回八道湾。他自己当然是不看的,每每打包的时候只在心里感叹一声,这老张可真能写。

随张恨水的书,再附上一封给母亲的信,告诉母亲,他很好,海婴很好,害马也很好。

秉霖说,六苏木有一个青年孔乙己一样的小学教员,因为挣得少,一直都找不上对象,时常摇头晃脑,又喃喃自语。不怎么会来事,更不大会说话,管领导叫某某同志,管鲁迅叫"鲁老师"、鲁迅先生。校长很生气,说,说得好像真的教过他似的。春天一开学,雪还没有消,他就被打发到更偏远崎岖的雁崖教书去了。

秉霖说,到了那里,他就更找不上对象了。雁崖全村共有四十来个人,其中女性不到一半,在那十来个女的中间,有五六个是十岁以下的小女孩,另外几个年龄多在四五十岁,最老的有八十多了。你说让他找谁去,哪有正好适合他的。即使有,人家也宁愿找个哪怕修拖拉机的。

我说,那他岂不是有打光棍的危险?

秉霖说,岂止是危险,太有可能了。再说,光棍也是人打的,从老祖宗那里传下来、遗留下来的一个东西,又不是没人打过,一点儿也不稀罕。

很多年前在丰城那个供销社一样的书店里买过一本《集外集拾遗补编》,书名看上去比较复杂,有一种院子套院子的感觉,就是冲着那个书名才买的。当时在店里,一看见那个书名,眼前立即浮现出一个情景:地上卧着一头牛,牛身上坐着一只狗,狗怀里抱着一只猫,猫头上落着一只鸟,鸟背上有一只蚂蚱,蚂蚱身上趴着一只蚂蚁……

当时想,只要牛站起来稍微活动一下,它上面的那一串东西就哗啦一下全塌了……

2017 年 5 月 3 日

凶险的假设,无声的掩埋

一些人事墙皮一样风蚀,剥落,现出背后的情形,常被命名为真相。还有的至今坚固,但已无关紧要,后人便想办法劈开,想看看里面到底是什么。或者如同考古,先动用大型机械,然后再改用普通的劳动工具,直到拿出最袖珍的小铲子、小刷子,出现戴白手套的人手,慢慢地扒开老骨头一样的浮土,把小刷子放到一边,用嘴吹气,吹去附在上面的时光的尘埃。

秘密就像毛发,总是在不断地生长,剃去旧的,又有了新的,

282

除非主体亡故，那有关的一切生长才会停止、结束。从树下起出一坛他年之酒，接着又埋进去一坛或几坛，至于黑麻袋或者黄油布里究竟包裹的是什么，很难有人知道。更有的永远石沉大海，可能只有被裹挟在其中的当事者明白一二，甚至也完全懵懂。

一个有秘密的人，一个有秘密的家庭、团体、族群、时代，注定沉重，永远难以真正轻松起来，即使偶有欢颜，也不过是故作轻松。

最初，手一滑，就像失手打了一个杯子或碗一样，一不留神就写出一行字：人心黑暗如深渊。写完之后，看了一眼，想这是什么，是对于人心的最直接的印象？人在大地上的投影？更好像是一种生理反应，就像平时头疼、恶心一样。在深渊之前，其实还有"万丈"二字。很快又发现，其实用不着那么激烈，因为很多东西本身就是一种客观的存在，激烈与否都没用。按照实际的现实，只能慢慢适应。

一个人，从长大成人、步入社会到死亡，能够数得着的几十年，命短的甚至只有几年，多半甚至八九成的时候却用来适应这些。

人生的过程，很可能就是一个忍受的过程，在不同的时期，不断地忍受各种各样的东西。如果有人能把忍受视为享受，则值得学习，一个人有如此心态，那活得就会更幸福一些。所以，内心泥泞之人应该向身心欢乐之人学习，看看人家是怎么想的，你又是怎么想的。

截止到上世纪八十年代初,根本不知道沈从文是谁,这个名字好像听也没听说过。

我们去的时候,天近黄昏,晚霞使小院里一片红黄,听见缝纫机正在轧轧地响着,小锅里慢火熬着粥。金英正准备从缝纫机上下来,去切土豆丝。

土豆丝每次都是素炒。秉霖对金英说,里面要是放一点肉会更好,你从来没有放过么?

金英说没有。

金英是秉霖的表妹,身材高挑、苗条,却一条腿有些毛病,不走路的时候看不出来,一走才显出有些跛。人的毛病或不足不用多了,仅仅就这一个毛病,就让金英包括婚姻在内的一切大打折扣。她手很巧,又很认真,经常用缝纫机给周围一带的女人们做衣服,挣一点儿钱,同时好像还正在读着自修大学或者电大什么的。靠窗户的一个小柜子上放着一摞书,其中有一本类似于文学史一类的书。她让我随便看,我随便翻开一页,忽然就看到了沈从文这个名字,不过好像就一句话,说他是一个"粉红色的作家"。就感觉有些愣怔,作家怎么还会有颜色,而且还是粉红色的?当时,眼前就望文生义、立竿见影地浮现出一个很贱的男人形象:穿着粉色裤子、白皮鞋或者红皮鞋,上衣也是浅颜色的,类似于浅绿或者天蓝,头发油亮,一看就是用梳子精心地梳过。

不过,不管他是什么颜色的,这事很快也就过去了。有好几年,再没有想起过那个人。

好像也就是在那个时期,或者稍早一些,曾偶然看到一张林语堂的照片,下面配有一小段文字,说林是一个反动文人。

照片上林语堂的形象,确与当时流行的标准像不仅相去甚远,甚至恰恰相反,一看就属于资产阶级或资本主义等名词的生动翻版或再现。

至少有三年,或者五年,我也一直以为林语堂是一个坏人。

客观世界的作用,毒性之强、之巨大、之深远,难以估量,对于那些懵懂无知的心灵来说,尤其极具侵蚀性。一张白纸,一旦被一只汗手摸过,或深或浅地被烙过、涂过,想恢复如初是不可能了。可怕的是很多张纸就以那副面目一直延宕至死,更可怕的是从来都没觉得有什么问题。

你被弄脏了,想重新变白已无可能,唯一的办法,只能在那个基础上,在那个灰渣瓦砾的底子上想办法让自己更丰富、更斑斓。

上世纪八十年代中期,有机构为我和另外一些人每人报销三本书,另外两本是什么,现在早已经忘了,只记得其中有一本是沈从文的《凤凰》,灰色封面,好几个人都买了,我也就跟着买了一本。直到此时，仍然不知道凤凰是一个地名，而且还是沈从文的故乡，还只以为就是传说中的那种鸟。看见那个多少有些奇怪的书名，就在想，以那种鸟作为书名，是写什么的呢？完全不知道里面是什么，以为是一部长篇小说。觉得真有胆大的人，敢用鸟做书名。

奇怪的是，那本书一眼也没有看过，很快就找不见了，以后也再没有见过。

大约一两年后，忽然有了一套红色封面的《沈从文文集》，忘了是通过什么渠道得到的，肯定不是买的。以当时的工资，不可能一下子买同一个人的那么多书，而且又是一个完全一无所知的人。

这一次，把那几本书都看完了。知道凤凰不是那种鸟，而是他的故乡，也就不再奇怪了。

其时，他和另一位张女士，乘着海风，踩着咸水，由海鸥护送着，正在这边闪亮登场，千万人围观。张女士本人并没有到场，回来的只是她的前半生。

又是前半生，当年黯然离去的就是前半生。不过这一回，一轮被包裹了近半个世纪的月亮忽然掉了出来，红得滴血。有人就想，是那轮曾经照耀过古今的月亮么？又或者是海对面的那枚？然而又听她说是三十年前朵云轩的月亮，很多人当场就醉了，软得站不起来。有的带着微醺在眩晕中走在回家的路上，到家后推门一看，不对呀？

这个人，被掩埋了那么久，黄土早已没过他的头顶，与地面齐平，无数的人曾经在上面走来走去，根本不知道下面有那么一个人。年轻的一代闻所未闻，更小的一代在上面蹒跚学步，哭泣，嬉戏，蹲下撒尿。家长们也只以为小孩子的尿只是渗到了土里，谁也不会想到也许会渗到某一个人的头发里，滴答进他的眼里和嘴里。

后来这些年，各种研究他的书，与他有关的材料，如果堆起来的话，很可能又足以将他严严实实地重新埋住，不见踪影。羊圈里只有一只羊，剩下的全是草，以及各种笼头和绳子，甚至水槽、剪刀。不过不用担心，剪刀只是伏天时用来剪毛的，相当于理发。去往他故乡的游客也如蚁如蛹。像是自然界的一种平衡，分明又是一种多年寂寞的回报，阴阳之轮回，人声鼎沸，热闹成倍地增长，天平一头的砝码不容分说地加重，又一次失去平衡。

秉霖拿出一篇文章，其中有一个令人凄楚的情景或细节：某人回忆，是拨乱反正后的首次文代会结束后，丁玲前往一个公交车站牌下去乘车，沈从文在后面紧紧追赶，看见人家散了，赶紧追上去，目的只是想能够说上一两句话，谈谈彼此的近况，顺便再说说文学？严冬刚刚过去，春寒料峭，前者被邀请参会，仿佛从地狱回到人间，倍感荣幸与珍惜，这个时候尤其要注意洁身，选择与什么人走近也尤为重要。而后者,什么都不是,想坐在下面为别人鼓掌、举手都没有资格,只能隔着门听见里面掌声如雷,春意融融。他之所以让自己出现在那附近,完全是其那颗尚未被彻底冻死的文学之心在作怪。

最终,那场一厢情愿的追撵,当然没能说成什么,因为前者根本就不想说,看见后者,唯恐避之不及,生怕他的晦气又瘟疫一样传染给自己。

秉霖说,像不像街上的那些普通的男女,芸芸众生?女的在前面气呼呼地走,男的在后面紧紧追赶。女的很恶心地对男的说:滚!离我远点,不想看见你!

夏日的夜晚,那种事情尤其多。

以后,每次再在街上看到类似的情景,都会在心里默念一声丁、沈的名字。听到一个声音在说:看,"丁玲"转弯了,不见了,已经过了电信和芙蓉饭店的门口,高跟鞋笃笃笃地远去。剩下"沈二哥",举着手,孤独地站在马路边,垂头丧气地掏出一支烟点着,猛吸两口,之后又去继续追赶。

他离开这个纷繁复杂的世界已多年。生是这个世界的人,死为这个世界的鬼,生前曾立正,卧倒,恣意行走,也曾匍匐,贴着墙根。一生渴望写字,现在,我们不妨在纯粹的字面意义上为他召开一次代表大会,虚构一个与凤凰有关的场景:当天,"沈二哥"不是一个游魂野鬼一样在外面蹭会的,而是被指定的候选人之一。

288

上午九时,他西装革履,器宇轩昂,在欢快而又不失庄严的音乐声中众所瞩目,时而矜持至尊,又时而谈笑风生,平易近人地和来自基层特别是那些穿少数民族服装的普通话说得不太好的代表亲切交谈,与民同乐,称赞他们确实写得好,作品充满真正野性的力量和伟大的生命力,确要优于那些同为基层代表的汉族作者。他们握住他温暖有力的大手,激动得久久说不出话来。甚至,他也还不是最引人注目的,只是台上众多牌位中的其中一尊,也依照这个社会的规律,他还用得着去追赶前者那样的一个人么? 从专车里一出来,只有满面骄横,身边早已被各种笑脸和溢美之词围得水泄不通。而前者,也根本不需要他去追赶,因为他就是很多人心目中的文学的全部信息、方向和权力,事情应该倒过来才对,前者可能会设法找他。不需要他本人移动一步,很多东西打着文学的小旗正在自动地向他游来,靠拢。

那么些年,使劲埋葬他的,拼命往他的身上填土的,难道仅仅是一把铁锹么?

作为一名遥远的旁观者,作为无数"事后诸葛亮"中的一分子,却时常看到在那个火热的劳动现场,存在着那样一幅情景:那把大铁锹已渐露疲惫之相,慢慢远去,临走时却忘了交代一句。这害苦了那些小铁锹、小铲子,致使它们仍在继续挥舞,挖掘,许久还停不下来。

那情景还令人想起上上一个世纪的陀思妥耶夫斯基,拖着病体,冒着各种冷嘲热讽和白眼,去参加一些关于文学的讨论,气喘吁吁地上楼下楼,有空位子就坐下,没有位子就靠墙站着。

现在我们远距离地观察,眺望,当年彼得堡或者莫斯科某一个文学沙龙里的情景,可以毫不夸张地说,除了他本人,在座的各位基本都是垃圾,他和他们有什么好谈论的呢? 但是,微观的个人的历史不能重来,确曾有过那样的时候,他也确曾想和人家谈点什么。

秉霖说,假如陀氏、卡夫卡等等那些人,长得和我们差不多,也是黄皮肤、黑头发,来自南方或者北方的某个省份,使用一样的语言写作,在同一片土地上奔走,他们还会是今天我们眼里的他们么?

相信一定不是。

诗人鲍里斯·帕斯捷尔纳克家的电话突然响了,电话来自克里姆林宫。接线员告诉他,给他打电话的是斯大林同志。果然,电话那头传来了浓重的格鲁吉亚口音。

约瑟夫有深夜阅读的习惯,不仅读政治、历史、哲学以及经济方面的书,还读小说,甚至还读剧本。读累了,就倒一杯酒喝,每一瓶酒上都有锁,钥匙则由他本人亲自掌握。端着酒杯,在柔软无声的地上走一会儿,思考一下国家的现状和未来,当然也少不了包括整个世界的走向。美国,英国,南斯拉夫,波兰……啊,铁托果然已经开始做各种各样的小动作了,事实上早就开始了,让他暴露暴露再说。还有保加利亚的那几个笑面虎,他已经给他们准备好了一顿足够坚硬的晚餐,他相信足够能把他们的狗牙全都崩掉,有他们笑不出来的时候。

他时常黉夜写作,工作,召开酝酿已久的或临时性的会议,就是希望自己在某些方面更能有所建树,希望能够超越列宁。列宁这个人,虽然在很多方面经常毛糙,让他很难欣赏,但是在著书立说这个问题上,你却不能不佩服他。全党遇到困难,工作举步维艰,啪唧,一个新的口号提出来了,谁提的,当然是列宁,别人谁具有那样的能力。于是,所有的轮子又都转起来了。就在大多数人已经习惯并沉浸在那个口号所带来的节奏之中时,轰隆一声巨响,一个此前从未听说过的理论又被大力地掼掷到现实生活中来,用以指导一切工作。关键时刻,还是人家。理论功底和基础就在那里放着,强大得如同一个雄狮般的国家,不服不行,那也正是他一直所欠缺和羡慕的啊!因此,他也希望能够建立一整套,甚至几套他自己的理论体系或学说,将来人们在工作和生活中遇到难题,只要翻一翻他柯巴的著作,一切问题可能就会迎刃而解了。一切也只有等到了那个时候,人们才会恍然大悟地发现,什么叫英明,这就叫英明,早在很多年前就已经把各种问题的答案提前写好,放在那里了。

他通宵阅读那些文学作品，并非只是为了自己消遣、娱乐、打发时光，更多的还是为苏联发现天才。

平心而论，小说他觉得能看懂，剧本也不难。在所有那些文学门类中，最让他感到讨厌和头疼的，也是最难以把握的，就是诗，那些所谓的诗。啊，那些黏糊糊的又总是自命不凡的诗人，他真的不知道他们都写了些什么，谁好谁坏，谁又写得到底怎么样，应该是以没用的废话居多。诗到底是什么？他觉得充其量也就相当于花瓶里的一束花，桌子上的一块台布，有也行，至少多了一种情调。情调这个东西，虽然聊胜于无，却也真的没有多要紧。桌子上少一块台布就不能喝茶吃饭么？甚至没有桌子本身都不影响什么。不是么，树下、屋檐下、草地上，甚至战壕里，哪里不能吃。不过，就一般情况而言，桌子上多一块台布，多一束花，还是比什么也没有要好，至少看上去要显得干净、宁静，甚至芬芳、优雅一些。凭多年的印象，那个普希金应该是个大师吧，可是人不属于本时代，更不属于苏维埃，而属于旧日的沙皇俄国。他想看到的是属于本时代的大师。

可是，不管他怎样忧虑，让人不省心的事情还是很多，一件接着一件。这不，就在不久前，噢，也可能是在一两年前，一个写诗的被关起来了，是一个叫奥西普·曼德尔斯塔姆的，有人在他耳边吹风，说那是个大师，应该保护起来。但是他不能确定，不知道他是不是真的就像人们所说的那样，万一搞错了呢？万一不是呢？因为同样也有人说过他一文不值的话。遇到这种事，他觉得应该先找个人问问。

这种事，问谁好呢？当然不能问布哈林那种白痴，他能知道什么！就知道张开大嘴胡咧咧。苏尔科夫不行，米高扬也不懂。想来想去，他终于想到了一个人——鲍里斯·帕斯捷尔纳克，也许只有他能回答这个问题。最关键的，他本人也是干那个的，而且被誉为全苏第一诗人，最了解他们那一行。是的，就这个事情来说，再也没有比他更合适的人选了。

对，就问问鲍里斯吧，他一定能给他一个满意的答案。

电话他要亲自打，不能由波斯克列贝舍夫去打，他怀疑他很可能会什么也说不清楚。

于是，电话就打过去了。

他不含糊，也完全用不着含糊，这种事有什么好含糊的。就直截了当地问他，那个叫曼德尔斯塔姆的，是不是大师？

然而，对方是怎么回答他的呢？

一开始的时候，电话那头好像没人在听，后来终于有了声音，却是真的在含糊其词，既没说是，也没说不是，而是说：

"这不重要。"

这不重要？

什么意思？

什么不重要？是说他问的这件事不重要，还是说那个人本身不重要？他有些被搞蒙了，这不是他想要的，更不是他期待的答案呀！

啊，这样看来，很可能都不重要，就更别提什么大师了。谣言，讹传！果然又都是些谣言，又是一些别有用心的人在瞎嘁嘁。电话算是白打了，和没打以前一个样。

今天，明天，或者未来的某一天，四分之一个世纪后的某个深夜，忽然有电话打来问你，张三是不是大师？真不知道你会如何回答。要知道，这个问题并不是简单的填空或一问一答，因为还包含着具体的背景、场景、语境，以及诸多复杂的前连后缀。你也许会让历史重演，说这事不重要。

你叫李四，你自认为不俗，甚至伟大。有一天你接到电话，对方向你询问并核实一个事情：你认识并熟悉的，年龄比你大，写得比你好的张三，年龄比你小，出道比你晚的王五，他们是不是大师？而前提是，他们并不是要把他俩弄死，也不是要把他俩遣送到什么地方去，就是想知道一下，甚至会给他们一点现实的关照或奖赏，也或者他们就此消失，永不再回来。

你扪心自问，你会怎样说？你能确定你内心深处晴朗如洗，没有一片乌云？

（很多年过去了，这件事却仍然一直很硬地被冻在心底，其坚硬的程度,酷似一块铁,却又有着竹器般的尖利和难以腐烂的质地,有时甚至还会加宽变长,状如一道尖牙利嘴的鹿寨。之所以多年难以融化,是因为无论奥西普,还是鲍里斯,都属于真正意义上的诗人,除了写作,都并不擅长任何事情。我想说的是,那中间,真正左右交叉的阴影部分,那些出血点,正是所谓的知识分子性格。而那种性格,如果分解或者量化为几个词,应该是几个虽贴切却不怎么好的词,仿佛一串头角峥嵘却身有暗疾的难兄难弟。就像帕斯捷尔纳克对待茨维塔耶娃和阿赫玛托娃一样,他爱她们,却总是在他最需要她们的时候才出现在她们面前,而当他不需要她们的时候,她们望眼欲穿,找遍整个世界也很难觅到他的踪迹。而两位女诗人,无论战争疏散期间,还是在厄运当头之时,都把他给她们的信作为人生最珍贵的物品之一,随时带在身边。)

2017 年 4 月 29 日

一个女子的生前事

没有友谊,没有爱情,没有朋友,没有同盟,没有小圈子、小团体,更没有所谓的利益链条;

没有导师的提携与推广,没有同学朋友间的相互赞美,更没

有参加过人世间的任何一种会议和组织;

不妩媚,不玲珑,不风情,不知人生可以抄小路,甚至有捷径,不知权力利益为何物,更不知可以与之眉目传情,拥抱捆绑缠绵。

家里来了客人,多半不是来找她的,与她无关。姐姐的朋友或客人们来了,在那里高谈阔论,谈人生,谈理想,谈艺术,谈爱情,她从不参与,只负责在厨房里为他们烧水,沏茶,把茶端给他们后,又回到厨房。

很多时候,她只和她的那只狗在一起,坐着,说话,或者带着它去外面紫色的荒原上走一会儿。狗睡着以后,就趴在桌子上写几个字,或者一段话。写完后,又赶快收起来。

几年后,她死了。

那中间,最伤心的,很可能莫过于她的那只狗,趴在她卧室的门口,好几天不吃不喝。它在等她,以为她还会像往常一样,从里面出来,领它出去玩。

几年下来,她竟偷偷摸摸地在厨房里鼓捣出一本书,却又羞于示人。她给她的那本书起了一个与她的日常生活反差极大的名字,叫《呼啸山庄》。

昨日在阴山下帮广昌、丰燕夫妇浇水,捡土豆,身上猛然一冷,忽然想起了她——艾米丽·勃朗特。

感觉她若活在今天,很可能也是一个麻烦,定会有诸多不适。以她的性格,以她对于一切的疏离、陌生、不谙世事、不解现实的人情与风情,她的那本书要成为世界名著,几无任何可能。幸好她也从未那么想过。

从未那么想过的,还有更早于她的清国这边的曹雪芹,故事写完,再无牵挂,只是很怕被一些人看到,同时却又希望被另一些人看到。

庆幸她金发碧眼,庆幸她有生之年温饱无虞,更庆幸她生活在一个八成以上的人尚知廉耻为何物的时代。

恍惚中看见一束夏日的花,正在那灰蓝色的远方,独自走着。

2017 年 4 月 5 日

后记

这是我的第一本散文集，收录在里面的既有可以被称为散文的东西，又有谈论写作的所谓创作谈，还有一些序跋类的文章。

谈写作的，序或跋一类的文章，是我比较害怕也比较头疼的，一般的做法是先躲，看看能不能不写，能否逃避过去，有时候寄希望于时间，想过上一段时间以后，他可能就忘了吧？但多数时候是过不去的，那就没办法了。为什么会害怕和逃避这一类的文章？关键是很难涌起一种情绪或者力量，似乎没有积极性可以调动。倒不在乎是什么样的情绪，其实什么情绪都可以，兴奋的，激越的，愉悦的，甚至哪怕是悲伤的、凄凉的都行，可很多时候连这些也没有，那就比较难受了。写的时候，就像打起精神往一条黑暗的隧道里去，手上也没有灯火。

当然也有例外，那就是对于某一个东西，非常想说点什么，也想让他人知道，碰到那种情况，那就好了，那就不愁了。面对一个好的东西,自己吃或者看,没有人分享,那确实也意思不大,因为它的能量或者说魅力并没有被充分地无限地释放和扩散出来,基本属于僵死状态。常听说某些喜欢收藏古玩的人,就喜欢自己一个人看,甚至连家人都不愿意让看,好像看一眼就会被磨损得少了一块一样。每次赏玩的时候,拉上窗帘,把门从里面反锁,不用屋里的大灯,只用一盏台灯或别的什么灯,然后两眼就渐次放出黄绿色的光和纯粹的绿光。

那情景常让我想起小的时候,社会上经常说的一个词:变天账。慢慢地就也相信可能真的就有那么一种东西,就想象它的模样,可能又黑又旧,像一本书。又觉得既然是"账",那就应该是会计们使用的账本那样的,前后装订有黑色的硬皮。至于里面的内容,则很难想象,想象不出都记载了些什么。唯一能想象的就是在某些月黑风高、夜深人静之时,那黑色的硬皮账本被缓慢或者匆匆地翻动的情景,翻一下,警觉地看看周围,又侧耳谛听,奇异的灯光以一种变形记的方式圈住他,攫住他,泼射着特写在他的脸上。

小说,诗歌,散文,这三种文体为什么能够独立存在? 只因为无法互相取代,它们之间存在着彼此启示的可能,却难以互相取代,互相湮没。豪猪或刺猬慢吞吞地蠕动在大地上,从容,安详,不在意任何敌对力量,每一次的出行,即使抓捕,也像是一次即兴的漫步甚至宁静的远游,或者如同去一位亲戚家里拜访,做客。

这一点，相形之下，就连身为王者的老虎也时常会表现得稍显急躁。为什么一个既不机警敏捷又不凶猛强悍的生命会如此从容甚至拖沓，不像别的邻里那样一出门就惊慌失措，狼奔豕突？除了其本身的习性，更重要的便在于背负着的那种与生俱来的武器，那是别人所不具有和天生缺失的，且不可复制，无法仿造。

离题万里地说这些，只是想表达一个意思，这本散文集是我喜欢的，也希望更多的人能看到并喜欢它，它当然不是那种只能一个人偷看的"黑色账本"或一只被藏来藏去的"猫眼"。另外，就这种文体本身而言，也注定可能不会写下很多。

感谢河南文艺出版社，感谢认真负责、细致周到的陈静女士，没有她的辛劳和付出，就不会有此书的存在。

2018 年 3 月 24 日

"小说家的散文"丛书